U0120948

民国趣读

老·城·记

老贵阳

中国文史出版社

本书编辑组

主　　编：韩淑芳

本书执行主编： 张春霞

本书编辑： 牛梦岳　高　贝　李军政　孙　裕

目录

第四辑　时代先声·层出不穷的新鲜事

第七辑　行商坐贾·不懂生意经买卖做不通

第八辑　忙里偷闲·做一个爽朗的贵阳人

第九辑　黔灵絮语·文化名家的筑城足迹

第一辑

贵山之阳·
与一座老城的美丽邂逅

❖ 何静梧："贵阳"之名的由来

初次到贵阳旅游的人，都想知道"贵阳"这个名称的由来，"贵阳"之名较早见于明（弘治）《贵州图经新志》一书。为什么叫"贵阳"呢？该书说："郡在贵山之阳故名。"古代在地名的命名中，常以所在地附近的山水阴阳向背取名，山之南为阳，山之北为阴。这就是说，贵阳因为在贵山的南面所以得名。

这贵山在何处？同一部书中记载："贵山，在治城北二里，孤峰峭拔，兀出群山。鸦关在其后，又名贵人峰。郡之得名以此。"从里程、山势、鸦关的位置来衡量，贵山当是今天六广门外的关刀岩。

1568年（明隆庆二年）6月，明王朝政府将程番府由程番（今惠水县）移至今贵阳地。第二年，即1569年（明隆庆二年）3月，改程番府为贵阳府。贵阳正式作为行政区域的名称开始于此。但是，早在贵阳府成立前数百年，"贵阳"作为地名已经出现。在上面所引明（弘治）《贵州图经新志》一书中，有两篇文章特别值得注意。一篇是肖俨的《城隍庙记》，这篇文章说："……倪公（指南宁伯毛荣）以文武材勇受命来镇贵阳，于兹三载，首征都事，开锋破寇，大著功烈，而政行人服，四境肃然。"另一篇是陈宜的《东岳庙记》，此文称："盖以门神位居东环，职司生育，有功于世，而为民之利。故而，贵阳城之东北，旧有东岳神庙。"肖文和陈文均写于1469年（明成化五年），这两篇文章中都明白地提到"贵阳"。另据《明实录·洪武实录》载：洪武二十二年三月庚午（初一），"遣使命征南将军颖国公傅友德等还军，分驻湖广、四川卫所操练。延安侯唐胜宗驻黄平，都督张铨、王诚、孙彦驻贵阳。"由此可知，"贵阳"作为地名距今至少已有600多年以上的历史。

在"贵阳"这个地名出现前，宋朝把今贵阳地叫贵州。元朝改贵州为顺元，称顺元城，然而史书仍多称贵州。明朝永乐十一年（1413）贵州省建立后，贵州既是省名，又是省会名。"贵阳"作为地名出现后，虽然称"贵阳"的人越来越多，可是直到明末崇祯年间，著名地理学家徐霞客游贵阳时，还把贵阳称为贵州城。可见在相当长的历史时期内，"贵阳"和"贵州"两名并行不悖，均可指今贵阳地。

贵阳府成立后，数百年来贵阳的行政建置多有变化。1914年1月，废除贵阳府，设贵阳县，这是贵阳作为县名的开始。1941年7月1日，取消贵阳县，正式成立贵阳市。从此以后，贵阳作为市的名称一直未变。

《"贵阳"名称的由来》

❖ 姚钟伍：甲秀楼，老城记忆的守护者

在贵阳，甲秀楼绝对算是最有代表性的地标建筑。这座形态大气的楼阁，无论风雨，守护贵阳已经四百多年。

甲秀楼是一座三层楼阁，就建在巨大的"鳌矶"之上。它总高22.9米。底层白色石柱，褐色花棂门窗，碧绿的琉璃瓦顶，镶金黄色琉璃瓦脊和宝顶，那华贵典雅的气韵缓缓飘逸，可谓"先声夺人"。底层楼柱上悬挂有清人刘玉山作的长联：

五百年稳占鳌矶，独撑天宇，让我一层更上，茫茫眼界拓开。看东枕衡湘，西襟滇诏，南屏越峤，北带巴夔，迢递关河。喜雄跨两游，支持起中原半壁。却好把乌蒙菁扫，马撒碉隳，鸡讲营编，龙香险扼，劳劳缔造，装构成笙歌间里，锦绣山川。漫云竹壤偏荒，难与神州争胜概。

数千仞高凌半渡，永镇边隅，问谁双柱重镌，滚滚惊涛挽住。忆秦通僰道，汉置牂牁，唐靖苴兰，宋封罗甸，凄迷风雨。叹名流几辈，销磨旧迹千秋。

到不如月唤狮冈，霞餐象岭，岗披风岭，雾袭螺峰，款款登临，领略这金碧亭台，画阁烟景。恍觉蓬州咫尺，频呼仙侣话游踪。

　　这个对联，比号称天下第一长联的昆明大观楼长联还多26个字。从建楼的年代来看，此联也许是从大观楼长联得到了启迪，但对贵州壮丽山川的描绘，对历史沧桑的感慨，和那精妙的文采，足可与之媲美。

▷　甲秀楼

　　有景则有人众光顾，美景更是文人骚客雅集之所，文人雅士们在此留下了众多墨迹石刻。1981年重修甲秀楼时，在底层墙中发现八块石刻诗碑，为乾隆年间贵州巡抚裴宗锡等人所题，它避过了政治风云变幻保存完好，现仍嵌于底层室内的石壁上，使游人得以观其原貌。二三楼现今陈列着名人字画等。

　　甲秀楼前原竖有铁柱二根，一为雍正四年（1726），云贵总督鄂尔泰镇压古州（今榕江）苗民起义，收缴兵器铸成铁柱标榜功绩；二为嘉庆二年（1797）云贵总督勒保镇压兴义布依族起义，收缴兵器所铸，两柱皆有铭文。为体现民族平等，铁柱于20世纪50年代拆除。两根铁柱现存于贵州省博物馆。

　　熟悉城市规划的人多会赞叹贵阳先民选择这个特别之处修建甲秀楼的审美直觉。四百多年的岁月流逝，贵阳的面积呈几何级扩大，但无论城市怎样扩张、长高，背景怎样变幻，甲秀楼的魅力却不见消减。这座抵御了无数风雨、灾难的建筑仍然会屹立下去，作为城市的记忆见证，也作为城市人文变迁的地标……

《甲秀楼：历时四百年的地标》

❖ **车祖尧：**万宝街，见证战争与革命

六十多年前贵阳的一些老路名，几乎有个规律，如府前街、府后街、盐行街、龙井巷……在这类有规则可依的众多路名中，出现一条万宝街，是极个别的例外。它的得名，不知是何考虑，我未曾考证，也未曾向熟悉贵阳掌故的老人请教过。我对万宝街感到十分亲切，还有属于个人的因缘：小学时代，我家曾在它与飞山庙（今飞山横街）的结合部住过多年，家屋后园墙外叫冷卡（今公园西路中段），顾名思义，僻处落寞的一隅吧。每天，上学去来，或与小伙伴一起嬉戏，都少不了要上万宝街。因此，一来到这里，我就想起了自己的童年。但，万宝街的魅力，它引起我对于半个多世纪以前童年踪迹的追索，还不在于这一些舆地掌故，我更多的忆念，是同这一条街有关的一些人和它遗留的许多令人宝贵的往事！

1931年，"九一八"事变发生，当时我九岁。一天午夜以后，窗外，万宝街上，自远而近传来的呼喊口号声，把我从睡梦中唤醒。"同胞们，赶快起来！不愿做亡国奴的同胞们，赶快起来！""打倒日本帝国主义！""收复东北失地！"……

20世纪30年代初的贵阳，不过是一个人口十万左右的小城，夜里八九点，街上行人就稀少了，也没有汽车滚动和喇叭鸣叫的喧嚣声；更深夜半，更是寂静寥落。爱国学生的呼喊声，划破夜空，显得更加激越、悲壮、动人，它深深震撼了我的心弦。

第二天上学，见万宝街上贴满了一张张抗日救亡标语。在志道小学训

育主任室，我们一大群同学围站着听张星槎老师讲述昨晚省立高中、师范和贵阳一中等校学生通宵达旦抗日游行的情况。广大爱国学生痛恨日寇对我国的侵略。张先生说，有的同学呼喊口号时泪随声下！这是最早在我幼小心田里播下的爱国家爱民族的种子，是我最初接受的爱国主义教育。隔年9月，纪念"九一八"一周年。在"贵州学生抗日救国团"的领导下，一到夜晚，万宝街东西两侧就用桌子搭起好几处讲演台，经常来这里的是高中和男子师范学校的街头宣传队。我每晚都挤在人丛中听讲演。激动时，忘情地流着眼泪，举手跟着大家呼口号。记得宣传队出于对日本帝国主义的仇恨，号召大家抵制日货，检查日货，我也决心参加抵制和检查日货的活动。

当时的贵阳，中学就是最高学府。一些重要的抗日救亡活动，我们小学生也都积极参加。志道小学在光明路（今省府路），学校附近的中华路上，有几家大商号，勾结军警，贩运和隐藏日货。当我们前去检查的时候，这些商人竟出手殴打学生。有个商人揪扯我的童子军领巾，夺过我的童子军棍，把我打伤。老师和年龄稍长的同学见状，把我从人群中抢出护送回学校，报社记者采访了我。当天晚上，万宝街和各条热闹路段，各校的街头宣传队，纷纷向市民讲述志道小学等校学生被商人殴打的事件。第二天，一些亲友从报上看到消息，先后来我家看望和慰问。

接着，全市中小学罢课抗议，集队示威游行。我目睹愤怒的群众，在中华路上，冲进铁局巷口南侧的"恒兴益"绸缎铺，查出了日货，捣毁了店铺。有些同学把日本布匹打开来，大家长长地拉着，在队伍中行进，表示仇恨日寇的决心，爱国人民不可侮，显示抗日爱国学生力量的胜利。游行的终点是新市场（当时城内最大的广场，今市场路、曹状元街的附近，邮电大楼东北侧），大家把检查来的日货堆在一起烧毁。游行队伍和群众，围成一个大圆圈，热烈鼓掌叫好，呼喊口号。

全市学生的这一爱国行动，大长了爱国群众的志气，大灭了奸商的嚣张气焰，起了教育群众，唤醒群众，鼓舞群众抗日斗志的作用。对我个人来说，一个少小儿童投身抵制日货，参加抗日游行行列，迈出了一生实践的第一步，实在是源于街头听革命前辈宣传讲演受到教育、启迪与鼓舞，未可忘却的万宝街和我个人的因缘。

岁月易逝，转眼到了1935年，我即将度完自己的童年。炎夏的一个下午，玩得肚子饿了，母亲照例给一个钱（铜板），叫去万宝街买两个豆腐丸子充饥。奇怪！每天总摆满豆腐丸子和油炸豆，冒着油烟的铁锅不翼而飞，那挽一圈青布缠头卖豆腐丸子的老公公也无影无踪。他是从来不歇息的，阴历大年初一也不例外。我不禁怅然而返！

翌日下午，他和他的油锅又出现了。几个男女老少在向他打听昨天的究竟。我也问："老公公，昨天……?"老人不语，仅用手指了一指他身后左边的那片裁缝铺！

我的父亲早年毕业于省立模范中学，在旧省政府当一名小职员，一天回家，和我们说，那天万宝街裁缝铺抓了好多共产党……关在导水槽贵阳警备司令部（万宝街东面不远，今省教委会会址）。父亲的话，对共产党人口气平和，词语无所贬责，未与同年言及蒙面持枪抢劫慈善巷"德昌祥"药号的一伙鸡鸣狗盗之徒那般相提并论。但是，前两天卖豆腐丸子老人为何不能摆摊的疑团，我却得到了解答。

不久后的又一天，父亲下班回来，一进门就和我们说，那关在导水槽的共产党翻墙跑了一个，昨天深夜全城戒严，有些地段挨家搜查，没有捉到……

初秋，贵阳的天总是下着迷蒙毛雨。一个下午，人们传闻：万宝街抓去的一个共产党被杀害了。一架黄包车从警备司令部拉着出来，那人喊口号，又唱歌，被用刺刀戳穿脸的两边腮帮，这刺刀就卡住他的嘴，血流满面！那天黄昏，父亲回家，和我们叙说时，言谈中感叹不已！

自此以后，每过万宝街裁缝铺，我总不自禁地朝它频频张望，在我童稚的幻象中，这里边仿佛潜藏着人间的什么秘密与困惑！

《万宝街的依恋》

❖ **何静梧：** 铜像台与喷水池

　　贵阳喷水池的历史最早可以追溯到600多年前。明朝洪武十五年
（1382），在元朝土城的基础上，地方政府第一次用石块修建贵阳的城墙，
建了五座城门，城的北面由原来的王家巷口拓展到今天的喷水池。在喷水
池建的城门，名叫柔远门。柔远者，"怀柔远人"也，有侮辱少数民族的意
思。柔远门俗称北门。贵阳人把这次修建的石城叫老城，所以北门是老城
的北门。修好后的北门，白天有卫兵巡查，显得森严；晚上，城门紧闭，
月光下城楼黑影照地，令人可怕。北门外，有草亭作送别之所。稍远，则
山峦起伏，十分荒凉。出了北门，有羊肠小道，近可通陈湖十二马头（今
开阳）、六广、威清（今清镇），远可去巴蜀（今四川省）。那景象大概和电
影《城南旧事》中所唱的差不多："长亭外，占道边，荒阜碧连天。"

　　随着时间的推移，北门外旅栈、马店、堆栈等店铺逐渐增多，洪边路
（今普陀路）、普定街（今黔灵西路）、仁寿街（今黔灵东路）等街道次第形
成，人口会聚。出于防守和实际管理的需要，明末天启六年（1626）地方政
府第二次修建贵阳石城。这次修建是在老城北门外又围了一座城，建了四
座城门，贵阳人叫新城。经过上述两次修建，贵阳城整个格局形成。南面
的老城和北面的新城以老城北门相通，老城北门更加热闹起来。行人摩肩
接踵，驮马丁当进出。

　　明亡清立。清初，地方政府将柔远门改名布德门，目的是抹掉前朝的
痕迹，这是封建统治者惯用的手法，但百姓不为所动，仍然按老习惯叫布
德门为北门（实际上整个贵阳城的北门应该是六广门）。到道光年间，老城
有街道80条，新城有街道34条，贵阳已是"灯火万家"的城市，北门成了
大十字之外又一个城市中心。北门以南，店铺林立，江西会馆、东岳庙常

有庆典活动；北门以北，广东街是丝线铺、布店的集中地。清末，北门拱门两旁摊贩罗列，买卖活跃，卖的多是各地土产品和手工业产品，以颜料五金杂货为主，近郊的少数民族同胞也经常挑着农副产品来此出售。到20世纪初，陈鼎三、陈子皋、胡履初等在北门真武庙设立民立小学堂，招收学生就读，于是在各种叫卖声之外，北门又多了琅琅的读书声。

撤掉老城北门是民国初年发生的事。民国十六年（1927），老城北门西南角，因年久失修受雨水冲刷而倾塌。当时正值军阀周西成主黔政，创修城内马路（即公路），省政府遂命撤弃老城北门，并把附近隔离新城的城墙一律撤去，这是贵阳撤城之始。周西成死后，民国十八年（1929）10月，省政府在已撤老城北门月城原址，建高约1米、直径50余米的圆台，环以石栏，向东、南、西、北四面各开一门，筑台阶以通上下。台的正中央，筑高约5米的像座，其上竖身着西服、面南而立的周西成铜像。以后这里便名"铜像台"。

▷ 贵阳铜像台

农历"四月八"，铜像台是苗族举行传统节日活动的地方。每年这一天，贵阳城郊的苗族同胞都汇聚于此，他们带着乌饭，唱山歌，吹芦笙，与久别的亲朋相会，举行纪念活动。"四月八"的来历有各种说法，其中一种说法是：纪念古代反抗民族压迫而牺牲的苗族英雄亚努。

周西成乃一介武夫，一生只活了37岁。统治贵州近三年，功过是非后人都要评说。有人曾对周西成铜像写过一副对联："脸上起层灰，先生莫非吃鸦片？手中握把汗，将来恐怕变铜圆。"对周西成流毒鸦片、搜刮民脂民膏，作了辛辣的讽刺。但周西成在贵州创修公路引进汽车，建电气局使省城贵阳开始有了电灯，设省立贵州大学培养地方人才，与其他统治贵州的军阀唐继尧、刘显世、毛光翔、王家烈等相比，他可算贵州军阀中的佼佼者。

周西成是好大喜功的，然而他何曾料到，40年代后期晚间铜像台下竟是这幅景象：在灰暗的街灯下，搽脂抹粉的下等妓女三五成群勾引嫖客，贵阳称之为"站电线杆的"。算命测字的先生，桌旁贴着"指引迷人去路，提醒酒醉英雄"的招徕广告，唾沫横飞地在打胡乱说。卖狗皮膏药的，赤裸上身，腰缠黑色紧身带，手执钢刀，身旁放着熊熊燃烧的熬膏大铁锅，嘴里喊着："哪个贴了我的膏药，巴起就扯不脱！"卖高精鸦片的，混迹于人群中，生意兴隆。这里还有赌扑克牌的、耍猴戏的、走江湖吞钉子的，流氓地痞穿梭其间，大肆敲诈勒索。铜像的眼皮底下，成了黑暗的旧筑城最黑暗的藏污纳垢场所。

贵阳解放后，人民当家做主，时代变了，当然不能允许军阀周西成铜像继续存在。1952年9月2日下午，贵阳市各界人民代表会议协商委员会邀请各区协商委员及省、市各族代表84人举行扩大会议，一致通过在9月6日下午2时拆毁甲秀楼"平苗纪功"铁柱和周西成铜像。在拆除铜像时，正当钢绳拉倒铜像的一瞬间，"咔嚓"一声，贵阳著名的摄影家丁艺用照相机拍下了实况。这张照片成为贵阳历史珍贵的一份记录。以后政府拨款在铜像台原址建成了吐珠溅玉的喷水池，周围种植花卉，铺上绿色草坪。明朗、健康、充满生机的景象，使这块古老的土地旧貌换新颜。新地名"喷水池"被筑城人接受了，一直沿用至今。

《话说"喷水池"》

❖ **熊作华：**慈母园，西城赠地与卢焘葬母

解放前，"慈母园"位于大西门金锁桥南侧，也称"卢家坟"。是曾任黔军总司令和贵州省省长卢焘将军母亲的坟墓。那里是小孩子们爱去玩耍的地方。凡小孩们打群架，总爱说："走，到卢家坟去！"

1923年卢焘将军的母亲在贵阳去世，暂时浅殡于六广门外普招寺的后面，打算日后迁回家乡广西思恩去安葬。服丧期间卢焘坚持高官不就，在家守灵一百天，人们都称他为孝子。当时卢焘很想离开贵州回广西；周西城得知后，便将大西门金锁桥南侧的一亩多地赠送卢焘，作为葬母坟地，并

▷ 卢焘将军（1882—1949）

吹嘘这是一块风水宝地。当时有一位阴阳先生则说这块地不好，一眼望去正是城墙的垛口，犯"锯子杀"。此话传到周西成的耳里，传说这位阴阳先生还受到严厉的申斥。周西成的用意是，如果卢焘母亲葬在贵阳，就可以把他留住，以便得到他的协助。卢焘很重义气，同时不迷信风水，对那位阴阳先生的话很不在意，同意将母亲的坟葬在这块地里，起名"慈母园"，意思为不忘慈母养育之恩。坟墓全用省内外友好的军政要人、社会名流的悼词、挽联刻就的小石碑围砌而成。"慈母园"三个大字和大门对联、墓志铭，是七十高龄的大书法家严寅亮的手笔。"慈母园"的大门楹联是："春

晖寸草夜郎道；明月梅花慈母园。"严寅亮是贵州印江人，北京"颐和园"三字就是他写的，深得慈禧太后的赞赏。

1949年11月14日，卢焘将军遇害，被刘伯龙派人枪杀于头桥转弯塘，他为贵州的解放事业献出了生命。他的遗体也葬于"慈母园"内。五十年代中期，由于市区建设扩大的需要，"慈母园"被征用作修建贵阳市妇幼保健院之用，卢焘及其母亲的坟墓迁到市西北十多公里的老阳关果木场边。至此"慈母园"就不复存在了。贵阳市政府在阳关修建"卢氏陵园"以纪念卢焘烈士，并定为文物保护单位。

《周西成赠地修建"慈母园"》

❖ 释宗满：黔明寺，闹市中的古刹

黔明寺坐落在贵阳市南明区阳明路，清《贵阳府志》载："黔明寺在府城内西南隅双土地街，明末创建，乾隆三十六年重修。"清初曾有行之显禅帅住锡于寺，弘传禅宗。最初规模较小，经住寺僧众多年经营，寺宇逐渐扩充。

▷ 黔明寺

黔明寺坐北朝南,中轴对称,进门有山门影壁,内有大雄宝殿、大悲阁、藏经楼及客堂、斋堂等建筑,占地2000多平方米。进大门沿石级而上,门额横向有清人所书"黔明古寺"金字石刻。

第一重为大雄宝殿,为三开间单檐琉璃瓦屋顶,宽10.3米,深10.9米,供奉释迦牟尼佛塑像,两边有阿难、迦叶两个大弟子和文殊、普贤两大菩萨及十八罗汉像,塑像工艺精巧,栩栩如生。

第二重为大悲阁,底层为正方形。边长10.23米,二、三层为六角形,通高18.35米,阁内供千手观音木刻金箔坐像。门额上有赵朴初书"大悲阁"黑漆金字匾额。两旁有书法家陈恒安行书对联。其主体建筑有高大梓木柱,为珍贵文物。

第三重为藏经楼,底层为玉佛殿、法堂,楼上保存各种版本藏经、法物、字画等,均有珍贵的价值。

清末贵州战乱频仍,兵连祸结。寺僧生活无着,纷纷散去,寺庙一度无人照料。士绅舒竹平居住近邻,由其出面管理。不料舒私将黔明寺更名为舒家祠堂,企图据为己有。舒竹平有两个女儿,皈依东山栖霞寺方丈广妙法师,为住家修行,在祠堂照料香火。民国二十一年(1932),广妙法师于东山任期届满退院,二贞女以弟子身份,迎请其师至家祠供养。在舒家管理期间,黔明寺房屋已有部分毁坏或倒塌。

广妙法师戒律精严,曾云游江浙,参谒大德高僧,曾在苏州灵岩山寺得当代净土宗大德印光大师所教,弘传净土宗,在筑的皈依弟子众多。在他的筹划下黔明寺维修房屋,不意从地下挖出乾隆三十六年(1771)重修黔明寺碑记三块(石碑存寺内为功德芳名,年久风化,多数字不易认清)。据此,向贵阳地方法院提起诉讼,控告舒华楼(舒竹平之子,时舒竹平已故)私占黔明寺,因法院迁延不决,舒家强词夺理,引起贵阳广大佛教界人士公愤。经知名人士平刚、向知方等人据理力争,在社会舆论的强大压力下,舒家始将寺庙退还,恢复黔明寺旧名,由广妙法师任主持。在他筹划下,多方募化,增修弥陀殿藏经楼、东西厢房和高一丈六尺的弥陀佛像,以及高三层的藏经楼,至此,黔明寺建筑规模俱备。

广妙主刹时，开期传戒二次。广妙圆寂后，僧、俗弟子供其塑像于底层，中层供禅宗初祖达摩像。弥陀殿后为地藏殿。其他如方丈室、客堂、僧寮皆修建齐全。

广妙圆寂后，续宽继任，先后开期传授具足戒、少弥戒各一次，本市及外县僧尼来此求戒者甚多。每逢佛教重大节日或朔望，黔明寺都对信众举行受三皈仪式，每次数十人或数百人不等。重大节日如释迦牟尼诞辰及每年三次观音会，参加活动的四众弟子，数约2000人左右。

民国二十六年（1937），抗日战争爆发，国民政府迁至重庆，贵阳成为后方重镇，西南交通中心。民国二十八年（1939）元月，太虚大师由重庆来筑，住锡黔明寺，对本寺僧众讲授唯识法相之学，并应贵阳佛门弟子之请，在贵州民众教育馆（今人民剧场）作题为"成佛救世与革命救国"的讲演，号召佛门弟子树立佛陀"降魔而后成道"的精神，积极投入伟大的抗日救国民族解放战争。

民国三十二年（1942）底，广东韶关南华寺住持，禅宗大德虚云老和尚，应重庆佛教界人士之请，赴重庆主持"护国佑民息灾法会"。翌年春法会结束后回广东，途经贵阳，住黔明寺，大倡禅宗。皈依弟子中有不少知名人士。

民国三十二年（1943），中国佛教会贵州分会在黔明寺举办"战时僧、尼训练班"两期，每期一个月，受训人数约100人，训练内容为军事常识，救护法则等。

民国三十三年（1944）"黔南事变"期间，中国佛教协会主办的佛教刊物《海潮音》月刊迁至贵阳，在黔明寺出版发行两期，主编是福善法师。

民国三十四年（1945），西藏圣露活佛到黔明寺传授"密乘教法"，贵阳受灌顶的有持省和尚王希仲、拓鲁生、双清等知名人士。

抗日战争期间，黔明寺僧众和部分佛门弟子在广妙法师主持下作过小型的"护国息灾法会"，每遇佛教节日，信众到寺礼佛者甚多，广妙法师劝他们慷慨解囊，支援前方抗战。"黔南事变"时，湘、桂难民由黔南进入贵阳者甚多，其中佛教信众数十家，约百人扶老携幼，寻至黔明寺。时正岁暮天寒，道路泥泞，难胞长途跋涉，疲劳已极。到寺后，僧众殷勤接待，捐助寒衣，生火供暖，难胞们颇受感动。

《闹市中的古刹——贵阳黔明寺》

❖ 扬　帆："尚节堂"的"大表姐"与果脯

我祖籍浙江绍兴，但我却生长在南京。抗日战争时，经迁武汉、长沙等地，而到了贵阳。贵阳那时真小，北至南京街（现中华北路）的红边门，南至中华路的大南门。大南门外还有一条马棚街（现新华路），那是驮米来贵阳的马帮集散地。大南门城墙已拆，大约在正对大南门口有一对面北靠南的汪精卫与陈璧君跪着的塑像。汉奸国贼人人得而鄙之，路人多有咒骂、吐吐沫或用手在他们头上敲"毛栗子"的。

有一天，母亲带着我说是去"看亲戚"（原来母亲是贵阳人），走过了汪精卫的跪像，再经过窄小的"南明桥"（解放时的南明桥是抗战后杨森主政贵州时重建的），向右拐进了一条窄窄的马路，这条路叫"箭道街"。顾名思义，这该是一条笔直的街，但不知是什么原因，这街并不直，而是一条弧形的"箭道"。街道两旁多是一些有"抗日战争特色"的建筑。两层楼的青瓦木屋，却在临街一面的房屋上部修建了一块方形或长方形的"假墙"（用柱子立好，再在柱子中用木枋和木板条钉上，然后抹上泥巴，再薄薄地抹上一层石灰）。由于抗战时期怕轰炸，再在上面刷上黑色的"锅烟"（炭黑）。在这"墙"的上部还开有临街的窗子，这样从街上看，就成了一些"洋房子"铺面了。走了一段，马路左边忽然出现了一座气势颇为宏伟的"朝门"。这门之"大"，比起南京古时的贵族府第毫不逊色。看起来其宽度几乎可同时通过两辆小型汽车。不过在门外的八字形部分是有石级，大门也是有高门槛的。门内不远处有一堵高高的照壁墙挡着，无法窥测里面是什么样子。门内两旁有看门人的住屋，但没有一般官邸那样的门厅和屏风门。大门的上部挂着一块很大的黑色匾额，上有金色斗大的"尚节堂"三字，字写得雄浑有力，但不知出自哪一位名家的手笔。

看门人问清来意，大概因我母亲也是"女流之辈"，我也还只是一个不满十岁的孩子，所以并未留难，很客气地告诉母亲怎样才能找到这亲戚家。母亲谢过他后，带着我向里走去，绕过照壁墙，里面真是别有洞天。三合土的小路打扫得异常干净，两边全部是青瓦木屋的平房，每几十间平房（估计约有60间吧）围成一个长方形的院子，"堂"内整整齐齐地排列着若干这样的"院子"。每个院子都显得十分清洁与安静。那时可能是夏秋之交吧，院子里摆满了很多用雪白的纱布罩着的、放在小方凳上的"匾"（贵阳人叫簸箕），显然是在晒什么东西。但令人不解的是为什么家家门口都在晒呢？母亲找着了一户人家，里面出来了一个满头花白头发、脸上皱纹满布的老太婆，母亲让我叫她"大表姐"，虽然我心里很奇怪，怎么这个看起来比母亲年纪还大的老太婆竟会是"大表姐"呢？我满腹狐疑、满心不愿，但还是顺从着母亲的指示，怯怯地、轻声地叫了一声"大表姐"。她显得异常高兴，当得知我已读六年级时，又夸我"长进"，又赞我"清秀"，又讲我"斯文""懂礼"，今后　定大有出息云云。讲得我极不好意思，只好躲到母亲的身旁。她哪里知道在学校我是个出了名的"小调皮"呢？她忙里忙外，拿出几盘东西哄着要我吃。原来那红褐色一片片像藕片一样但又没洞眼的叫木瓜，吃起来虽稍嫌比藕硬，却有一股淡淡的清香；那金红褐色发亮看起来饱满而诱人食欲的是梅子；破成两瓣略带酸甜的是山楂（野生）；稍含涩味，食后会留香口内，并有淡淡回甜的是刺梨（贵州的一种特产野果）。这些食物虽都是蜜饯，但却不失果子原来的品味，所以叫果脯。后来才知道这几种蜜饯食物都是"尚节堂"的特产，外面是不生产的，就算有人生产了，买的人也极少，因其品味相差太大。

"大表姐"是母亲娘家长房的侄女，与母亲年岁相差不大，所以虽是姑侄，幼小时便甚是相好，数十年不见，一旦相逢，自是高兴。母亲娘家不知是上面哪一代曾做过翰林，据说原来大门上还有皇帝赐的"翰林第"匾额，后被日机炸成了一片焦土。但因是"书香之家"，所以到母亲这一代时虽家道已开始中落，但家中无论男女老少，无人不是"读书之人"。女儿除了与男子同样要读《四书五经》等书之外，还得读《女儿经》《女史箴》等专门对女孩子进行封建教育的读物。母亲和舅舅大概除家庭教育外，因曾在外求学，读过一些"洋书"，接受过一些新思想，所以对内坚决反对妇女缠足，在外还参加过同盟会、兴中会等反清活动及反对袁世凯的斗争。"大表姐"则完全是在这种封建教育的环境中长大，表姐夫据说当年曾是颇有名气的"文士"，也曾做过一点不大的"官"，但一身正气、两袖清风，死后连老婆孩子的生活都没有着落，"大表姐"因封建礼教的影响又不愿改嫁，家庭立时陷入窘境。万般无奈之下，经好心人介绍，便进入这"尚节堂"。

　　"尚节堂"据说是一个民办官助的单位，为了表彰和帮助这些寡妇因丧夫而造成的生活困难，便由地方绅耆和官家各拿出了相当的一笔款子，除建造了这座"尚节堂"外，还置有田地和进行投资以作为基金。凡不愿再嫁的寡妇而生活又确实困难者，经了解情况属实后，可在"尚节堂"内得到一间（实际是前后间带一个厨房，楼顶可堆放东西或让孩子居住）不用交租的房子，每月还可领到一定数量的大米和零用钱。这样这些寡妇便可以有一个虽不富裕但却安定的生活。古人云"妇女之责，相夫教子"，她们虽无夫可相，但却也能安心教子了。所以这"尚节堂"的"尚节"二字虽不免有封建意味，但实在是一个救济困难寡妇的慈善机构。但也有两种情况中途离开"尚节堂"的：一是如果有耐不住寂寞而想再结婚的，可以要求搬出"尚节堂"，因她已不再是"节妇"了；一是孩子长大了，有能力赡养母亲，觉得再让母亲在"尚节堂"内吃救济，绝非光彩之事，所以，要求将母亲接出。这自是受到欢迎的，因为这表明了"尚节堂"不仅救助了一个寡妇，而且使她由于生活安定而培养出一个"有出息"的孩子。

　　为了贴补生活，特别是有孩子的寡妇们总想让孩子过得好一点，所以家家户户都搞一点副业。这副业便是"大表姐"拿给我吃的几种果脯。这是外地所无的贵阳"尚节堂"的特产。这些寡妇们加工这些果脯时想到的不仅仅是赚几个钱贴补家用，而且觉得这是对她们救济的一种报答，所以她们非常讲究卫生和精细加工，她们不愿为只图赚钱而粗制滥造使"尚节堂"坏了声誉。

这些果脯加工起来是麻烦的……"尚节堂"的这几种果脯拿在手里既不像北京果脯那般黏糊糊、腻答答、结块成团，用手取时总使人的手指有种稀稀的粘滞感，很不舒服。也不像南京的金丝蜜枣，金丝蜜枣虽手上没有这种黏腻感，但吃在嘴里总觉太甜。而"尚节堂"的这几种果脯，不但看在眼里色泽亮丽，诱人食欲；而且拿在手里清清爽爽，不黏不滑；吃在口里，甜而不腻，仍有一股淡淡的果香留存。"尚节堂"的果脯有专人登门收购，既有街上摆摊、挑担的小贩，也有京果舍铺（糖食糕点店，贵阳人叫京果铺）的掌柜或采购人员。收购时极少听见他（她）们讨价还价，大概那时的人还较朴实，赚寡妇的"黑心钱"有点"不讲良心"罢。所以价格都是比较公道的。解放后，"尚节堂"因为有田地而属于封建性质，再说这么多寡妇也是一笔劳动力，天天坐着吃闲饭也是一种浪费，同时，寡妇不嫁人也是一种不人道的封建意识。为了消灭封建，"尚节堂"的田地进行土改、财产没收充公，寡妇们也被动员得理直气壮、冠冕堂皇的再嫁了人，年纪大不能再嫁的人，有子女者，子女有赡养之责，由子女接出赡养，无子女者由政府另行安置，给予适当抚恤，并组织一些力所能及的劳动，让她们做一个自食其力的新人。从此以后便再也没有了这代表封建礼教的象征物——"尚节堂"。"大表姐"因年纪大了，受的封建礼教熏陶又太深，自然不会再嫁人，由儿子接出。由于儿子工资有限，穷困潦倒，心情忧郁，没有多少年便带着她那满肚子的《四书五经》和《女史箴》等去见孔夫子去了。

《"尚节堂"与果脯》

❖ **孟昭恺：**胜利商店，父亲的家国愿望

如今人们提到的"乌当"，是指以新天寨为中心的乌当区政府所在地，这里已是一座车水马龙热闹喧腾的城镇，高楼林立，工商繁茂，被称为贵阳的五大闹市之一。

其实，在老年人的记忆里，一直名叫"乌当"的地方离此还有6公里，是个远近闻名的乡场。在自然经济时代没有什么商业网点，农村的集市贸易定期在乡场上进行，"赶场"是农村人民生活的重要内容，卖掉想卖的，买回想买的，互通有无，各取所需，今天赶牛场，明天赶猪场，后天赶猫场，人们为此十分忙碌。

老乌当场坝依山而立，小街上有十几家店铺，但更多的买卖是在场坝上进行，平时店铺生意清淡。

1940年我们家从头堡小村迁移到乌当场坝的小街上，租住刘和清家当街的小屋。此时，上海、南京、武汉等大城市均已沦陷，时局混乱，物价不稳，民不聊生。全家是从城里搬到乡间避难的要维持一家八口的生计已举步维艰，父亲曾有公务在身，但所得薪金因物价波动太大难以养家活口，萌生了在乡场上做点小生意的想法。

他的第一个试验是从农民那里买回一大堆青菜，蹲在菜堆前等候买主。

一米六几的身高，五官端正，不留长发，穿着知识分子常穿的四个口袋的中山装，戴着近视眼镜，这副模样摆个算命摊子或替人代写书信、诉状、对联之类还能相称，哪像卖菜的人啊？

他守候半天无人问津感到没趣，把我叫了去。我，一个小顽童，小学四年级学生，叫守就守吧，不会叫卖，不会吆喝，只会默默地在那里蹲着，一脸的惶惑不安，旁人如看新奇似的看着一个小孩守着一堆菜。我多么希

望有人来买上一点，也是个巨大的突破，结果与父亲同样：无人愿意哪怕是接近菜摊。

大堆青菜一时吃不完，剩下的都烂掉了。

不久，鸟当场坝的小街上出现一个小店"胜利商店"，这是父亲流畅有力的书法写就的店名，附近还贴有"广告"："这里有斗笠草席，青岩陶器。膏丹丸散。土杂货物。"从字面理解，经营的货品好多，贴有广告的小店也仅此一家，但文盲占多数的地方不起作用，稍有文化的品味书法，不识字的看作稀奇，生意十分清淡，货品渐渐地少出无进，小店面临关门歇业。

不甘失败的父亲觉得乡间开店不行，那就搬到城里去。在市内"广东街"，即现今喷水池与黔灵路之间，"胜利商店"又开业了。经营范围除上述各种货品以外，还加上"各种香烟"。

父亲的买卖又开始了。他城里有许多社会关系，在外常有应酬，朋友中有专长却无职业者很多，商店成了这些人前来清谈消闲无奈时光的地方，何况那时是"国难时期"，购买力低下，人们勉强应付腹中饥饿已属不易，哪有闲钱买这买那。父亲已无意守望店铺，复又想起我这个曾经守过菜摊的儿子。

此时是1941年，我只有九岁，小学五年级上学期还没有读完，当时全家尚无力全部迁回城里，几个弟妹年小不是守店人选；姐姐流落外地不能回乡；哥哥初中快要毕业，应支持他继续升学；我小学尚未毕业，可暂时放弃学业以就家庭。一个小孩能守住店铺也就不错，但货品整日常是无人购买，哪能耐住寂寞？于是，柜台上经常摆着象棋盘，周围的爱棋小友常来与我对弈，一下半天过去。"各种香烟"很少有人买，用来招待大小朋友抽着玩。

父亲常是早出晚归，不时带回客人，叫我给他们做饭吃。如是父子两人，勉强能够凑合，最烦的是为客人做饭。

某君学历甚高，曾与国内一些高层人士共患难，但此时闲得无聊，我把他当成常来混饭吃的人。他来店铺坐着不走，与父亲有说不完的话。我在后面做饭很不耐烦，不断前来报告"意外情况"："火生不燃""饭煮不熟""没菜吃了"……这位客人心知肚明，不以为然，总要吃了无论质量如何低劣的饭菜才会离开。

我从这时起在店铺的柜台上练就了中国象棋扎实的基本功，以后成为终身爱好之一。稍有空隙便喜欢与友人下棋。在边疆工作期间，与一位外号"象棋长"的领导下得难分难解。熬夜下棋是乐事。遇到休息天，在茶馆里占上一张小桌，泡上一杯茶，旁边放着一包那时少有而贵的粗制饼干，从早下到晚还不罢休，周围经常围满观众。这一爱好的最好成绩是在一次相当于县市范围的比赛中获得冠军。

前几年去国外旅游，客居爱尔兰音乐家福格斯家里，他喜欢下国际象棋，我不会下，他教我。开始我输得多，渐渐的他赢不了我，常去翻棋书来对付。他不知道两种象棋有许多共同之处。

"胜利商店"仍然慢慢地以进货出货稀少难以为继，迁移到了租金少一些的南京路，即现今六广门一带。此时的"残店"货品极少，记得吊在顶棚的几把纸伞偶尔在大雨时卖出一把，不久小店又面临收场。

大街上的店铺已无力承担租金，只好将剩余的货品搬到醒狮路的小街上。那里有祖传下来的一个小店门面，承租者长期未付房租，我和父亲挤住以后，几乎达到"针插难进"的境地。小小两间房，我们在前面开店，原住房者把后一间当厨房，还包做许多人的伙食，成天忙乱得不可开交。屋里有个许久才会淘粪的"厕所"（实为粪坑），不时发出难闻的臭气，与炒菜散发的煤烟油烟味混合，呛得人难受，闻久了不忍也得忍。好处是我们可以不交房租，还在他家搭伙，以租金抵伙食，这样又度过数月，然而生意依然如故，没有任何兴起的苗头。

父亲开始"多种经营"，在残存的货品中加入"糕点"一类。

如需买糕点者都图个新鲜，你这个残缺不全的杂货店加入这类货品显得不伦不类，无人光顾，我几乎没有一次卖出糕点的记忆，印象深刻的是糕点不断发霉被我偷吃许多，最后引发父亲大怒，叫我跪下狠狠地打了我一顿。

小店面临彻底关门的时刻，远方传来噩耗：飘零在外的姐姐在桂林桃花江落水死去。我亲眼看见父亲手里拿着友人发来姐姐在游泳中"惨遭灭顶"的电报呆立好久。这一不幸的消息他久久地不告知母亲，过了许多时日她才知道女儿早已不在人间。父亲带着失落和悲戚的心情，激愤地离开了家乡，奔向抗日前线一个驻守要地的部队，直至抗战胜利……

当初父亲把商店起名"胜利"，反映他希望把生意做成，达到能够养家活口的目的，同时也反映了对抗日战争胜利的热切渴望，现实却是日本侵略军已逐渐进入西南，逃往此地的难民越来越多，此时无论做什么都难以使家人能够有安定和温饱的生活。父亲悲愤落寞的心情是可想而知的。

《乌当老场坝上的"胜利商店"》

❖ 朱 澈：高家花园，一座私家庭院的革命情缘

从贵阳市中心经省府路，往东不远就是文笔街。在现代化高楼丛中，一幢古朴典雅的建筑，跃然眼前。这就是20世纪30年代中共地下组织贵州省工委秘密活动的地方——高公馆。解放前，贵阳人一般不把这里叫作"高公馆"，而是说"大坝子高家"。因为在很久以前。现在叫"文笔街"的这一片地方叫"大坝子"。大坝子高家是一个较大的封建地主家族，是清代以来贵阳唐、华、高、朱等几大家族之一。唐家在清代为官者甚多，华家后来在工商业方面有较大发展，

▷ 20世纪30年代高家花园一隅

高家则主要以其大量的田庄而世代相袭，朱家在清代虽然官做得大，朱射斗还曾荣获嘉庆皇帝赐封"勇烈公"称号，但清末以后日趋没落。所以，在老贵阳人中，素有"唐家顶子""华家银子""高家谷子"的说法。

高氏庭园建于18世纪。贵筑县北衙乡人高廷瑶（青书），中"解元"后进入贵阳，1786年在大坝子建成解元府。庭园共五套院屋，全部为四进四院，每套紧连，院院相通，大小厅堂近百间，还有观音堂、谷仓，以及建有池塘、水榭、楼台和遍植树木花草的大花园。这里特别值得提起的，也就是这个高家花园。因为在20世纪30年代，这里是中共地下组织贵州省工委的主要活动地之一。

1933年，在上海加入中国共产党的贵州青年林青，与另一位共产党员缪正元，从上海来到贵州，1934年开始在贵州发展党的基层组织，这年冬季，贵阳建立了几个党的支部。1935年1月，林青在遵义找到长征途中的党中央领导同志李维汉，汇报了贵州党组织的建立工作，经研究，决定建立中共贵州省工委，林青被任命为省工委书记，时年24岁。

这时，正是中国共产党及其红军处在最艰难的时候，然而以林青为代表的贵州优秀的革命儿女们，却冒着生命危险，聚集在党的红旗下，为家乡的解放，为祖国的振兴而进行战斗。这当中，就有毅然背叛封建地主阶级的高氏子女。于是，省工委和与高家革命子女同学的一些共产党员，就利用高家的社会地位及其庭园的幽深，在高家进行了许多党的活动。

省工委在高府活动的主要区域是高家花园。园内池塘中，有经久不衰的多年生草本植物——荷，每逢盛夏秋微笑。园中树木葱茏，四时花卉竞吐着醉人的芬芳，鸟儿们自由地飞翔、跳跃和欢声歌唱。这一切展示着自然界的勃勃生机。

园内的建筑有怡怡楼、船屋和饲养孔雀的孔雀亭。船屋有一半建在池塘中，为两层楼房，楼上四面走廊，围以木栏。房中竹匾、竹对联、竹床、竹桌、竹椅，还有古琴。立于楼上，园中景色尽收眼底。贵州省工委常在此活动，省工委成员常在此隐蔽。

一个典型的封建地主阶级的大庭院，竟然成了工人阶级政党地下组织的活动和隐蔽场所，这并不奇怪。高家是各房分支聚居一起，又相对分散生活的一个大家族，大集中里又有小独立。当年的总当家人高可亭，虽然大权在握，家法森严，但对一些事情也鞭长莫及，很容易把他瞒过。加之高家门户森严，庭院曲折迂回，易于隐蔽。于是，一个本来专供高氏族人赏玩的庭园，在特定条件下，同革命活动结下了不解之缘。

《中共贵州省工委旧址——高家花园》

❖ 曹如人：贵州名屋花溪西舍

1959年11月23日上午，陈毅元帅与夫人张茜在贵州贵阳花溪住了一个礼拜，还吟下《花溪杂咏》七首和《过贵阳》四首，共十一首诗。其中《花溪杂咏》第七首曰："东舍西舍小停留，长春溪水绿如油。农村如此园林化，神州富裕永不愁。"点明了他在花溪下榻于公园的"东舍西舍"。东舍西舍合称"花溪西舍"，乃贵州名屋，位于花溪公园龟山之西北麓，化溪河南岸，坝上桥左侧。占地面积5052平方米，由东向西有三幢建筑，依次称东舍、西舍、厨房，为中西合璧式建筑风格，总建筑面积为650平方米。

东舍始建于民国二十七年（1938），乃贵州省最早的国宾馆之一。整幢建筑略呈立体十字形。突出正门房顶有等腰山形尖顶，原为青砖黛瓦，现为粉墙绿瓦。主楼二层，靠河裙房为半圆柱形，楼下临河走廊水泥柱为四棱形。二楼向河窗户为欧式半圆拱顶。当时抗战初期，前方吃紧，沦陷区百姓处于水深火热之中，而上海、重庆等大城市却兴建洋楼、办俱乐部，唱歌跳舞，醉生梦死。此风畸形蔓延影响各地，东舍便是在此背景下修建起来，起初叫"唱舞俱乐部"，后被冯玉祥所改。冯玉祥本任职抗日同盟军总司令，率师与倭寇血战前线，忽被蒋介石召回重庆，免去总司令职务，委任军事委员会副委员长的闲职。其气闷苦恼，因此常至贵阳花溪小住。第一次正值唱舞俱乐部刚建成。其闻名后大怒，当即提笔写道："国人羸弱，日寇侵略；唱歌跳舞，亡国当奴；人人习武，驱逐鞑虏。"命令将宾馆改为"尚武俱乐部"，"跳舞厅"改为"习武厅"，谁敢不从？1941年3月举行竣工典礼时，东舍便命名为"尚武俱乐部"。冯玉祥民国三十一年（1942）正月又来，亦住尚武俱乐部，还为花溪人民送来宝贵的十担盐巴，还去花溪大寨看过地戏。

蒋介石亦曾两次住在尚武俱乐部，第一次于民国三十二年（1943）3月17日，约住一个月，与其同住宾馆的有次子蒋纬国、义子陈惠夫、前夫人陈洁如等。省主席吴鼎昌、建设厅厅长，何应钦四弟何辑五等亦来陪同（他俩在花溪碧云窝有自己的别墅）。第二次于民国三十五年（1946）4月9日，约住几天，与其同住宾馆的有张学良、蒋经国等。省主席杨森、何辑五等亦来陪同过。

解放后，1958年贵州省政府在花溪兴建宾馆，又在尚武俱乐部西侧修建了一栋二层楼洋房，称西舍。而尚武俱乐部相对来说位于东，故改称东舍。西舍西后侧又建了丁字形厨房，还修建了水泥塑雕花围墙，统称"花溪西舍"，原贵州省委书记周林题字。而将东面数百米处的"花溪小憩"称为"东舍"（巴金结婚处）。

《贵州最早的国宾馆花溪西舍》

❖ 刘学洙：盐务街，贵州人与盐的故事

贵阳市北有一条盐务街，原名盐务新村，那里铭刻着贵州与盐的历史故事。

20世纪三四十年代，今天的六广门外还是未开发的乡村。从现在八角岩贵州饭店大厦、省府大院、贵阳医学院到贵州日报社，是大片菜地、乡间泥土路和农舍，还有不少坟堆。如今我所住的报社宿舍，本名豺狗湾，

可想而知昔日是多么荒凉。那时这一带唯有今盐务街，别有一番景象，它是当年贵州盐务局所在地。在今天的街口位置，有两座方形高大的石砌门柱，上刻"盐务新村"四个大大的红字，庄重朴拙，门前有盐警站岗；门内右侧是一大排盐仓，许多大卡车、马驼子挤在这儿卸盐、装盐，车水马龙，好不热闹。每天总有一群穷汉穷娃拥在周围抢扫散落地面的碎盐。他们衣衫褴褛，脸色苍黄，神情慌张，手执刷把撮箕，弯着身子趴在车底周边拾扫盐末。当年，盐务新村初创，四周空旷，一如荒郊，一条清澈小溪流过，水边三三两两浣衣女手举木棒，在光滑的溪石上捶洗衣衫。溪水淙淙，垂柳青青，捣衣声声，那田园般的恬静，恰与盐仓前人声嘈杂，拾盐人为生活挣扎，缀成两道不协调的刺眼画面。

这是我第一次来到盐务新村的印象。1946年春天，母亲携我与庄妹从遥远的福州来筑寻父。父亲是抗战之初从扬州两淮盐务管理局节节撤退到贵阳盐务局定居的。我们抵达那天，父亲雇一辆马车来接我们，车厢又窄又脏，沿途马蹄得得，马粪撒地。出六广门，进到盐务新村大门，见背夫搬运那状如巨石的灰黑块块，不知何物。父亲说，贵州不产盐，这是四川自流井熬制的大块盐巴。我才知道，这里是全省食盐集散地，贵州盐务运销中心，关系全省民生大计的重地啊。

一晃六十多年过去，当年象征盐政权力中心的两根大石柱早已不在，田园风光的新村已为繁华市嚣所取代。只是"盐务"的街名尚沿用至今（据说全国以"盐务"命名的，尚有天津一条街）。今天的盐务街，已成为商业街。有两个大单位，一是北京华联大超市，一是贵州商专，都位于70多年前的盐局旧址。许多年前我曾陪同省顾委一位老领导去贵州商专搞调研，旧地重游，不期见一座平房，小巧精致。入内，中间是大会议室，两旁是小办公室。不由唤起我的记忆，这不正是当年我父亲办公之地吗？父亲一辈子干盐务，从小职员干起，抗战胜利后当上了贵州盐务局秘书。父亲能诗文，擅书法，盐务新村落成时，曾撰文并书《盐务新村记》，刻碑竖在旗杆下。从盐局办公区往北纵深，是一片宿舍区，茅屋，竹篱，小径，绿树，环境幽静，而住房十分简陋。上无天花板，下为三合土，墙壁是竹篾黄泥抹涂上石灰，而在当时也算较好宿舍。我的高中最后两年和大学一年便是在这里度过的。眼下是一派新天地，高楼林立，校园优美宽敞，商业大专人才一批批从这里输到各地。华联超市商品琳琅满目，人气旺盛，成为市北一带消费者的购物中心。而贵州盐务局前几年一直还设在这条街头，只是门庭窄小，很不显眼，远不如昔日那么神气。这大约不是坏事，贵州人民"斗米斤盐"的历史早已一去不复返了。

盐务是十分重要的部门。从春秋时期管子创盐铁官营之策，到汉代桓宽著《盐铁论》展示一场盐铁官营大辩论，历代朝廷无不重视盐政。煮盐致富的商贾，代不乏人。盐税一直是历代政府的一大财源。近代随着西方列强侵华，盐政主权逐渐丧失。我听父亲说过，他工作了几十年的盐务机关，表报、文书，长期里都采用中英两套文字，英文表报文书是专供外国人看的。因为旧中国把盐税作为晚清屈辱赔款的抵押，外国派人稽核监督中国盐政，使中国盐政半殖民地化。

据白寿彝《中国通史》载：中国盐税作为外债抵押，始于光绪二十四年（1808）。1913年袁世凯向英、法、德、俄、日五国银行团借款，更以全部盐税及关税余额作为担保。当时中国盐税每年近5000万两白银，全部移归汇丰等外国银行。五国银行团在中国设盐务稽核总所，下设分所，遍及全国各地。从此中国盐税实权均掌握在一群洋买办、洋所长、洋顾问、洋会计之手。

至于贵州盐务，情况更惨。贵州不产盐，食盐以川盐为主，也有部分淮盐、粤盐和滇盐。《中国盐业史》云："贵州全境多山，地形崎岖，交通阻塞，陆运（盐）需要人背马驮，水运要盘滩过载……历代统治者官商一体，层层盘剥，盐价奇昂，劳动人民长期以来深受贵食、淡食之苦。"上了年纪的人都知道，贵州穷人常以一小块盐巴，用绳子吊在火塘或灶台上端，吃饭时放入菜汤里涮一涮，就算放盐了。百姓称为吃"吊吊盐""打滚盐""洗澡盐"。旧中国运盐极苦。川盐通过四大岸：綦岸（綦江）、涪岸（涪陵）、永岸（永宁）、仁岸（仁怀）古盐道入黔，常靠人背。20世纪40年代乡土名作家蹇先艾在他的《盐巴客》里写道：在川盐入黔的崎岖山路上，从事背盐的苦力，"他们有一种特别的本领，便是背上驮着仿佛大理石块子的盐巴，重叠着像两三尺高的白塔，和骡马一样，跋涉十天半月以上的坎坷长途，每天走七八十里或者一百里，不算一回事——他被大家叫作盐巴客"。蹇先艾短篇小说描写的就是川黔路上一位盐巴客跌下山岩折断一只腿，滞留在乡村小客栈苦苦呻吟的悲惨故事。旧社会贵州运盐之苦，今天是难以想象的。盐巴客，也称"背老二"，他们从川盐入黔的口岸堆盐场上，用背篼装载盐巴，沿着陡险的羊肠小道，手里提着铁包头的硬木棍，叫作打杵，吃力行进，累了就用这木杵顶住奇重的盐背篼稍事歇气。史志称：非至"肩疮蹄血"，盐不能抵销地。年深月久，那山路石头便留下密密麻麻打杵磨出的石凼。早年盐务新村车水马龙装卸沟盐巴块块，真不知凝结几多苦命盐巴客的血与泪。

《我所知道的盐务街》

❖ 邓一平：白安营，张学良的幽禁地

冷淡山脉横陈于开阳古城之西，登上1300多米高的山梁展眼望去：山丘如浪、山田如鳞、阡陌交错、烟村几许。在这平淡无奇中，唯见一组白石山岩卓尔不群，峭然独立，形若雄狮回眸，坐卧在那缥缈的山岚里，几分朦胧，几分神奇。那便是开阳著名的游览胜地——白安营。

白安营，得名于清朝咸同年间，是当地黎民百姓为躲兵祸，就在这险峻的一夫当关、万夫莫开的山崖绝境上修筑的一座民营，原称白岩营。后因营盘被破，人们归咎营盘名字有乖，认为白岩营的"岩"字音谐"挨打"的"挨"音。为图吉利，将"岩"字改为"安"字，祈佑营盘固若金汤，保民大吉大安之意。

昔日巍峨营垒早已灰飞烟灭，只剩得瓦砾柱础在荒烟漫草中空伴白岩白云。岁月悠悠，一派古战场苍凉景象载着逝去的故典，浸润着一种悲壮

的情愫，供人游览与凭吊。

白安营，主峰"狮子头"，千仞笔立，高耸入云。怪石嵯峨的龙头岭左连狮子头，右接"天生桥"，三面回合，形如马蹄，抬头仰止，苍鹰盘旋、岩燕翻飞，好似引动得危岩岌岌，倾顶压来，令人炫目。从"鱼脊背"绕上龙头岭，白安营四围景观一览无余。远处，溪流碧绿澄澈由东而来，两岸田畴片片，山寨含烟，水车辘辘，白鹭点点。近处的响水潭，崖下的凉敞滩小如翡翠珍珠一般，只见游人如蚁，遥闻涛声幽远。

天生桥，白安营景区的精品，她带着哲学的意境，载着神奇的故事，展示着上帝鬼斧神工的杰作伫候在游人的眼前。拐网河河水流量并不大，然而来在白安营山脚下，却一改文秀而舒缓的性格，闯下几道地质断层，轰轰隆隆，公然把白岩营的沉沉大岩钻通，转过一百八十度的大拐弯又潇潇洒洒扬波而去。此情此景，真可谓"青山遮不住，毕竟东流去"啊！这不正是给游人一种百折不挠一往无前的精神启示吗？河水钻山处就形成了

▷ 西安事变前张学良（前排左一）与蒋介石合影

一座壮丽的天生桥，桥高五十米，桥洞宽二十米。形象逼真的龟背石不偏不倚镇锁桥脚。河水到此，又扑下十几米高的跌坎，形成两叠瀑布，画出了两道生命的彩虹。游人也到此却步，隔着静静的凉敞滩，只听空山鸟语声里夹杂着农夫犁牛打田的吃喝声，但只闻其音，不见其景，好似给游人留下悬念，留下遐想，留下一种怪怪的遗憾美。

桥顶，奇迹又出现了，凭空绝壁一棵长有丈余，碗口粗细，形如铁矛之物横存在其上。这一奇观，据史书载，"疑为古代兵器"。民间传说此桥为道仙张三丰所造，桥造好后，他将造桥所用的铁棍神兮兮地安放在那悬空空的崖壁之上，故意丢个古迹，给开阳人民留个纪念。当然，传说归传说，但是，值得考究的是在那斧劈刀削的悬崖上谁将这一偌大铁棒安放其上呢？作用又是什么呢？悬崖铁矛如一个哑谜，带着几分仙气，带着几分真实，从古到今不知引来多少寻幽探胜之士来此考察探秘，希图解开这一千古之谜。然而一个个只是望壁兴叹而已，至今无人识破其玄机。

天下名山胜水好像与名人轶事相结缘才算完美，难怪刘禹锡以他空灵的语言归结为："山不在高，有仙则灵，水不在深，有龙则灵。"说来，白安营确有此缘分。震惊中外的西安事变后，于1942年冬，蒋介石将著名爱国将领张学良将军秘密幽禁于开阳刘衙乡，1944年才离去。整整三年，是张学良在大陆幽禁时间最长的地方，但多半正史和资料都忽视这一鲜为人知的史实。刘衙乡离风光绚丽的白安营近在咫尺，张将军与赵四小姐经常在此游览探胜、打猎、垂钓。当年，白安营上有关帝古庙一座，飞角流丹，梵宇僧楼与苍松翠竹高下相间，好一派佛门净地。半山有野趣横生的草亭一顶，崖上有西式门六角凉亭一座，张学良与赵小姐常在此间憩息，他俩形影相随，或临溪垂钓，打发囹圄光阴；或勾灯夜坐，在青灯古佛下诵读青史；或登高远眺，遥望乡关那抗日烽烟那年那月，开中学子远足旅行到白安营，常和将军与小姐一同指点江山，激扬文字，一同引吭高歌，抒发豪情。每当张将军用那凄婉而泣鬼神的情调唱出"我的家在东北松花江上……"时也是泪水洗面了，最后的歌词大伙儿情不自禁地和唱："九一八，九一八……"，愤懑的共鸣声山和水和，天地同悲。歌声激越起铁肩道义的将军心潮翻滚，歌声昂扬起报国青年热血沸腾。当年将军朱笔题写在岩壁上的诗句虽然已随风雨模糊难辨，只见一摊摊红色遗痕。那是诗吗？不！那是将军一腔殷红的爱国热血。张将军与赵小姐，一个英姿勃发，一个外秀内慧，他俩旷古的冰雪爱情在白安营这自然美的陶冶下得到了升华，更加忠贞不渝。"千古奇冤囚，三载此勾留。人去山河在，白岩写春秋。"张将军与赵小姐在白安营的芳踪游迹，美谈轶事，常引人们前来追寻历史的足迹，观古而励志，在休闲旅游中不知不觉丰富了自己的知识，增加了学养。

白安营集山水风光、文物古迹、历史人物相糅之丰厚内涵于一体，确实是一处难得的多功能的旅游胜地。

《张学良与白安营》

❖ 王一民：汉奸可耻，大南门外的跪像

1938年汪精卫公开卖国降日，全国人民无比愤怒。贵阳县商会召开了理监事会议，在会上理事长张荣熙发表了申讨汪精卫的演讲，全体理监事一致支持。有缝纫业同业公会理事长朱晓云，抗战以后从浙江绍兴疏散来筑，参加缝纫业，当选为商会监事，提出了"塑汪精卫夫妇跪像于光天化日之下，让全县人民唾骂，以泄其愤"。获得省、县商会的同意和支持，当时省商会理事长陈职民、市商会理事长张荣熙是省参议会参议员，报经议长平刚及贵阳县长李大光的同意，塑汪逆夫妇跪像

▷ 汪精卫（1883—1944）

于大南门月城之中心，由县商会出资主办。并推朱晓云全权承办，朱找到上海疏散来筑，捏娃娃小玩艺的阿卢（是人们对他的称呼）。朱以浙江话问他："你能塑汪精卫夫妇的跪像吗？"阿卢回答："能！"双方商订，由县商会出资十五元工本费，先交十元备料，塑完后再行补清。

阿卢用八根铁柱，栽于月城之中心，用水泥塑成汪精卫夫妇跪像，塑得惟妙惟肖，貌容逼真，获理监事同仁的赞许，黑灰色的脸蛋，汉奸的本色，暴露于光天化日之下，日晒雨淋，人人唾骂。并以十二根铁柱围住跪像，用细铁丝捆固，再以铁环锁上，还用土砖做了一个大圆圈，行人、车马沿圈而行。落成伊始，观者络绎不绝，有时拥挤不堪，都想先睹为快。看后，有的骂："大汉奸！""卖国贼！""当今的秦桧！"有的指着陈璧君骂："当今的长舌妇！"甚至吐口水喷其跪像。有人说："汪精卫遗臭万年。"这跪像，不到两年，不知是谁拆走了，南门城改建成"中正门"，左为饮食公司，右为刘希贤药店。

《记贵阳塑造汉奸汪精卫夫妇跪像》

❖ 张德芳：密林深处的抗日医护中心

在贵阳市图云关森林公园内苍松翠柏掩映之中，屹立着一座"国际援华医疗队纪念碑"。纪念碑呈菱形，正面分别刻有用中英文书写的碑文：

为了支援中国抗战，英国伦敦医疗援华会组成医疗队，于1939年来到贵阳，为中国人民抗击日本侵略军作出了贡献，兹刻碑以志不忘。

纪念国际反法西斯战争胜利四十周年

中国共产党贵阳市委员会

贵阳市人民政府

公元一九八五年九月立

碑文的上方是象征国际主义的地球形浮雕,在浮雕之上用红色大理石镶成国际红十字会会徽。碑的左右两方分别刻有用中英文书写的国际援华医疗队医务工作者名单。

在纪念碑的旁边约50米处,立着一座别致的陵墓。墓前石刻花圈饰以橄榄枝和花卉,两侧刻有用中英文书写的碑文:

英国女医生高田宜,1941年来华支援我国抗战,翌年,侵华日军投掷细菌弹,她为防治菌疫,不幸以身殉职,兹刻碑以志不忘。

国际援华医疗纪念碑和高田宜墓,被列为省级文物保护单位和爱国主义教育基地。每逢清明时节,都有大批的群众前来凭吊和祭扫,接受爱国主义和国际主义教育。

国际援华医疗队是于1939年远涉重洋来到贵阳图云关的。1937年七七事变后,日本军国主义开始全面侵略我国。中国人民奋起反抗,和日寇展开了浴血奋战,大江南北,长城内外迅速掀起了波澜壮阔的抗日救亡运动。中国人民争取民族解放和自由,抵抗日本法西斯的正义战争,得到了全世界爱好和平人民的同情和支持。1939年秋,在英国共产党的支持下,为了支援中国的抗日战争,英国伦敦医疗援华会出面,组成了由卡内蒂·弗拉托为负责人的国际援华医疗队。他们克服重重困难,辗转来到贵阳图云关中国红十字会救护总队,投身于中国人民抗战的救死扶伤工作中,谱写了一曲壮丽的国际主义诗篇。国际援华医疗队有二十几个外籍医疗专家学者,他们分别来自苏联、德国、英国、奥地利、保加利亚、罗马尼亚、捷克、匈牙利、波兰、法国等10余个国家。这些国际援华医务工作者加入中国红十字会救护总队的各个救护队和医疗机构中,和中国的医护人员一道奔赴各个战场,进行战地救护,为中国人民的民族解放事业立下了不朽的功绩,有的甚至献出了自己宝贵的生命。英国女医生高田宜(中国名)就是其中之一。1941年,日寇在广西投掷细菌弹。高田宜不顾身患感冒,要求参加赴疫区的防治工作。临行前,她在自己的身体上作疫苗试验注射,不幸中毒牺牲。高田宜把自己永远留在了中国的热土上，中国人民永远不会忘记她。

国际援华医疗队纪念碑和高田宜墓的这个地方，原来是抗日战争时期我国西南大后方的医疗中心——中国红十字会救护总队的旧址。中国红十字会救护总队（以下简称红会救护总队）是抗日战争时期中国红十字会成立的一个战时救护组织。该队1937年七七事变后不久成立于汉口，后来随着抗战时局的变化，国民党军队的节节败退，便由汉口迁往长沙、祁阳、桂林，1939年春迁至贵阳图云关。

图云关是进出贵阳的重要关隘，是昔日黔桂公路的必经之地，距贵阳城区约5公里。图云关雄奇险要，群山横卧；山上林木葱茏，花草繁茂，风景秀丽。解放后辟为森林公园，被称为筑城翡翠。红会救护总队迁至图云关后，在总队长林可胜的领导下，艰苦创业，加之海外华侨团体的援助，很快发展壮大起来。总队除了内设办公室、医务股、材料股、运输股、总务股外，还有9个医疗大队，辖40个医疗中队，94个医疗区队和9个手术队，人员达1200多人。红会救护总队与国际援华医疗队、战时卫生人员训练所、陆军总医院等医疗机构联为一体，在图云关形成了一个集教学、治疗、技术、设备很强的后方医疗中心，其人员多时达数千人。

▷　外籍援华医生在贵阳图云关的合影

红会救护总队的几个医疗大队分赴几个战区，然后分派到各个战场，实施战场救护任务。红会总队除向国民党战区派驻医疗队外，也向我党领导的根据地派驻医疗队和发送医疗药品和物资，但数量不多。因此，总队长林可胜还遭到了上级的责难，甚至引起了蒋介石的不快。1940年夏，林可胜到重庆军医署出差，蒋介石接见了他。蒋对林稍作赞赏后，便要他注意"乱党分子"的活动，要林回去后好好整顿。林从重庆回来后不久，重庆便在总队成立了政治部（后来改为特别党部），监视林的行动和查禁进步人士活动。1942年，林可胜被迫辞职，1943年他去昆明，专任远征军军医视察总监的闲职。林辞职后，重庆中国红十字总会派秘书长潘习萼充任。潘改变了救护总队为战地服务的大方向，而是在大城市办医院，于是，红会救护总队的使命便结束了，人员被分调到各个医疗机构。

中国共产党十分重视红会救护总队党组织的建设。在红会成立之初，我党便派毛华强、冯骥、黄群三个同志以流亡青年的身份到卫生署战时卫生人员训练班受训，在学员当中从事革命活动。1938年夏，党为了加强红会救护总队的工作，在该队建立了党支部，郭绍兴同志任支部书记，隶属于中共长沙市委北区委员会。1939年春，救护总队迁到贵阳图云关，遵照上级指示，红会总队党支部与八路军贵阳交通站袁超俊同志接上组织关系，并接受袁的领导。袁超俊同志借口医治胃病住进红会医院，主持召开了红会总队支部会议。会议决定成立中国共产党红十字会救护总队总支委员会，郭绍兴任总支书记，高忻、毛华强、章宏道（即章文晋）任总支委员，下设贵阳、桂林、运输股三个支部，分别由郭绍兴、高忻、章宏道兼任支部书记。总支委员会的任务，一是继续团结争取林可胜总队长，同情支持我党的革命活动；二是利用运输股的有利条件，向后方运送宣传物资，宣传我党的政策；三是在救护总队做好宣传工作；四是积极发展党员。红会救护总队党组织的成立，对于宣传我党的主张和政策，向我党抗日根据地选送医务人员，运送医疗物资、药品等方面做了大量的工作。1940年，国民党特务组织在红会总队中查禁宣传我党的刊物书籍，逮捕地下党员。鉴于形势恶化，上级党组织决定红会救护总队党总支停止活动。

同红会总队一起驻在图云关的，除国际援华医疗队外，还有战时卫生人员训练所和陆军总医院。

　　战时卫生人员训练所由军政部管辖，但在培训计划和管理等方面，均与红会救护总队和陆军总医院有密切的联系，主要教学人员大多来自这些单位，救护总队总队长林可胜就是该所的主任。战时卫生人员训练所下设学员大队和学生大队。学员大队是对在职军医的短期培训，每期时间为六个月。学生大队是教育培训，时期较长，如军医教育班就要学七八年。此外，还有高级护士教育班和初级护士教育班及检验班。抗战时期，战时卫生人员训练所培养了大批的医护人员。

　　贵阳陆军医院成立于1944年，创始人是林可胜博士。该院隶属于军政部军医署，抗战胜利后属联合勤务总司令部。1947年，贵阳陆军医院改名为贵阳总医院，1948年改为第九总医院，1949年又改为海陆空军第五总医院。该院是当时西南两大陆军医院之一（另一为重庆陆军医院）。该院的前身是战时卫生人员训练所的实习医院，改为陆军医院后仍然是该所的实习医院。贵阳陆军总医院的医疗技术力量很强。医务专家教授分别来自协和、上海、中正、同济、华西、贵阳、圣约翰、中山、齐鲁、昆明等众多著名医院和医学院，还有部分外国的医学专家学者。该院有较好的教学医疗设备。X光机、微生物检测、生化和临床检验等设备齐全。有较强的护理能力。护理人员大多是一些从高级护士班毕业的。该院有床位300多个。1949年11月15日贵阳解放，贵阳陆军医院除院长张祖棻只身去台湾外，其他人员和设备基本保留完整，投入了新中国怀抱。

第二辑

流年碎影·
细笔勾勒的山城记忆

❖ **程亦赤：**贵州辛亥革命第一枪

清宣统三年（1911）阴历九月十三日夜半，贵阳南厂新军营操场，一声凄厉的枪声划破长空。闻此讯，早已准备起事的陆军小学学生和新军士兵，整队向城内进发。次日（11月4日）晨，贵州抚署挂出白旗，大汉贵州军政府成立，贵州辛亥革命成功，而打响这第一枪者，就是贵州新军士兵杨树青。

杨树青（又有写作杨树清的）（1891—1912），贵州贵阳府人。1891年生，幼孤贫。1905年3月，肖协臣、杨伯坚等创办贵阳私立正谊小学堂，杨树青曾就读于该校。在新学堂里，他不仅学会识字计数，更从力倡新学的老师那里接受了新思想、新观念。由于家贫，1908年，杨树青辍学在贵阳加入新军。

▷ 新军士兵

清末的"新军"是一个传播新思潮的场所，已有一定新思想、且对社会不满的杨树青如鱼得水，加上他勇于任事，常急人所急，"好鸣不平"，故"全标（团）目兵多敬惮之"，入伍不久，便升任炮队正目（班长）。与此同时，他还与陆军小学阎崇阶等借口组织"汇英公"（原为"黄汉公"）进行串联。他们经常在东山、螺丝山上的庙内以宴游为掩护，聚议反清事宜。四川保路运动兴起后，时为贵州谘议局书记员的贵州自治学社成员张铭，以师生关系介绍他加入自治学社。而自治学社亦密谋策动新军起义反清，故特让张泽锦（时亦为谘议局书记员）专与杨树青接洽，杨、张等人曾打算于农历九月一日（公历10月22日）贵州谘议局开会之日，"刺杀巡抚沈瑜庆而号召各团体起事"。唯因该社核心人物"以各方面运动未成熟，骤行此策，太危险"，出面禁止而作罢。

　　武昌首义消息传至贵州，贵州自治学社决定起义响应。杨树青被分工联络军界人物，为此，他先后介绍炮队排长姚国英、一标三营右队排长马登瀛加入自治学社。时清政府已觉察新军、陆小的革命活动，特令收缴两处士兵的子弹并严禁士兵离开军营。为此，自治学社不惜重金密购子弹，但所购子弹藏城内张泽锦、宁建侯处。杨树青接受运送子弹的任务后，每晚夜半时分，杨树青把偷运的子弹缠于腰间，缒城而出，沿梭石马（今梭石巷）输送回营。一次因所带子弹过重，缒绳也因多次磨损而中断，致使杨树青坠落荆棘丛草之中，毒刺遍身，肿疼难忍，但他坚持赶回军营，把子弹分给战友们，毫无半点怨言。

　　农历九月十四日夜9时，陆军小学学生江务滋、肖道生赶至南厂新军军营，报告陆小学生已先发难，新军各营革命人士奔走相告，还在联系之中。11时，标统袁义保下令紧急集合训话，还欲阻止举事。当袁义保从司令部走出刚到队伍之前，杨树青从行列中向空放了一枪，并号召战友说："我们就是不能再绝对服从！"顿时队形混乱，叫打声不绝，袁义保不敢再说什么，连忙在其副官的搀扶下乘乱离去。接着，杨树青又连放三枪，急呼："起义！大事成矣！"在士兵们的呼喊声中，新军整队出发，向城内挺进！

　　农历九月十五日（11月5日）晨，新军进入贵阳城内，在抚署卫队亦放弃抵抗后，贵州巡抚沈瑜庆只好投降交权，贵州辛亥革命起义成功。其时，杨树青负责守卫军械局。

大汉贵州军政府成立后，新军扩编为四标，杨树青被提升为第一标第一营管带。12月，杨率部随标统叶占标北上援川。在渝，他曾参与弹压重庆暴动及资州匪乱等军事行动。后又随蜀军政府副都督去成都，协助成、渝两地军政府合并事宜。由于他的部队"军律整齐"，令行禁止，颇得川人好评。

后奉调回黔，因其部自成都出发，行程后于从重庆返黔的援川军。1912年2月29日，先至贵阳的叶占标部二、三营与赵德全等竟遭到滇军的袭击、围剿。杨树青率部抵筑时，刘显世利用其情况不明，派人至杨部称，"君起义首功，且援川有名，相待决无恶意"。接着，又给杨送去任命他为军警局谍察科科长的委任书。杨树青以为自己解除了兵权，"或无他虞"，遂坦然赴军警局就职。殊不知当晚即在局内被暗杀，肢体被裂为数十段，埋于局后荒园中。是年，杨树青仅21岁。

《打响贵州辛亥革命第一枪的杨树青》

❖ 程亦赤：刺杀袁世凯

1912年元月16日中午12时，清总理大臣袁世凯的马车队从清宫出来，转上东华门大街，一路上三步一岗、五步一哨，防范甚严。透过大开的门窗，可见肥头大耳的袁世凯半眯着眼，一副志得意满的样子，似乎陶醉于自己南压革命党人、北逼清帝，玩中国政事于股掌间的得意之中，忽然一声巨响震耳欲聋，其卫队管带袁金标等倒于血泊之中，袁世凯惊魂未定，急令车夫打马疾驰。事后方知，是一伙革命党人对他实行暗杀手段。为首者有张先培、黄之萌等。

▷ 1912年8月9日，孙中山参加彭家珍、杨禹昌、张先培、黄之萌四烈士迁葬仪式

张先培（1890—1912），字心栽，其父张梁，贵州省都匀府麻哈州人，曾任贵州安义镇总兵（提督衔）。张先培生于贵阳，幼入贵阳乐群学堂读书，接受新思想的影响。1920年，小学毕业。曾上书贵州巡抚庞鸿书，要求出国留学，学习西方先进文化，"以为将来中国一旦改造之具"。后以父荫被选入京师陆军贵胄学堂，临行前正值乐群学堂校董、同盟会贵州分会会长平刚自日本回乡，遂请赠言。平刚告诫他说："吾人宗旨而宿领之矣。夫学所以储能，所以勖胆，业之成否，胥于胆能瞻之。此去，要以学为务。"

为认识中国，向社会学习，他借赴京城之机，游历四川、湖南、武汉、上海等地。到了北京，也不急着去贵胄学校报名，而热心于广交朋友，商讨救国良策。

武昌首义后，湖北军政府派代表胡鄂公至京、津等地活动，发动组织北方的反清力量。1911年12月，张先培与同乡黄芝萌等加入京津同盟会，并出席胡鄂公在天津老西开召集的"共和会京、津、保、滦、通、石代表会议"。是月10日，又出席保定会议。会上，张先培等提议，组织暗杀团刺杀袁世凯、张怀芝以消除"革命障碍"。会议决定，由张先培负责刺袁暗杀团。

在经过一番准备、策划后，12月22日，张先培、黄芝萌、胡鄂公等19人分乘5辆骡车至北京龙泉寺，进行刺袁宣誓。张先培为领誓人。

1912年1月15日，探得袁世凯将于次日上午入清皇宫议事的消息及其往返路线后，张先培等即在荆州会馆召集紧急会议。决定采取行动，并进行分工。张先培率第一组同志理伏于三义茶叶店楼上，第二组黄芝萌等理伏于祥宜坊酒楼，三、四小组同志则分布于东安市场之前和东华门、王府井两大街之间，以作策应和掩护撤退。

次日中午，袁世凯的车队果然从清皇宫出来。车队刚走到东安门外丁字街拐弯处时，张先培从三义茶叶店楼上掷出一枚炸弹，惜未爆炸，而袁的马车驶至祥宜坊酒楼前时，黄芝萌、李献文各扔出一枚炸弹，亦未掷中马车，而是打中街旁自来水铁管，反弹到卫队管带袁金标之马头，将他和一名排长炸死，亲兵、巡警、行人等六人被炸伤。袁世凯的马车疾驰而去时，张先培仍持手枪追击之，被袁的卫弁枪击头部而倒地，黄芝萌赶上前将他扶起，并与卫队进行枪战。终因寡不敌众，张、黄与战友八人一同被捕。

当晚，张先培等在京防营务处受到酷刑审问，其四肢均被折断，但他坚贞不屈，不向敌人吐露任何消息（为此，同时被捕的七位同志得以证据不足而获保释）。17日，张先培、黄芝萌、杨禹昌（四川人）被斩决。

1912年9月，黄兴、陈英士赴京谈判"南北统一"事宜时，将张、黄、杨三烈士的遗骨取出，与清末刺杀良弼的彭家珍烈士合葬于北京三贝子花园荟芳轩南侧（今北京动物园内），立碑，概述其事，称"四烈士墓"。

《刺杀袁世凯牺牲的张先培》

❖ **叶江华、杨青：**五四运动在贵阳

五四运动爆发后，北京学生联合会曾向各省发出通电，号召各省学生起来响应。贵州军阀出于其阶级本能，极力封锁消息，下令各报馆不得登载外地运动的消息。但在北京的贵州籍学生写家信回来讲述了五四运动的

情况；北京学生的通电、传单等宣传品也通过各种渠道传入了贵阳。贵阳学生开始自发地酝酿声援北京学生的运动。市民们也开始关注运动的动向。

▷　参加北京五四运动的爱国学生获释返校合影

　　贵阳学生爱国热情的高涨，使军阀统治者深感不安。从5月19日开始，《贵州公报》《铎报》《少年贵州报》等报纸，陆续报道了北京五四运动的发展情况及全国各地声援北京学生的消息。《贵州公报》从5月24日起，连续三天刊载在北京的贵州籍学生的来稿，详细报道五四运动的经过。5月下旬，各省相继成立国民大会的消息传来，贵阳各界群众奔走串联，组织成立了贵州国民大会筹备处，并于5月31日在贵阳几家报纸上发出筹备处《紧急通告》，通告说："我国外交失败，险象环生。青岛、山东日人悉将占据。全国国民痛心疾首，抢地呼天，群起组织国民大会，表示我国民全体一致之决心，勒马悬崖，以期挽救，其悲愤急迫之情，有不能不令人泣数行下者。吾黔非中国领土乎？700万同胞非中国人民乎？当兹国本颠危、千钧一发之际，犹不急起直追，尚能谓为有人心乎？……"

　　6月1日，贵州国民大会在梦草公园光复楼举行成立大会，各界代表纷纷登台演讲，一致要求以实际行动争国权、惩国贼，挽回外交失败。大会发出致巴黎和会中国专使及北洋政府并各省的通电，要求中国代表拒绝签订丧权辱国的不平等条约；要求诛除卖国贼以谢天下；保全北京大学，释放被捕学生。会后数千人上街游行，沿途群众不断加入，汇成了一股上万人的示威大军。人们挥动标语，高呼口号，怒吼声震撼山城，开创了贵州历史上前所未有的壮举。这种由青年学生发起并主持的群众大会，采取这种方式发动和宣传群众，这在贵州历史上是第一次。

6月18日，留日归国学生救国团派代表闵季骞来到贵阳，在省议会介绍贵州留日学生的爱国活动和上海工人阶级英勇斗争的情况。7月3日全国学生联合会代表、清华学校贵阳籍学生康德馨、聂鸿逵风尘仆仆、长途跋涉回到贵阳。他们在各校奔走联络，宣传外地学生运动的情况，转达全国学联对贵州学生的希望，筹备成立全国学联贵州支会。

7月16日，贵阳各校学生聚会梦草公园，举行全国学联贵州支会成立大会。与会学生面对国旗宣誓："誓为国家利益牺牲生命及各种权利。"闵季骞、康德馨、聂鸿逵先后发表讲话，达德学校负责人凌秋鹗先生代表贵阳各校教职员工和各界群众表示支持学生的爱国行动。大会发表宣言书：赞颂中华民族的古代文明，赞扬辛亥革命的丰功伟绩，指责复辟帝制、军阀混战，指责北洋政府的卑躬屈膝。宣言书号召全省人民与爱国学生一起，"努力同心，勇往直前……锐意振兴，国耻宣泄，国权伸张……"；呼吁全省商会与青年学生一道，掀起抵制日货运动。会后学生们举行了声势浩大的示威游行，愤怒的学生砸了日商在市中心大十字开设的小林洋行，没收了协和烟庄的日货，日本商人狼狈回国。学生们在学联支会的领导下，在甲秀楼下的沙滩上，燃起了熊熊烈火，将缴获没收的日货付之一炬，围观群众欢声震动。至此，贵阳的学生运动形成了高潮。

贵州学联支会的成立，使贵州反帝爱国运动从一定程度上为官绅左右的情况转变成由青年学生领导的、有组织的、有计划的统一行动的群众运动，从而成为贵阳五四运动的一个重要转折点，标志着贵州青年学生从幼稚开始走向成熟。青年们将单纯的爱国思想转化为行动，继而成为这场反帝爱国运动的先锋，并影响和激发了全省各界人民群众的爱国热情，在贵州近代史上有着十分重要的意义。

8月15日以后，以贵阳为中心的全省反帝爱国运动逐渐走向低潮，反帝的呼声逐渐与反封建的浪潮再次并轨。"五四"时期提倡的新文化、新思想，在贵阳各所学校得以广泛宣传，产生了积极的影响。"民主主义""社会主义""德莫克拉西""布尔什维克"等新名词在贵阳青年学生中广为应用。从此，被当时的封建卫道者视之为比"洪水猛兽"还要可怕的新思想、新观念、新学说、新伦理，从五四运动之后，就在较大的程度范围内被以青年知识分子为主体的广大群众所普遍接受。

五四运动以狂飙突进的精神予贵阳学生以洗礼，一批先进的知识分子开始探索中国的出路，积极寻求科学的救国救民理论，"五四"后回到贵阳的刘方岳、田君亮先生就是其中的两位。刘方岳最先在达德学校宣讲巴黎公社的情况，讲解马克思主义的主张；田君亮用日本马克思主义者河上肇的经济学大纲作课本，引导学生学习马克思主义理论。他们教导学生分析贵州社会现状，树立学生改变贵州落后面貌的志向，寻求贵州变革的道路。

《五四运动与贵阳》

❖ 何静梧：断指明志的女教师

第一次世界大战结束后，1919年初，帝国主义列强召开了分赃的巴黎和会。在全国人民压力下，北洋军阀政府的代表在会上提出了废除帝国主义在中国的特权、废除袁世凯与日本签订的"二十一条"、收回日本在山东的各种特权的要求，遭到拒绝。巴黎和会上中国外交的失败，导致了北京反帝反封建的"五四"学生爱国运动的爆发。五四运动震撼了中国，也给地处山区的贵阳吹进了时代新风。

贵阳离北京远，消息闭塞，5月中下旬贵阳报纸才开始报道五四运动。7月中旬贵阳各学校师生在梦草公园（其地在今市委大院后）集会，响应五四运动号召，有一瘦弱年轻女士，登上临时搭起的讲台，慷慨陈词，痛斥帝国主义的侵略行径和丑恶嘴脸。她声泪俱下的控诉，敲打着每一个在场师生的心。当她讲到激动时，毅然拿刀砍下手指，在一张白手帕上，用鲜血写下"誓雪国耻"四字。这时台下沸腾了，师生个个义愤填膺，"外争国权，内惩国贼！""废除二十一条！""还我山东！""打倒日本帝国主义！"的口号声响彻公园上空。会后各校师生举行了声势浩大的游行。许多小学生回家后拿出教科书，用口水使劲擦去书上所有的"日本"二字。

这位用鲜血唤醒同胞的瘦弱年轻女士，名叫杨静如，当时是光懿女子小学的教师。

《筑城旧事》

❖ 刘祖纯、张汝弼：五卅惨案与贵阳学生运动

1924年，中国共产党与孙中山先生领导的国民党左派结成革命的统一战线，实现第一次国共合作，在广东、广西建立统一的根据地，打败了军阀的叛乱。第二年在中国共产党领导下，上海的工人运动蓬勃开展，组织了轰轰烈烈的大罢工，进行反帝运动。上海是中国工人阶级集中的中心，早期工人运动的杰出领袖刘华、邓中夏、刘少奇等都在上海活动。

1925年5月14日，日本纱厂资本家开除了两名工人，引起全市工人罢工，日人竟开枪杀害了领导罢工的中国共产党员顾正红。因此，上海工人大罢工，学生大罢课，游行示威，反对杀害工人。5月30日，上海各校学生2000多人在马路上散发传单，到处讲演，宣传反帝，奋起救亡。英帝国主义巡捕头目竟当场开枪扫射，打死打伤学生数十人，这就是著名的"五卅惨案"。

五卅惨案发生后，中国共产党中央在上海连夜召开紧急会议。蔡和森、邓中夏、刘华等主张号召全市罢工、罢市、罢课，组织行动委员会，展开工作。6月1日，上海开始实现全市罢工、罢课以抗议帝国主义的屠杀。北京、南京、汉口、天津、山东、湖南、广州纷纷响应，先后举行大罢工、罢市、罢课，高举反帝旗帜，汹涌澎湃的工、学、商各界和全国人民反帝爱国运动席卷全国，遍及港澳。

▷ 上海五卅运动

　　贵州青年学生通过辛亥革命、五四运动，特别是1921年中国共产党成立后，中国革命有了党的领导，1924年国共合作，孙中山倡导的新三民主义努力救亡，在思想上是有一定进步基础的。

　　1925年初，贵阳师范学生王文祥（遵义人）、模范中学（后改一中）学生李德祖（遵义人）、刘祖纯（石阡人）、张汝弼（贵阳人）等经常在一起复习功课。课余将历史教员端晓江所教中国光辉历史课程，针对我国目前情况，结合讨论，当时我国贫弱，外受列强压迫，内则军阀割据。战乱不息，民不聊生，愤慨万分。一致认为天下兴亡，匹夫有责，青年责任尤重。遂春游东山，四人歃血为盟，相约团结互助，共同救亡。

　　不久，声援五卅惨案的爱国运动在全国展开，贵州学生坚决响应。我们四人积极投入，遂于6月中旬约集各校学生代表集会于省议会（今富水中路评剧团），会议内容是：报告五卅惨案真相，及全国开展反帝运动情况；通过成立贵州省学生联合会沪案后援会章程草案；组织学生反帝爱国示威游行。当时参加会议的代表与学生，现在还可以记起的有：

　　师范学校学生代表：王文祥、张小辅、王镛先、顾文周。

　　模范中学校学生代表：刘祖纯、黄敬、龚愚、彭克负、颜亨书等。

　　……

次日天气晴明，各校学生在南厂集合完毕，由模范中学代表主持大会，报告开会意义，女师代表提出代表会议所拟定成立《贵州学生联合会沪案后援会草案》，获得了大会通过。继由体魄雄伟、身材高大（约两公尺高）、热情感人的学生示威游行总指挥王文祥、副总指挥黄敬，两人手持大喇叭（长约两市尺），向大会发出"示威游行开始！"的号令。各校先头学生，手捧校旗与背着钢鼓手拿铜号，打着咚咚的鼓声，不断吹奏号声，雄壮地徐徐行进。学生们一律穿着整洁白布的制服，头戴着有遮阳的帽子，帽上的帽徽标名校名。法政学校的帽子是方形的。女师的制服上衣是深灰色芝麻布，下着白果花的黑珍珠裙。学生队伍从南厂经马棚街（今新华路）、大南门、盐行街（今中华南路邮电大楼）至大十字口。分向大道观、老东门（今中山东路）、贡院坝、通衢街、大西门（今中山西路）、北门桥、广东街（今喷水池、中华北路）游行，沿街散发传单。由于街道窄狭，队成双行，因此学生队伍拖得很长。王文祥、黄敬及各校代表随时整理队形，俟整齐衔接后再行前进。各校学生高举横格红布标，及学生所持的各色手旗，上书标语："打倒杀害工人顾正红的日本帝国主义！""打倒枪杀学生的英帝国主义！""收回租界！""取消治外法权！""对日经济绝交！""取消一切不平等条约！""抵制日货！""打倒卖仇货的奸商！""我们要为死难的烈士报仇！""打倒列强！""打倒军阀！""帝国主义滚出去！"王文祥、黄敬以大喇叭和各校代表分别带领学生沿街高呼口号，齐唱歌曲，嘹亮的口号声和歌声，轰动全城。

《"五卅惨案"贵阳学生运动的回忆》

❖ **王天锡：**红军过黔，老蒋惊慌失措

中国工农红军北上抗日，1935年经过贵州时期，我在贵州任警务处长兼贵阳公安局长。红军进入黔东南后，王家烈亲率部队出去阻截，又命我兼任

贵阳警备司令。是年春,蒋介石亲到贵阳督战,随行者有宋美龄、端纳、顾祝同、陈诚、何成濬、晏道刚、吴忠信等人。蒋的行营设在乐会巷毛光翔的住宅里面。蒋与宋美龄住在二楼,警卫十分严密,二楼两端的楼口都站有双卫兵。除了顾祝同、陈诚、端纳、晏道刚、吴忠信等可以自由上下外,任何人不经蒋的呼唤都不许上去。开会时,走廊上还有武装兵巡回走动。

这时二十五军的高级军官除我之外,全部都带兵出去了。蒋介石初到贵阳,一切情况急待了解,还有利用我的必要,因此仍然命我任贵阳警备司令,但派郭思演任副司令,各城门的卫兵都是蒋军。蒋为笼络人心,对我表示十分亲热,除向我了解贵州的军政、社会情况外,并问先兄(王天培)有无儿女。我把先兄死后的景况说了以后,他又装出很关心的神情对我说:"好!只要有人就好。"他又说:"贵阳你很熟悉,希望你辛苦一点,把了解到的情况随时告诉墨三(顾祝同)、辞修(陈诚)。你们都是熟人,不要拘束。你可以搬到行营住宿,便于联系。"当时我被蒋介石的甜言蜜语所麻醉,也就跟着他一道走了。

这年3月,红军由遵义西进仁怀后,蒋介石三令五申地命薛岳迅速把红军主力的行动方向侦察清楚,并派飞机由空中侦察,但一连三天都得不到要领。蒋在电话里大骂薛岳,问他在前线是干什么的,为什么连敌人的主力趋向何方都搞不清楚。据蒋的卫士说,蒋介石气得发昏,把电话机的听筒都扔在地板上,顿足大骂不止。

大约在4月初的一天,蒋介石召开军事会议,出席的有蒋介石、宋美龄、端纳、顾祝同、陈诚、何成濬、吴忠信、晏道刚、郭思演、王天锡等人。会上,顾祝同作了"敌情"报告。他说:"据息烽、开阳县长的电话,敌人的主力由乌江下游南渡,前部已过开阳县境,有进犯贵阳的企图。"接着他把拟好的防御计划宣读了一遍,令我指挥的一个宪兵营、两个消防连及警察400余人(均二十五军部队)负城防责任,在三天内把城垣四周的碉堡修理竣事;萧树经的别动队(约400余人)警卫行营和严查户口。蒋并电令孙渡(云南龙云的部队,计三个旅)由安顺一带(此时孙部先头部队已到安顺)急行军到贵阳,加强守备。

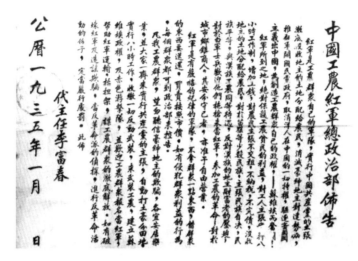

▷　红军长征途中散发的《中国工农红军总政治部布告》

　　会后，蒋介石问我："三天把碉堡修好有把握吗？"我说："只要一天一夜就可以完成。"蒋说："不能草率啰！贵阳的得失，关系国际视听哩。"我说："明天天亮以前就可以修好，请委员长派人视察，如果还要不得，可以再修。"蒋点头。当日，我强迫贵阳市民全力以赴，利用附近寺庙的砖、石、木板等，第二天午夜即将城垣四周的碉堡修理竣事，去向蒋介石复命。

　　次日黎明，蒋与宋美龄、端纳、顾祝同、陈诚亲到城上走了一遍，连声赞好。转来后，蒋把我带到他的办公室，又极力给我灌了一阵"迷汤"。正在谈话时，顾祝同神色仓皇地走进来，向蒋行了一个室内礼，连帽子也忘却取下了。他说："报告委员长，刚才水田坝有电话来，敌人已过水田坝，快到天星寨了。"蒋介石由沙发椅上站起来，望着我问道："水田坝距离贵阳有多少路程，在哪个方向？"我答："在东北角，距贵阳大约30华里。"蒋把脑袋昂起，眼珠朝上翻，想了一下又问，"距清镇飞机场多远？"我正在计算里程时，陈诚也跑进来了，说："乌当来电话，敌人已过乌当。清镇也来了电话，据报飞机场附近发现敌人便衣队，二十五军有一部分叛兵在机场附近滋扰。"蒋介石默不作答，把两手背在后面，在办公室里面走来走去，沉思很久，两眼盯住我，问："不经清镇，有便路到安顺吗？"我答："有。从次南门出去，经花仡佬（花溪）走马场，可以直达平坝，平坝到安顺只有60多里了。"蒋说:"你去准备下,挑选20名忠实可靠的向导,预备12匹好马、两乘小轿到行营听用,越快越好。"我出了蒋的办公室后,心里在想,老蒋准备逃跑了。

当我按照蒋的指示去准备向导、马、轿,10时左右去向蒋复命时,蒋喜形于色地对我说:"刚才郭思演由茶店来电话,说敌人由乌当过洗马河,向龙里、贵定方向走了。"这时,顾祝同、陈诚、端纳、吴忠信等人都在座,蒋把军用地图摊在办公桌上,手里拿着一管红铅笔指着地图说:"廖磊的一个军驻在都匀、独山,敌人为避免消耗战,是不敢向南走的。我逆料他们必然出马场坪东下镇远出湘西回江西……"蒋正在指手画脚,大谈其判断时,晏道刚走进来报告说孙渡到了,蒋即命传见。蒋把红军的行进方向和他的判断又重复对孙说了一遍,并对孙说:"你看怎么样?"孙答:"整个情况不了解!委座的指示是不会错的。"蒋说:"你辛苦了,本来应该休息一下,但是这时的任务十分紧张,希望你再努一把力,马上出发,向龙里方向跟踪追击。我已电薛伯陵由遵义东进石阡、余庆阻截,并电何键把重兵摆到湘西一带,你与薛伯陵从后追击。"又说,"官兵都辛苦了,这里拿几万元去慰劳他们。"蒋回头望着吴忠信说:"叫侍从室预备款子,送到孙司令那里去。"孙渡走后,蒋又望着我说:"城防还是不能疏忽,你去安排一下罢。"我辞蒋出来后,又加派武装兵巡查市街,并亲到城上走了一转,看到孙渡部队约有两个旅陆续出大南门、次南门而去。

第二天,约莫在早餐前后,突然听到南门近郊炮声隆隆,我正想出去看一下,蒋叫卫士找我。我走进蒋的办公室,看到他躺在沙发上,手里拿着一幅地图。看到我进来,蒋即把地图放下问:"你听到炮声吗?"我答:"听到的,大约在南门近郊,距城不过20里。"蒋说:"敌人未必会来攻城吧?"我未作答。蒋说:"你派人去侦察一下,即刻把情况回报。"我出来后,即派两人骑马到图云关一带侦察,约莫经过两小时,侦察人员转来回报,红军与滇军在黄泥哨(距贵阳约20华里)接触,现在已向花仡佬方向去了。我正想去向蒋介石报告时,陈诚笑嘻嘻地走进我的寝室来说:"好消息,敌人已被孙渡打跑了。"我说:"刚才侦察人员来回报,情况相同。委座知道了没有？"陈答："是委座亲接的电话。孙渡已到龙里了。"下午陈诚又对我说："敌人真狡猾，又从洗马河折转来，从花仡佬出青岩，走广顺方向去了。"我说："现在怎么办？"陈答："孙渡已回师追去了。"

红军这次行动，真是神机妙算，可以说简直把蒋介石的鼻子牵着走，使他的所谓"敌情"判断，完全不着边际。

红军向云南方向前进后，蒋介石不久即离开贵阳，以吴忠信任贵州省主席，郭思演任贵州警备司令，萧树经任贵阳公安局长。回忆萧树经来接收时，先派武装兵把公安局四面围住，街口上架起机枪，如临大敌。这些现实情况，足以说明蒋介石的阴险刻毒，不容异己。我忘了兄仇，还帮助他奴役人民修碉堡，找向导、备轿马供他准备逃命，现在回忆起来，真正惭愧到无地可以自容。

《红军过黔时蒋介石在贵阳的狼狈相》

黄及翔：打错算盘的徐保长

1935年3月，中央红军南渡乌江挺进贵阳路过我县猫场，除掉保长徐文清的故事，一直流传到今天。

这徐文清，因排行最后，当地人称之为"满"，人们就称他为"徐满爷"。此人生性奸狡，善于奉迎上司，欺压干人，算得个无恶不作的小恶霸。他听说红军要过猫场，心想主动去巴结红军，自己一定不会吃亏。于是，他就装扮成干人的样子，穿得破破烂烂的，还用锅烟把脸涂得黑黑的；离开家门，赶到猫场街口等着红军的到来。

第一批红军拢猫场，已经是下午了，看样子，他们是想驻下来。就在这时，场口走来一个中年人，他主动走近一个挎短枪的红军面前说："红军兄弟一路辛苦了，我愿意效劳。"那位红军连长见他主动找红军，又穿得破烂，认为是一个有觉悟的群众，就笑着点了一下头。这人立马挨家挨户地去找没有躲避红军的人，要他们快把粮食拿出来煮饭给红军吃。

这猫场是一条小街，他很快就走审完了，不一会儿，穷人们就把白米或多或少地送到红军驻扎的大庙里。红军干部和战士感到有些奇怪，沿途一路像这种情况还是第一次遇见。有个红军就问送米的群众："老乡，谁叫你们送来的呢？"有人就说："徐满爷叫的。"那个红军又问："徐满爷是当地人吗？他是干什么的？"这一问，送米的人你看我，我看你，就不说话了。那位红军认为其间大有问题，就和蔼地说："乡亲们，看你们的样子，都是干人，我们红军从不乱要干人的任何一点东西，何况是粮食呢？你们不说清为什么要送粮，我们绝对是不会接受的。"

送粮人互相看了一阵，还是不吭声。

那位红军又说："乡亲们，红军和干人就像一家人一样，一家人只有互相爱护，不能损害，我们红军就是为干人打天下，红军提倡打土豪分田地。你们有话尽管讲，不要怕。"

有个60多岁的老头子开口了："红军，那么，你们为啥叫徐保长来派粮？"

那位红军听老人这一问，反过身去小声地和另外几个红军谈了些什么，回头过来对大家说："乡亲们，米，你们拿回去。我们红军决不会叫保长用红军名义敲诈穷人的，不信，你们明天就知道了。"

送米的人看那位红军态度很认真，说话又在理，就高高兴兴地各自拿着米回去了。

再说保长徐满爷，自以为给红军办了一件好事，就心安理得、放心落意回家去了。到吃晚饭时候，有两个红军就来到他家说："连长请你有话说。"徐保长心想，一定是要谢他，笑嘻嘻地就跟着两个红军战士到了大庙，见那个挎短枪的人正站在院子里，他急忙走过去讨好地说："长官，你叫我有何吩咐？"红军连长说："你叫徐文清吗？"徐文清急忙说："是，是。"红军连长一摆手，侧面闪出两个红军，就把徐保长双臂反剪着牢牢地捆起来拎在柱子上，随他怎样说，都没有一个红军理睬他。

第二天早晨，红军带着他出发了。一过猫场街，群众看见徐保长被捆押着，不知红军要拿他怎样个做法。红军一过去，大家正议论纷纷在猜测，这时，突然响了一枪，不一会响枪的那边有人跑来说："徐保长被枪毙了！"群众们急忙跑去一看，徐保长胸口被打了一个洞，流的血比杀个猪的还多，尸首上压了一张纸条，上面写着："保长冒充穷人欺骗红军；借红军名义敲诈干人，应得如此下场。红军。"识字的人念了纸上的字，大家心里有说不出的高兴，都称赞红军真是穷人自己的队伍。对着徐保长的尸体笑着说了许多讽刺话，有个老者对大家说："他躺在这里，是因为打错了'算盘'呀。"

《徐保长打错了算盘》

❖ 蓝奇、杨遵玉：不了了之的飞行事故

1937年夏，抗日战争爆发，因敌强我弱，战略撤退是势所必然的。祖国部分大好河山为日寇所蹂躏，日本帝国主义侵略者的铁蹄踏上了广东省的土地。因当时空军脆弱，国民党原设在广东某地的某航校因战事急需转移到云南某地，航校20余架练习飞机因天气原因，途经贵阳，降落在贵阳南郊的飞机场，准备第二天飞往云南。

那时的贵阳飞机场，就建在现在的玉田坝，它东起新路口，西抵望城坡，南迄南厂（即现在的军区）背后，北濒南明河畔。但全部工程尚未完工，仅仅有一条比较粗糙的跑道。靠南厂和望城坡方面，建有非常简单的营房和飞机掩体。

第二天清晨，天清气爽，万里无云。往日静寂的贵阳飞机场，人山人海，热闹非常。人们听说某航校有飞机起飞，都从四面八方蜂拥前来观看。这次起飞，对于很少看见飞机的贵阳人来说，确实是非常神往的。机场跑道旁站满了人群，竟长达一公里多，而最密集的就是画有起飞线的地方。人们三三两两谈论着，盼望着，都想亲眼看到一架架银燕凌空飞起的雄姿。我和二三朋辈也参加到人群中。

▷　抗战时期国民党空军战斗机

　　上午9时，飞机开始起飞了。这些练习机体积都比较小，比较轻，第一架、第二架……第十架都顺利地凌空而起，绕贵阳一周，向西飞去，机影一一被蓝天吞没。到第十一架的时候，飞机从起跑线由慢到快，冲到起飞线时，没有能够按指挥飞起，待到冲过起飞线后，它才摇摇晃晃地飞起。

　　这时，机灵点的人纷纷躲向旁边，迟钝点的人，却仰头要看个究竟。飞机升起约四层楼高的时候，突然向左旋转，直向人群密集的地方旋风般地坠下来。人们惊叫起来，机场上一时大乱。事情发生后，我们急速来到出事地点一看：幸好飞机没有爆炸，左翼断了。遍地倒着血肉模糊的伤者和尸体。一件惨不忍睹的惨案发生了，计死者20余人，伤者30余人。

　　那位出了事故的飞行员，没有受伤，坐在摔坏了的飞机旁的地上，哭丧着脸，呆若木鸡。飞机场场长郭思伟（当时贵阳警备司令部郭思演的弟弟）正在场上焦急地走来走去宽慰着受伤者和遇难者的家属。据他说：飞行员向他报告发生事件经过，认为机场地勘检修人员也有责任，飞行员要负主要责任，他由于爱面子，当飞机冲到起飞线时，想升舵还不能起飞，就该停飞滑到旁边才对，不该强拉操纵杆，勉强起飞。飞行员还说：他看见前面飞机都顺利地飞走了，自己在众目睽睽下不能飞上蓝天，脸发热，心紧张，所以就强拉操纵杆，现已后悔莫及。郭思伟说："我们将把事件的经过如实呈报司令部，出事的飞行员和有关地勤人员，要航校认真处理；

死者和伤者，将报请上峰，予以抚恤。"经过一番收拾之后，其余飞机也陆续飞走了。这就是当天的情况。

两个星期后，我们要演话剧《白鸽子》，需用空军服装，我去找郭思伟借时，顺便问及其事，他说："已呈报上峰很久了，未见批回。死、伤者家属来催问很多次，我也很急。"最后他无限感慨地说："恐怕不了了之啰！"

《抗日战争时期发生在贵阳的一件飞机失事惨案》

❖ 孟昭方："二四"轰炸，不能忘却的日军罪行

1939年2月4日，即农历腊月十六日，人们正忙着准备过春节。贵阳是一个远离抗日前线的不设防城市。不料，中午11时，18架侵华日机从东方呼啸而来，对贵阳狂轰滥炸，引起了一场大灾难。

那时我和堂姐孟昭文都是贵阳女中高一学生，哥哥孟昭让是师范高中生。抗日战争激发了我们的爱国热情，那天早上我们都在青年会排演话剧。近11时，空袭警报响了，我们和几位青年学生跑往近郊东山脚下的树丛中躲藏起来，接着紧急警报后便是轰隆隆的轰炸机声，投掷爆破、燃烧两种炸弹，瞬间浓烟四起，火光冲天。街上挤满慌乱的人群。人们都说小十字、金井街等地方都被炸了，昭文家住的孟家巷便在金井街，我们立即向金井街走去，那儿已是一片火海。

空袭警报响了以后，满姑、幺叔娘和弟妹们都躲在大桌下，桌下容不下许多人，就拥成一团，一枚炸弹投在昭文的院子里，当即房屋倒塌，炸出一个十多米宽、数米深的弹坑，全家所有财产顷刻间荡然无存。左厢房从南京逃难来的张家夫妇和怀抱中的婴儿及周家老太太当即被炸死。

孟家巷的另一所大门里的房屋，也全部被炸垮，我的堂房大哥的唯一的一岁多的小儿子活活被窒息而死。大哥从瓦砾中找到了满姑，她已晕过去了，当她苏醒后，看到自己的右手臂断了，便呼喊着："我的手呢？"当看到左腿

连着皮肤已炸成三段，她绝望地叫："我的腿啊！……我一生努力工作，对人们，对妈妈和侄子们都很好，我怎么是这样一个下场啊！"大哥找来一架扶梯，找人帮着把满姑抬到女师附小门口。接着转到省立医院。傍晚，满姑的哥哥三伯父和我的父亲到医院去看她，她伤心地说："我残废成这个样子，我也不想活了！"他们安慰了她，那时，缺医少药，就连葡萄糖也是珍贵的。为了治满姑的伤，当晚父亲拿了妈妈的金手镯寻遍了当铺，最后当得几十元，敲开一家西药店的门，买了几支葡萄糖送到省立医院。

满姑那时才35岁，未婚，是贵阳女师附小校长，她办学有方，全部身心都放在工作上；祖母缠足，不能走路，整日坐在藤椅上，她侍奉祖母极为孝顺；对我们堂兄弟姐妹20多人都非常关心爱护。她不仅是贵阳市教育界的知名人士，也是我们极为崇敬的长辈。

第二天早上，我和昭文先到孟家巷，整条街都是一片废墟，遍地都是死尸。接着我和昭文又到省立医院看满姑，

▷ 在日军轰炸中被炸毁的贵阳崇正女学部

走进病房，我们带着焦急的眼光到处张望着、寻觅着，一位卧床的女同胞告诉我们："孟校长昨晚11时左右因流血过多，去世了……"我们惊呆了，急匆匆地到太平间，只见她卧在一块门板上，白布盖满了全身，只有那只用纱布包裹着的手臂露在外面。我们愤怒、悲泣。又急匆匆地赶到另一间病房看望小楚，聪明而顽皮的10岁的弟弟躺卧在枕上，我们坐在他的床边，他说："我要喝茶。"我倒了一小杯茶送到他的面前，他刚伸手来接，便喊："我的手痛"，我才注意到他的肘关节处被炸断，只有一点皮肤连着，他的头重伤，裹着纱布，他还微笑着说："我可以吃肉圆子了。"那时我们家经

济不宽裕，只有生病时才可以吃到肉圆子，平时是吃不到的。可怜的小弟弟多么天真，他还不知道死神就要攫取他幼小的生命。我和昭文走后，当天下午小楚便永远地离开了他的爹妈和亲人们。

为了躲避日机的轰炸，幺叔娘家的孩子们和我们全家都疏散到了养羊寨乡下，妈妈便留在贵阳城里处理满姑和小楚的后事。一个月后，女师附中为满姑举行了追悼会。

这次轰炸，炸毁民房1326栋，炸死炸伤无辜百姓2047人，造成几百个家庭家破人亡！

这次轰炸，给我家带来的余波是：四姐疯了，奶奶死了。"二四"轰炸，幺叔娘受伤，2月5日她被安置到"新添寨"三伯家。他的女儿四姐是医务人员，每天护理幺叔娘。四姐与满姑一起长大，感情深厚，满姑炸死，她受刺激太深，发疯了，口里老是喊着"满姑回家了……"以后的日子里，我们都不能在她的面前谈到满姑，一旦她听到了，便两眼发直，神色顿变。我的祖母，自满姑去世后，我们都瞒着她，说："满姑到外地工作去了。"她终日盼着、盼着，无限的思念折磨她，不到一年，便离开了人间。弥留之际，她的眼睛到处张望着，期望她亲爱的女儿会突然再现。

记得"二四"后不几天，我们几个兄弟姐妹在田间和父亲谈话，我们望着灰蒙蒙的天空，父亲用低沉的语调说："不要忘记这一天，你们要报仇啊！"我们心情沉重，坚定地说："不会忘记，我们永不会忘记。"这情景似很遥远，但又似历历在目。

《历史不会忘记》

❖ **周诗若：黔军将士与"人猿泰山"计划**

抗日战争后期，为彻底打破日本侵略者对中国的全面封锁，把中国大后方紧密地同世界反法西斯阵营连接起来。同时也是要在世界反法西斯阵线的东方战场上给予日本法西斯强盗一记重拳，把日军赶出缅甸，确保中缅国际交通线，时任中国战区参谋长的史迪威将军，拟定了一个重大的战役计划，定名"人猿泰山"计划，得到了中国战区最高统帅部的批准。这是一次既关系着东方战场，又影响世界反法西斯战场的意义非常重大的战役。因此，备受国共两党最高层的关注。在1943年2月11日，《新华日报》就发表社论，针对缅甸局势指出："缅甸战场是东方战场的枢纽……反攻缅甸，收复缅甸，解放缅甸的战略要求，不仅是东方战略的要求，而且是世界战略的要求。"

这个重要战役计划为何定名"人猿泰山"？可能是在缅甸，特别是中缅边境一带多是高山深谷，原始森林。在密不见日的原始森林中与日军作战，没有强壮而灵活的身体和吃大苦耐大劳的精神及敢与恶劣自然环境争生存的勇气，是无法战胜禽兽不如的日军的。20世纪40年代，在贵阳曾上映过一部美国影片，片名就叫"人猿泰山"。影片讲述的是一个小男孩被大猩猩掳去后，一只母猩猩母性使然，将其呵护养大，男孩在森林中长大，锻炼出强壮的体魄和勇敢的精神，成长为森林中的英雄。史迪威以"人猿泰山"定名，可能寄寓激励中国远征军的健儿们成为丛林战的勇士，才能打败比豺狼还凶残的日本法西斯禽兽。

根据中美英三国首脑的加尔各答协定，中国组建了"中国远征军"入印缅参战（实际上是缅甸战场上的主力军）。远征军组建初时只有第五、第六、第六十六军等三个军入缅。其中，第六十六军辖下的新编二十八师是黔军部队，师长刘伯龙（贵州龙里人）。中国远征军入缅印的部队，最多时达40万人。而"人猿泰山"计划所划定的作战区域是从我国云南滇西至缅甸及印度的部分地区。所以在"人猿泰山"计划这一重大战役中参战的黔军部队还有第八军，军长何绍周（贵州兴义人）。第八军辖下的第八十二师，该师划归第八军属下并随第八军编入远征军序列，开赴滇西怒江边防守，阻止了日军偷渡怒江。师长吴剑平（贵州绥阳人），后为王伯勋（贵州安龙人）。第一〇三师，该师参加了滇西战役，师长熊授春。预备第二师，师长冯剑飞（贵州盘州人）等部队。

▷ 中国远征军在缅甸战场行军途中

在中国远征军入缅印前，亦即"人猿泰山"计划实施前，印缅战局恶化。日军先后攻占了同古、仁安羌、腊戍等战略要地，并在仁安羌把英军7000多人围困，截断其退路，使英军陷入绝境。远征军入缅后，从1942年的3月中旬至4月，先后在上述地区与日军血战，解救了英军脱险。远征军著名抗日将领、第五军的第二〇〇师师长戴安澜将军（抗战期间，其家属子女曾旅居贵阳花溪），就是在解救英军仁安羌之围后于同年5月在茅邦殉国。

黔军将士在实施"人猿泰山"计划中，作战非常勇敢，打了不少恶仗，取得不少辉煌战果，也承受了巨大牺牲。如在同古、腊戍战斗中，日军被远征军层层包围，乃派第五十六师团穿越泰、缅边境线1000多公里，长途奔袭，妄图截断我军归路和后方补给线。驻守腊戍的黔军第二十八师之八十二团，突遭敌五十六师团数倍于我兵力的强攻。八十二团官兵与日军血战数日，伤亡过半。一排排长罗万铭（贵州仁怀人），带领全排向冲过来的日军坦克靠近，断后的警卫连士兵引爆手榴弹，与坦克同归于尽，全排战士壮烈牺牲，罗万铭排长亦身负重伤，流血不止而光荣殉国。八十四团守卫梅庙，在守卫战中，罗再启（贵州人）营长指挥灵活机动，把敌人的坦克优势变为劣势，诱敌深入丛林，发挥黔军草鞋兵善打山地战的优势，派班长刘平化率敢死队潜入敌军侧背，趁夜暗袭敌尖兵连，摸进敌阵地，一阵猛打，毙敌一个排，残敌远逃数里。该师第八十三、八十四两个团，由于被解救出来的英军不战而退印度的影响，战势突变，在孤守无援的情况下，又与师部失去联络，随其他部队退入野人山中，寻路归建。经受着战斗、饥饿、疾病、毒蛇、毒蚊、大蚂蟥咬伤致死等自然恶劣环境的折磨。其中第八十三团入野人山时是1600多人，出山时只有700多人，死亡的近千人，全部是非战斗死亡。该团团长杨厉初在野人山中发高烧不退，拉血不止，无医无药，自知无生还祖国的希望。幸得士兵献方，饮自己的尿水，才得以保全性命。他在"野人山历险"后，召集幸存士兵讲话，声泪俱下。大家虽经历了九死一生，全体幸存将士仍一道振臂高呼："抗战必胜！誓灭倭寇！"声震山林。黔军勇气和誓灭日寇的决心，实为我黔人的骄傲。

《代号"人猿泰山"重要战役中的黔军将士》

❖ 黄 炜："屋顶花园"，不见天日的秘密监狱

在20世纪40年代，国民党特务机关在全国各地多处设立了秘密监狱，贵阳的"屋顶花园"便是其中的一所。

"屋顶花园"坐落在南横街（旧名仓后街）口的斜对门，现在的门牌是富水南路95、97、99号。原是一幢私人住宅，据说是一个有钱人家的小公馆。像当时贵阳的一般住房一样，临街一面有一道朝门。入门后是三间木柱木板的平房，从街面看去并不豪华。像这种外形的所谓小公馆，在那时的贵阳是不少的。国民党贵州省党部调查统计室，看中了"屋顶花园"外貌平凡、不易引人注目的特点，于1939年在这里设立了秘密监狱，多少中共地下党员和进步人士，曾在这里抛洒过热血。

从三间平房向后走，在一排已经破烂了的房屋左侧，有一列二十级的石梯，约一米宽。石梯顶端有一道小门。进入小门转向左侧，便是"屋顶花园"了。这是一个占地约三分的小花园。园内有一间坐西向东的老式木板平房，算是"花厅"。还有花台、草亭、古树、假山、石条凳。石板铺成的曲径，把园内分成几块花圃。因为地势较高，站在园内可以看见城南一带居民的屋瓦，所以便叫作"屋顶花园"。

国民党中统调查室，为了掩人耳目，对"屋顶花园"临街的朝门、天井及三间平房未加任何修饰，看去不过是一家独院的居民住宅。只是把两间平房的后半间改为牢房，把原来的窗户用木板、木材钉死。每间牢房只有一个高、宽不到一尺的窗洞，作为送饭和特务们监视的洞口。中间堂屋则是通往花园的过道。平房的前半间，是特务们"办公"的地方，花园的侧面也是牢房，女犯便关押在那里。这些牢房仅能从送饭的窗口透过一点微弱的光线，晚上也不准点灯。被囚禁的人是禁止交谈的。特务们就住在牢房的前半间，整天都有人看守和监视。整个"花园"，除了特务们的说话和脚步声外，全是静悄悄的，使人感到阴森、恐怖。

当时，这个秘密监狱的主任是王伯奇（安徽人），逮捕人和担任看守的特务有邓超龙、何裕等，担任审讯的除王伯奇外，还有朱兴伟等。

被逮捕到"屋顶花园"去的人，都要先被搜身，所有的钞票、字据以至裤带都要没收，然后才推进黑暗的牢房。牢房中没有床，只有几堆稻草丢在潮湿的地上，大家或坐或睡都是在这散发霉味的稻草上。三个人同盖一条那时国民党发给士兵用的薄薄的旧棉被。特务们为防止"犯人"打破木房逃跑，每晚八九点钟时，就拿一根长棕绳将三个人的双手反背捆紧。被反背捆着双手后，人就只能平仰着睡，三人当中谁要动一下，就牵动着其他的两个人。那条又脏又薄又臭又短的被子，盖着头就盖不着脚。自己的身躯压着自己被捆着的双手，又不能翻动，睡到下半夜，手就被压得麻木疼痛，一直要等到第二天上午八九点钟，特务才来解绑。我被逮捕进去时，便是和邱在先、宋大辉三人被一根棕绳捆着睡觉的。半个月后，我们的手腕都发肿了，两个多月后手腕便出现两道紫红色的血痕。我们入狱的时候，正是严寒透骨的农历腊月，白天，只有用双脚跳动取暖，晚上和衣而卧，冷得发抖。

在"屋顶花园"的牢房里，每日两餐由特务们随便发给，送多少就吃多少，吃不饱也没有加的，有时连菜也没有，更谈不上洗脸、吃开水了。同时也禁止接见、通信。记得一天夜晚，黄时烽被逮捕进去，他问特务这是什么地方，好写信回家让送衣服被褥。特务邓超龙冷笑着说："这是什么地方，你不知道吗？我告诉你，这是'世界大旅社'，食宿不要钱，你多住几天吧！哼！写信回家？想得开心！"说完就连推带揉地把他推进牢房。

又还记得贵阳沙驼剧社负责人，有名的书画家肖之亮先生被关押在这里的时候，因身体衰弱，经不住冻馁生病了。他要求找人医病，特务板着面孔说："我们这里没有这个规矩。"

"屋顶花园"监狱也不兴"放风"，每天除了倒便桶的几分钟外，都关在没有光亮的黑牢里，谁想要得到一点新鲜空气，只好把脸凑到那小窗口边去。由于长期得不到洗脸、理发和阳光，加上又是和衣而睡，所以我们每个人的脸色都异常苍白，更不用说身上的虱子成堆了。因此我们的身体便急剧地瘦弱下来。

《国民党特务机关的一所秘密监狱——屋顶花园》

❖ 韩子栋：军统魔窟，息烽秘密集中营

息烽秘密集中营，即军统在息烽设立的秘密监狱。它对外的称呼是"国民政府军事委员会息烽行辕"（简称行辕），对内称"大学"。中美合作所成立以后，对外仍称"行辕"，对内改称"新监"。起初是设立在息烽县城附近的川主庙，息烽特训班成立，转移到阳朗坝的猫洞。

监狱称行辕，是有来由的。据他们自己说：当年，大老板（指蒋介石）为了要当中国的"墨索里尼"，派"十三太保"到意大利学习。他们学习回来

后，盛赞意大利有一所监狱，为了保密，设在轮船上。大老板听了，满口称妙，只可惜那时的中国，没有几只大轮船，缺乏建设轮船监狱的条件。于是吸取了轮船监狱的保密精神，在南京海陆空军人监狱里设立了秘密监狱，下设改、过、自、新四个分监。这个秘密监狱虽在海陆空军人监狱肚皮里，却不属于海陆空军人监狱管辖，这真有点像《西游记》中的神话，但这不是神话，而是千真万确的事实，因为我就在这里头被关押了将近三年。

▷ 阜烽集中营大门

七七事变前不久，这个特别监狱从海陆空军人监狱的肚皮里爬了出来。钻进附近新盖的一个比原来大得多的监狱里，它的下面分设忠、孝、仁、爱、信、义、和、平八个监，另外还有地牢和水牢，我被关在义监。抗日战争开始后，日寇飞机滥肆轰炸，这个新盖的监狱也未能幸免，于是便将狱中囚犯杀了一批，释放了一些软骨头，其余的押送武汉。

这个秘密监狱迁到武汉不久，又搬到湖南益阳，再搬到贵州的息烽。在息烽这个偏僻的山区，没有南京的那种保密条件，但又非保密不可，特务们挖空心思，才把它叫作"国民政府军事委员会息烽行辕"。1938年的秋末冬初，凄风冷雨剥光了树上的绿叶，在伸手不见五指的漆黑之夜里，一长串封闭得很严实的大卡车，从湖南益阳开往贵州息烽，这就是国民政府军事委员会的一支汽车队。它一路上打尖、过夜，或是整天整夜长时间停留，都是静悄悄地开进人们不容易看到的僻静地方。

这支国民政府军事委员会的汽车队,是王牌,是带"特"字号的,其他车辆必须赶快让路,一点也缓慢不得。挂着军事委员会符号的司机,历来是将喇叭按得哇哇叫,格外响,一则是显派头,二则是逞威风,表示自己的"优越感",满足虚荣心。但是这几天来,它为什么一反常态,不按喇叭,像小偷一样躲躲藏藏,怕人看见,怕人捉住似的呢?这是因为一出发,日本飞机对着押解杨虎城将军的车子扔了炸弹,虽然只炸了行李车,却吓坏了押解官。于是严禁声张,禁止司机按喇叭。司机当然不赞成,但是敢怒而不敢言,便时常把满肚皮的不高兴,借题发泄到犯人身上。

好些天后的一个深夜里,汽车喇叭又突然大叫起来。

"搞什么鬼啊!"囚徒们疑虑着,猜想着。

"是要在这里枪毙?"有人这样窃窃私语,囚徒们都点头表示同意。

这不是押解吗?为什么都想到"在这里会被杀"呢?这需要一点说明。

军统的监狱,从成立起,杀人的办法跟一般监狱不同,常常是秘密杀害。为了保密,关在上海的,解到福建去杀;关在西安的,押到贵州去杀,一贯如此。这些事实就是我们这些囚徒猜想"要在这里被害"的原因。如杨虎城将军和他的两个儿女,原关押在贵阳,解到重庆还没进屋,就被刀子捅死,埋在花坛底下。小萝卜头和他的父母宋绮云、徐林侠烈士,也是刚从贵阳押解到重庆,一进房门就被杀死,埋在屋内水泥地底下。张露萍、冯传庆、赵力耕等七人,也是在起解的路上被杀害在军统局息烽仓库门口的石坎子上。在重庆渣滓洞,特务扬言把罗世文、车耀先同志解送南京,罗世文同志临走前写道:"此去凶多吉少……要高扬我们的旗帜……"果不出罗世文同志所料,他们被枪杀在附近的树林里。

这群汽车鬼哭狼嚎般吼叫了一阵,戛然停住了。像封罐头似地封在大卡车里的囚徒们,戴着沉重的手铐、脚镣,手铐还用铁索穿起来,10个囚徒穿成一串。突然的刹车,使得已经箍进肉里的镣铐剧烈拉割,痛入骨髓。由于拥挤,用铁索穿在一起只能窝蜷着的手脚受到强烈的震荡,猛然的伸缩,使得被镣铐死的手脚,顿时被割得鲜血淋漓,然而,囚徒们没有喊叫,没有战栗,他们从容地准备着走向杀场,做最后的斗争。

成群的手电闪耀着，忽前忽后，忽左忽右，忽而交织，忽而分开。夜是漆黑的，手电像是鬼火，叫人觉得这是个鬼的世界。囚徒们下了车，进入这个令人不寒而栗的鬼域。这使我想起李贺在《吊古战场》中描述的："鸟无声兮山寂寂，夜正长兮风淅淅，魂魄结兮天沉沉，鬼神聚兮云幂幂。""降矣哉终身夷狄，战矣哉骨暴沙砾。"这正是特务为我们这些囚徒精心制作的此时的景物气氛。

"走！"囚徒们下得车来，还没站稳，看守们就大声吼叫了。窝蜷了多日的腿脚伸缩不灵，不听使唤。又被手铐铐着，脚镣镣着，铁索锁着，种种羁绊限制着，走起来高一脚，低一脚，深一脚，浅一脚，颠颠的，摔倒的……镣铐铁索的叮当声，看守们的皮鞭声和叫骂声，成了这黑暗世界的声响曲。

然而，囚徒们没有被杀，而是被赶进经过改造的一片民用房屋里。囚徒刚把在押解途中用来洗脸、盛菜、盛饭，空着的时候用来小便的万能盆子，从身上解上来，就听到看守吼叫"睡觉，不准讲话！"的命令。在牢里，看守的命令，比"圣旨"还管事，那是非遵守不可的。特务的"管"字，是多么沉重，多么恐怖呵！像《水浒传》中林冲那样的英雄，一旦失去自由，也只得听任看守摆布。

阴沉惨愁的夜，大家都睡不着，伤病号在痛苦地低声呻吟。侧着身子一望，紧挨牢房墙壁，上触天，下着地，密密麻麻地立着粗大的木杆子，这叫人想起30年代动物园里圈虎豹的房子。不过没有虎豹房明亮，因为亮光只能从木柱的空隙中射进。菜油灯在风的吹拂下，晃晃悠悠，影影绰绰，"囚犯"在似睡非睡、睡眼迷离中，常常把这些大柱子误认为看守在那里偷看，木柱的幻影成了囚徒们噩梦中赶不走的魔鬼。这就是我们来到的对外称为"国民政府军事委员会息烽行辕"，对内称为"息烽大学"的息烽秘密监狱。

《息烽的秘密监狱》

❖ **陈博若、王仁纯等：**天晴了！解放了！

"解放军进城了！""解放军进城了！"1949年11月15日夜半，解放军先头部队进入了贵阳市区的油榨街。夜城的大街小巷沸腾了。人们似乎忘记了不久以前蒋军撤退时留下的惊惶、恐怖，纷纷从工厂里、店铺里、学校里跑出来，每个人嘴里就像广播电台一样，播送着解放军入城的消息，播送着迎接解放军的歌曲。这一夜，人们差不多都没睡多少觉。渡过了黎明前黑暗的30万市民，彻夜浸醉在狂欢之中。

▷ 1949年10月15日，贵阳市民夹道欢迎解放军入城

15日，"天无三日晴"的贵阳，难得地升起了旭日。十几天来阴暗苦闷的气氛，被万丈光芒的朝阳扫荡净尽。"天晴了！""真的天晴了！"人们在快乐地奔走中呼喊。

迎着朝霞，人民解放军整齐地开入了五彩缤纷的市区。长途急进的疲劳，并未稍减这百万雄师的本色。行列在夹道人群、在鞭炮锣鼓声中缓缓前进。这时，市民被压抑已久的炽热情感，像火山一样地喷发了！工人学生们不顾一切地插进了子弟兵的队伍里，眼里含着感激和欢笑的热泪，拉住战士的手，抚摩着战士胸前的淮海、渡江纪念章。市民们也挤上前来，敬烟、敬茶、敬点心。千万张嘴在喊、在唱。一个解放军摄影记者被人群包围住了，把他举在空中。抬着他走……三十万人民的衷心热爱，也深深地激动了人民解放军指战员。一个炮兵连战士情不自禁地高举起他的美造火箭筒呼喊着："不怕艰苦，不怕牺牲，解放大西南父老兄弟姐妹们……"

部队住下来了。人们在大街小巷，见着解放军就亲切地问长问短。男的、女的、老的、少的，汉族、苗族、彝族，异口同声赞扬解放军纪律严明，秋毫无犯。七嘴八舌地争相打听各种新鲜事情。"同志，你有国旗的样子吗？""你的帽花是什么意思？""同志，请你换给我一张人民币行吗？""同志，请你给我们讲讲你们横渡长江和淮海战役的故事吧！"一连串的问题，使战士们应接不暇。当一个战士送了两张百元（相当现在一元）人民币给他们时，人们争抢着看。有的人跳着呼喊："这才是真正的人民货币呢！"汽车工人王正明向解放军控诉说："'中央军'叫我们开着车子跟他们跑，我们把车子破坏了也不跟狗日的走。因为这，他们枪毙了我们好几个战友。"一个老大娘笑着说："这样和气的解放军真少见！"贵阳师范学院一位教授高兴地告诉解放军说："为了欢迎你们，我们学院300多同学写标语，印传单，两天两夜都没休息！"一个邮局职员望着晴朗的天空感慨地说："解放军来了，天也晴了！"

商店影剧院当天就开业了。马路上的行人们，在阳光普照下熙熙攘攘，到处在议论：这真是解放区的天是明朗的天。到处在歌唱："……共产党，像太阳，照到哪儿哪儿亮，哪儿有了共产党，哪儿人民得解放……"

《狂欢的贵阳》

❖ 冯　楠：贵阳飘起第一面五星红旗

1949年10月，解放大西南的中国人民解放军进抵湘西。国民党贵州当局见大势已去，一方面准备逃跑，一方面又布置一些特务、反革命分子潜伏下来，与地方土匪、恶霸勾结，进行叛乱，并分别于9月内和11月11日将被他们逮捕关押的几十位中共地下党员和革命志士残酷屠杀，其中永初中学职教员宋至平、张春涛、郭谨诚、柏辉文和毕业生陈开秀五位同志，虽然情况还不十分清楚，但永初中学的师生风闻消息，万分悲愤。我（永初中学校长）和教师李宗泽、文学菜、廖福民都是贵阳大夏大学同学，李宗泽是中共地下党员，其他几人是30年代和40年代初期参加过地下党领导的青年学生运动和受过党的教育影响的青年，在这黑暗逝去、黎明就要到来的时刻，更是心潮起伏澎湃。这时期，省教育厅配合国民党的应变计划，下令各学校立即解散，对各个私立中学也发放了几十块银圆的所谓"遣散费"。我和教师李宗泽、文学菜、廖福量，决定要把师生们稳住，把学校的财产保护好，并通知学生伙食团再收20天的食米（当时物价波动得很厉害，伙食团是收米和菜金），并对保卫学校做了一些安排。

11月14日，贵阳已成"真空地带"，家家关门闭户，期待着明天的到来。当天晚饭后，我进城探听消息（永初中学在西南郊太慈桥）。在校的李宗泽、廖福民、文学菜等教师夜里听到一声枪响，并听到校外马路上一阵杂沓的脚步声，就将准备好的棍棒锄头等发给学生，组织防护，把守大门和四处巡逻；并向师生员工们宣布，准备天明就去迎接人民解放军，大家立即响应了。几位教师便组织学生练唱革命歌曲，将学校礼堂舞台上的一块大红幕布赶制了一面大的五星红旗，五星红旗的式样是我的一位亲戚前几天从广州寄来的一份《星岛日报》上看到的，因为不太清楚，所制红旗也说不上十分标准，但毕竟是右上角一颗大星，四颗小星围绕在它旁边的五星红旗。曙色初明，永初中学的师生员工就出发了，由于红旗太大，无法擎举，便由部分学生在四面牵着张开前进。我于清晨将在家中写好的标语带到学校，张贴在学校门外的墙上，大队到油榨街去迎接解放大军。在校的师生们也写了一些标语，沿途张贴。这些标语都是我们自拟的，主要有"欢迎中国人民解放军""打倒国民党反动派""中国共产党万岁"等，还有一条是沿用红军时期的"消灭白匪"。

永初中学欢迎队伍到了油榨街，就看到人民解放军的军车开来了，驾驶室顶上端放着两挺机枪，战士们英姿勃发，笑容满面地站立在车上。永初中学师生们挥旗，高呼欢迎口号，解放军战士也频频答礼。这时，贵阳电厂的工人们也赶来了。解放军先头部队并没有停下，他们对欢迎队伍答礼后，就继续驱车前进，追歼逃敌去了。大队军车过后，专门负责入城任务的部队来了。经过联系，由永初中学师生和电厂工人队伍领队，列队入城。永初中学师生沿途高呼口号，唱革命歌曲，所唱的歌，有代国歌的《义勇军进行曲》《你是灯塔》《团结就是力量》《山那边有个好地方》《我们在太行山上》等等。解放军的带队同志说："你们也会唱这些歌子啊！"军民感情更加融洽，步调更加一致了。

入城队伍从大南门进城，从市中心大十字穿过。许多市民停立在道旁两边欢迎，走到铜像台（现在的喷水池），解放军的领队同志说，部队还有任务，入城游行就到此为止吧。部队和师生、工人挥手告别，互道再见。永初中学部分师生在我家中稍事休息，喝了点儿临时煮的稀粥，就回校了。以后几天，在学校里就是组织学习和绘制毛主席和朱总司令的大像，准备参加庆祝省会贵阳解放的大会。

《呈现在贵阳街头的第一面五星红旗》

❖ **晚　成：**从匪司令到"猪贩子"

杨平舟，1912年生于息烽县原镇南乡第一保第六甲卢家湾（现阳朗坝乡卢家弯村）。自幼顽劣粗野，向不好学，13岁时即背井离乡，混入国民党川军二十二军当勤务兵，第二年转在二十五军当兵，1929年至1933年回乡，任息烽县经费局巡丁、团防局警务队队副、贵阳警察所巡官、毕节县特务队队长。

1934年，杨22岁任修文县保安中队队长时，将所部30余人枪拖出为匪，于修文、黔西之间，打家劫舍，人民倍受其害。1936年，受当局招抚，编入国民党一〇三师任营长，1939年任贵州禁烟督查处事务员，平塘县缉私事务所所员。杨长期混迹于官、匪之间，豺狼成性，私欲难填。1942年弃职从商，往返于贵阳、清镇之间，经营大烟生意。翌年定居贵阳，明开猪行，暗中仍从事各种非法交易，实为一流氓、兵痞。

1949年，杨在贵阳参加"新社会建设协会（国民党特务外围组织），任该会委员。年底，见国民党反动政府大势已去，乃受"新社会建设协会贵州分会"书记陈星初委派，出任"新建协会息烽分会"书记。潜回息烽县镇南乡潜伏隐蔽，待机行动。我解放大军集中精锐兵力追歼国民党残余部队，地方政权初建，兵力分散，杨以为大有可乘之机，于1950年正月，与刘发政、吴宪章、罗维周等地方反动势力勾结，采取欺骗手段，收缴地方长、短枪七八百支，裹胁匪众千余人，组织暴乱。自称"中国国民党西南反共游击军"司令，"司令部"分设"参谋、政工、军法、军需"四大处；各路匪众编为十个大队，大小头目都分别加官晋级。三月，接受"反共救国军第八兵团总司令"罗培湘的委任，为"国民党四十九军副军长""三〇六师师长""修、开、息反共救国游击军总指挥"。疯狂嚣张，气焰千丈。所到之处，勾结国民党反动残余势力，地方匪特、豪绅，烧、杀、抢、掠，人民惶恐不可终日。在小寨坝、排杉铺两次拦劫汽车百余辆，车上物资抢掠一空，交通为之中断。率众攻打各区、乡人民政府，杀害政府工作人员吴思明、钟德华、吴德明、洪光武、谢明坤、张少华以及无辜群众十多人。九次与我清剿部队遭遇，打死打伤干部、战士30多人，更有甚者，三月二十九日，指挥千余匪众，围攻息烽县城，将县人民政府建筑、历史文书档案，全部烧毁。

鉴于息烽匪情严重，贵阳军区派出一四八团来息，协助清剿。杨匪等见大军临境，不战而逃，仓皇率众800余人，于农历五月十八日，由漩塘过河，直奔金沙县，企图与车子扬、蔡国强部会合。十九日进驻金沙后山，经后坝、长坝、戛斗、高寨等地，二十四日行至中果河，遭我军痛击，杨匪等支持不住，退至翁贡，查点所部已溃不成军。当晚宿营翁贡附近庙上，杨暗合计：手边仅有百余人，不堪一击，罗维周等各路股匪，又联系中断，形势危急，顿生脱身妙计。令匪众抓紧时间休息，三炷香（无钟表，以燃香计时）以后队伍开拔，退回戛斗。前锋行至五里坡山腰，天已大亮，忽见解放军从四面八方包围上来，匪众惊慌失措，寻找"杨司令官"速拿主张，遥见后向缓缓上山来的"司令官"专用坐骑骡子背上坐着的不是杨平舟，穿戴"司令官"衣服、帽子的是杨平舟的儿子杨吉生，才知道杨平舟用"金蝉脱壳"之计，在黑夜行军途中脱逃。树倒猢狲散，匪众慌做一团，不放一枪，三五成群，各自分散逃命。

原来，杨平舟、兰文良与勤务兵罗树云等三人，趁黑夜溜上小路脱离匪部后，急奔戛斗。在戛斗附近，找到一王姓关系户，王将杨、兰藏于一土洞中。杨匪将黄呢军衣脱了，又取下三颗金牙齿，向王要了两套蓝布便服，令罗树云在洞外放哨，又嘱王说："万一有人来查问，你就说是城里下来买猪的猪贩子，带有盐巴、布匹，以物换物。"杨、兰本拟乔装打扮之后，即寻机逃回息烽，殊知洞外，解放军搜捕散匪，犹梳篦穿梭，消息频频传来，风声鹤唳，草木皆兵，二匪大气也不敢出。四天过去了，蜷曲洞中，诸多不便，为了活命，也只好委屈隐忍。但是，吃惯大肉大酒的杨平舟，王家的餐餐包谷沙加烂菜辣椒水，实在难以吞咽。二十九日，从腰间摸出一块银圆，叫王到戛斗给他割肉。此去街上不远，王拿出银圆买肉，卖肉的是一位少数民族中年汉子，大吃一惊，问道："噫！老王，发财啦，割这么多肉，吃得完吗！"王说："不是，我家来了几个猪贩子，帮他们割的。""哦！……"机智的屠夫一面如数割足猪肉交王，一面暗自思忖，近来大军到处清剿土匪，哪来的猪贩子，不住街，住在那不巴街又不靠寨的王家，蹊跷。即找解放军报告。戛斗驻军派出一个班，直扑王家。

杨、兰二匪见王提肉回来，垂涎三尺，喜不自胜，从洞中爬出，来到王家，以为不久即可饱餐一顿。屁股还未坐热板凳，外面罗树云的报警暗号响了，二匪还没看清外面来了啥人就慌忙爬上楼去躲避，立起耳朵细听。下面像是两个人的声音："老乡，我们是查户口的，你家不是来了几位买猪的客人吗？不要怕，叫他们出来报告。"老王这时傻了眼，代客人割肉是众所周知的事，要否认已不行了，只好向楼上喊道："杨老板，两位查户口的同志问你们，下来说吧！"杨匪认为真是两名查户口的，既已暴露，不下去说清楚是过不了关时，爬下楼来，两脚刚刚落地站稳，门外又进来七八位解放军，把他俩围住，二匪早已吓得心惊胆战，乱了章法，吞吞吐吐、语无伦次。问罗树云，罗只说："我是给他们当夫子的。"伸出手来，细皮嫩肉，哪像劳动人，打开罗树云给背的包袱，有一套黄军衣。一位带队的解放军令将二匪捆起来，押送高寨。

五里坡包围战，杨平舟手下100多匪众都当了俘虏，关押在一幢高房楼上，他们伸长脖子观看杨、兰二匪：反剪双手，杨走前，兰走后，同时被关进一个碉堡。此时，勤务兵罗树云见大势已去，只好说出真相。经过几天的审问，核对，"杨司令官"才老老实实摘下"猪贩子"的假面具，供认自己的罪行。农历六月十四日（公历7月28日），这位猖獗一时的匪司令官，与匪师长车子扬、匪"黔西南游击纵队总指挥"吴相云一起，受到金沙人民公审，就地执行枪决。亡年38岁。罗维周匪副司令亦在金沙就擒，与匪高级参谋兰文良同时押回息烽审判，亦先后受到应得的惩处。

《从匪司令到"猪贩子"》

❖ 李 萍：厢房里的琴声

花溪是我在贵州第一个落脚长住的地方。

我们是作为二野五兵团的家属随部队来到贵州的。1949年从山东出发，一路上走走停停，在广西、贵州境内还要对付沿途土匪和国民党残部的骚扰，到达花溪时，已是翌年春天，走了几乎一年。那时，贵阳刚解放，下车就听说前几天土匪围攻花溪的事。据说，那天花溪街上驻军外出执行任务，十分危急，幸好得匪情后及时赶回。残匪仓皇溃逃，在半山腰被解放军的炮火轰了个稀巴烂。我虽年幼，由于长期处于战火硝烟的环境之中，对这类事已习以为常。几个月的长途跋涉，从吃高粱小米变成吃大米，在这秀水青山之中，处处可见潺潺流水，这倒是我十年人生中从未见识过的。正是花溪似画山水、如诗人情，拨动了我幼嫩的心弦。

驻地在花溪朝阳村。当时部队没有营房，多数借住民房。我们住的一个独院，房后小山坡，房前小院坝，一条小路像条丝带横在院前，路旁是一大片稻田。小路弯弯曲曲向南北两个方向延伸。向南进朝阳村，出村左拐可上公路去花溪街上；右拐可进绿树成荫、河水如镜的公园。小路向北可到更远的山坡和田野。一幢小平房有堂屋和厢房，十分幽静雅致。父母和我们兄弟仨住在左厢，房东家住在右厢，堂屋公用。

房东是书香门第，一家四口，两个女儿。大女儿比我年长七八岁，二女儿年龄和我差不多。转眼到了夏天，平日傍晚，两家人在院里乘凉（两家的父亲一般不加入），蚊虫多时，我母亲便取来防蚊药水，让每人涂抹胳膊腿。果然，土匪似的蚊虫竟不敢再来骚扰，这是一种军用品，令房东家母女特别感兴趣。夏日的小院，几乎日日欢声笑语，洋溢着军民一家的浓情厚谊。虽然当时说的话已不在脑海留有痕迹，但房东二女儿将"他"说成"拉"的花溪土音，犹如昨日那样萦绕在我耳际，天黑下来之后，右厢房便传出了风琴声，几乎天天如此。我至今仍记得，房东母女似乎十分喜欢《跑马溜溜的山上》这首曲子。每逢琴声响起，我便驻足倾听。我已十岁，但十年都是在贫困和战乱中度过的，听惯了枪声和马的嘶鸣声，可从没听到过这么好听、这么优美的乐声。就让我进入了另一种境界，仿佛已没有了战火和硝烟，只有宁静和安定，花香和温馨。

父亲十分忙，仍关心我和大哥读书的事，几年来一贯如此。到了一个地方，即使是三五天一个星期，他都要找个地方让我们读书，我们也习惯了这样的走读。到花溪后，父亲马上让我们进了花溪小学。学校坐落在花溪河边的公园里，这真是锦上添花。进校后方才知道，花溪小学的汪校长竟是房东家男主人。他的二女儿汪幼玲与我同学，我们天天上学放学一块走，兄妹似的。令我佩服的是，她小小年纪竟会让风琴发出那么好听的声音。

入学没几天，因一件小事我与一位男生发生了争吵。他出言不逊，骂我是"共匪"。我一气之下，大骂他是"土匪"。"二匪"之争惊动了老师和校长，经他们耐心调解，才平息了这场争吵。事后，汪幼玲拉起我的手说："走，不理他，我们回家。"路上不时哼起风琴里常响起的那些乐曲。走在公园里听着轻音乐，何等惬意，早把"二匪"之争忘到了九霄云外。

在花溪小学读了不到一个学期，大将山麓清华中学招生。当时我才读四年级，却贸然去报名。考下来还蛮得意。几天后，听说发榜了，我跑清华中学一看，榜上竟赫然写有我的名字。于是我便离开花溪小学到清华中学读书。放学后仍和房东家二女儿玩耍。有时，"贵大"放电影，叔叔便带我俩去看。

好景不长，也就是一个学期吧。一天放学回家，母亲让我赶快吃饭，接着便送我和大哥到了贵阳城，进军区八一学校，读小学五年级。

小学毕业后，因父亲早已调去黔南，便去都匀读书；后来父亲又调云南……房东家四口从此了无音信。

颇让人欣慰的是，在都匀中学毕业时，我的一位同学考上了贵大艺术系。这时的贵大已从原地迁到朝阳村一带。据说，朝阳村已全围在贵大校内。我这位同学专攻钢琴专业。朝阳村不在了，那幢平房和小院当然也不在了，老房东一家早已不知在何方，但琴声却依然在那片土地上空回响。

后来，这位学钢琴的同学成了我的妻子，她的琴声为我的生活伴奏，就如几十年前花溪朝阳村房东家厢房里传出的琴声一样，让我沉浸于温馨宁静之中。

《厢房里的琴声》

第三辑

黔贵风情·
触摸民族与文化的根脉

❖ 戴强云：正月十五跳花灯

古镇青岩历来有正月十五跳花灯的传统。每年这天，附近村寨里的花灯队都纷纷到镇南门的灯台上亮相。

别看青岩南门城楼的灯台地方不大，只十来平方米，每次在台上唱念打逗的只那么几人。可要花灯的道道却不少。单是那灯的摆法就很有讲究。一般每个灯队演出时要挂出八盏灯。其中两盏较大的，一盏率先是头灯，一盏压后作尾灯，头灯表示供奉花灯始祖，尾灯则代表土地财神。扎法不同的头尾灯标志不同的花灯队，灯扎得好，人灯相映，花灯跳起来才有味。

▷ 各式花灯

说起花灯的起源，传说是宋朝仁宗年间，皇帝母亲李后流落民间，因思念儿子哭瞎双眼。当她与儿子相认后，便在王母娘娘庙前许愿，得重见天日定让百姓大唱花灯，普天同庆。上天被其诚心感动，李后双眼复明，果真让百姓唱花灯。每年正月十五，更是玩灯高潮。

　　玩花灯有亮灯、接灯、贺灯、化灯等。在青岩，一般是正月初二、初三亮灯。这两天晚上，灯会的会员们便装扮起来，手提灯笼在村子里绕上一周。以前，青岩镇上南街有个花灯会，亮灯时，四个城门他们都要走遍。每每这种时候，孩子们便跟在后面大喊："跳花灯喽，跳花灯喽。"俗称"追灯"。

　　亮灯过后，家家户户便可以接灯了。所谓"接灯"是人们把玩灯人请到家中，让他们唱一通跳一通，意为祝愿主人家兴旺发达。接灯很有讲究。首先是开财门，表示新年开始就有好财运。一般是花灯队进入院子后，就打起锣鼓在院中唱跳起来："不开财门犹自可，开起财门有根生。主家住的笔架岩，文官去了武官来，门前上的笔架山，不出文官出武官。主家住的真龙地，后头有龙狮子行，左边青龙来吸水，右边黄龙来现身。只有后檐无处住，单生桫椤树一根。又是谁人见它长？又是谁人见它生？日月二光见它长，露水娘娘见它生。隔得三日不得见，八尺围延树一根。打马京城请师傅，打马京城请匠人，二位匠人齐请到，这根桫椤砍得成。初一早晨砍一斧，初二早晨砍半边，初三初四才砍倒，砍倒沙椤树一根。一墨弹下十八块，九块长来九块短；长的九块做门框，短的九块做门心，门头门槛都改有，只差铁锁门头钉。上街请个张铁匠，下街请个李老钉，要打八颗大钉子，要打三钱米毛钉，长钉将它钉门框，短钉将它钉门心，打把钥匙三斤重，连铜带锁有九斤。鲁班造门三尺三，早晨开开夜晚关；早上开门生贵子，晚上开门生贵人，自从正月开过后，斗大黄金滚进门。"

　　唱完这些灯词后，主人家放一阵鞭炮，表示财门已经大开，花灯队这才走进堂屋，开始表演正式的花灯剧目。

　　花灯剧目很多，不过每个灯队都有自己最拿手的一部戏。那是由掌班师傅一代代传下来的。说起这个掌班师傅，他可是花灯队的头号人物。每个灯会选掌班时，那情景颇有点武侠小说中选掌门人的味道，要经过老一辈师傅的多方考察，看这个人是否有文艺天分，看他为人是否诚实可靠。入选者要恭恭敬敬地行过拜师礼，才能接过老师傅手中的秘传唱本。那唱本里记载着每个灯会最得意的传统节目。

不过，随着时代的变化，花灯剧目也不断革新，注入新时代的内容。

除了人家户的接灯外，灯会与灯会之间的相互应酬祝贺，到对方村寨唱花灯，称为贺灯。

在青岩，花灯戏中角色不论是大姑娘小媳妇，还是丑媒婆，全由男子装扮。关于这，还有个"女子不扮灯"的传说。老早以前，灯会中也有女子，后来有一年跳花灯，那个女角长得太美，被一个恶霸看中强抢了去。以后为保护家中的女孩儿，老人们便不让女孩子去跳花灯，最后就形成花灯队不让女子参加的规矩，戏中女角全由男子装扮。

正月十五过后，各灯队便纷纷封灯，不再外出玩灯。这时便有一项最隆重的仪式——化灯，即由掌班师傅率领全体队员到河边将灯烧掉，把灰烬倒入河中，由流水带走。在无河的地方，亦要找个有水的地方将灯烧掉。等来年再扎新灯。

《青岩花灯》

❖ **弋良俊：** 跳硐，载歌载舞的古老习俗

以高坡苗族为首的苗家人，年年正月间要举行数次规模宏大的"跳硐"。四月间要举行"射印牌"。以此娱乐远古信奉之神灵，缅怀英武功高之祖先，进行苗族各山寨之间的社交。

跳硐和其他苗族的跳场不同，是在万古溶洞中进行。每年正月初三起，连续七日，在不同山寨的岩洞中跳硐。斯时，成千上万的苗族青年男女和老人们，清晨从不同山寨起身，沿着山间莽林小路，沿着溪河谷边，奔向

▷ 跳硐

同一跳硐之地。各处人到达之后，由主持跳硐的当地寨老，令人点放铁炮，燃放鞭炮，插起彩色幡旗，敲响木鼓、铜锣、铜鼓，引着人们走进深邃而宽广的大溶洞中，开始跳硐。在洞中，一队队男青年芦笙手吹响芦笙，一队队身穿艳丽苗装、佩戴银项圈和耳环的青年妇女手牵手跳起摆身舞蹈，老人们则敲响木鼓、铜鼓助舞，使亘古溶洞声如洪钟，响彻群山。舞者如痴如醉，观者若梦若仙。吹芦笙者一次次换不同村寨的人，跳舞者也由各山寨姑娘轮番上阵。这跳硐，要跳到夕阳含山，暮霭罩洞，人们才恋恋不舍离去。

《民族山城　风情浓郁》

❖　孙定朝、章正邦：跳场，跳出来的风情

跳场，是苗族人民纪念祖先、开展社交的一种活动。乌当区苗族跳场的历史悠久，清初以来，这种群众性的活动十分兴盛，尤其是解放以

来，由于党的民族政策的英明，各级政府的重视，已经形成了有规律、有规模，人民群众喜闻乐见的活动。乌当区苗族主要的跳场地有五个，这五个场地，只有一个是在正月十三、十四、十五日跳，其余四个均是在二月十三、十四、十五日跳，有的场地一年一次，有的场地则是三年或七年跳一次。七年跳一次的称叫"大场"。这五个场每次参加的人数都在万人以上。

苗族人民选择十三、十四、十五日这三天作为跳场的吉日是有道理的。根据东风乡石头寨的老人们回忆：清朝时，由于统治者的残酷压迫和剥削，苗族人民前赴后继地进行英勇斗争。许多英雄人物和可歌可泣的故事流传在民间。1736年五月至六月，清官军血洗苗寨，参加起义的1224个寨子，幸存的只有288个寨；起义群众被杀害的近三万人，加上在战斗过程中英勇抵抗，壮烈牺牲，或者宁死不屈投崖自尽，或是坚持气节，饿死在山林的群众，实不下数万人。1743年的农历二月十三、十四、十五日，是17位苗族英雄被押送到石头寨的黑土坡英勇就义的日子。苗族人民在这里跳场，就是为了祭奠这些被杀害的英雄。

至于三年和十年的划分，在苗族居住区有这样的传说：乌当区高寨场跳场的历史最久远。据说古时候这里有一个头人，他家有钱财万贯。每年跳场时，凡是前来参加跳场的苗族人民，他都供给伙食。这头人生有一男二女。两个女儿一个嫁到罗吏，一个嫁到石头寨，两个女婿家也都很有钱。为了不年年都跑到高寨来跳场，他们就在自己住的地方新开辟跳场。后来又商定在三个地方轮流跳，一年在一个地方，其他两个地方就不再跳。于是就出现了有的地方三年跳一回，有的地方七年才跳一回，一直延续到今天。

《乌当区苗族"跳场"和"跳场碑"》

❖ 王启顺、赵焜：“四月八”的传说

贵阳地区的苗族，每年都要在市中心区喷水池一带，欢度自己传统的节日“四月八”。在农历四月初八这一天，市郊和邻近的惠水、龙里、修文、开阳、息烽、平坝、安顺的苗族、布依族同胞，穿着节日盛装，成群结队，从四面八方汇集到市中心区的喷水池一带。小伙子们吹着芦笙、洞箫、笛子，跳起芦笙舞。姑娘们穿着精心准备的衣裙，佩戴着夺目的银项圈等饰物，上商店选购心爱的丝线、首饰和衣料。青年男女还在这个节日进行社交活动，通过对歌、交谈以互相了解。中年以上的人则把“四月八”作为亲朋聚会的一个好时机。他们在采购了一些生产、生活用品后，悠闲地聚在一起，互相打听熟人的信息，谈论年景，说古道今。旧社会里，虽然反动统治者一再阻挠和歧视，这一传统节日仍然一直坚持着。

……

关于“四月八”节日的来历，缺乏文字记载，只是在贵阳地区流传的一些苗族古歌中，叙述了一些情况。有关的苗族古歌是《祖德龙》《亚努》《鲁勒妹》《戛勒戛桑》。这些歌中记述了两个不同的故事。

一个故事说，苗族古代是个名叫亚努的首领，领导群众同侵略者进行斗争，于四月初八日英勇牺牲，他的墓地在嘉坝西（今贵阳喷水池附近），长期以来，每年四月初八，这一带的苗族，都来纪念这位牺牲的英雄。

另一个故事则说得更生动具体。很早以前，贵阳叫黑羊大箐，苗族有个部落住在这里，苗家称它为“戛勒戛桑”（今贵阳及附近的花溪、青岩一带）。这里土地肥沃，水源丰富，最先住在这里的是一个叫古波养六的苗族老人，他的力气很大、勤劳勇敢，成天带领儿孙们在泽溪坝（今贵阳市北的宅吉坝）开垦良田，又在螺蛳山劈草种地。因他是个庄稼汉，爱庄稼如

命，起早贪黑，勤施肥、勤管理，庄稼长得很好，年年获得丰收。他家人丁发达，六畜兴旺，日子过得很好。但是那时人烟少、森林大，这地方的野兽很多，常常半夜三更出来糟蹋庄稼。有一天夜里，古波养六带着弓箭去守庄稼，到卜半夜，有一个黑东西慢慢地爬到庄稼地里，古波养六便开弓射了一箭，只见那黑东西惨叫一声，几个筋斗就死在土坎边。第二天一早，他带着家里的人到地里去看，是条母猪龙。古波养六叫孙们把母猪龙抬回去，剥了龙皮，开了龙肚，掏出一颗红彤彤、亮晶晶的龙心子来。古波养六从心底里说不出的高兴，因他曾听老辈人讲过，龙心是个宝，放在水里泡，天就下冰雪；放在干处天就放晴。他就把龙心收藏好，对子孙们说："这回除了害，庄稼更旺了。"说完，他便带着儿孙们到嘉坝西去开花场，让后代子孙们有个花场跳舞唱歌，喜庆丰收，让青年男女找如意的伙伴，开展社交活动。

▷ 苗族群众"四月八"联欢的场景

古波养六珍藏的龙心，每逢久旱无雨，龙心便会闪闪发光，顿时大雨倾盆；每当久雨不晴，龙心又发出光亮，天空立刻放晴；把龙心放在水里泡，天就下冰雪。苗家把龙心当作宝贝，十分珍爱。有了龙心，果真庄稼更旺，人们日子过得很好。苗族有"龙心宝"的事，被河都雾人（住都匀的一个部落）知道了，蛮武部落的人来侵占嘉坝西。先派人化装成做生意的，到"戛勒戛桑"查访，看到这个地方田坝宽广，庄稼茂盛，家家富足。他们眼红，便采取欺骗手段，借卖针线给古波养六的女儿，骗取姑娘拿龙心出来看，暗地用假龙心换走了真龙心，又带领人马前来侵犯。古波养六和他的女婿竹德弄与众乡亲商议，联合西苗寨的鲁勒妹（女）共同起来保卫家园。他们各带一支人马，进行抵抗。双方打了三天三夜，打得天昏地暗，人仰马翻。鲁勒妹在黑羊井，伸头到井中吃水，被对方砍掉了头，古波养六在嘉坝西中了箭，滚下马而牺牲，竹德弄在嘉坝西，连中了三箭而战死，亚努战死在黑石头（今喷水池邮电局），那天也正是农历四月初八。

后来苗族人们就把四月八这天作为纪念他们的日子。苗家想念故乡"戛勒戛桑"，想念英勇战斗牺牲的祖先，每年四月初八，小伙子和姑娘们穿着节日盛装，背着芦笙，拿着箫笛，由母亲或嫂子伴随，带着各色乌米饭和其他食品，邀邀约约，成群结队从四面八方会集到喷水池一带，吹奏芦笙、笛子、箫筒，唱歌跳舞，以示景仰和凭吊。

"四月八"的节日活动，沿袭了许多年代，随着社会的发展和各民族交往的增多，其他少数民族也来参加活动。布依族会集来唱歌和对歌，汉族也来观看。因此，"四月八"又成了贵阳地区各族人民共同的节日。

《苗族人民的节日"四月八"》

❖ **黄万机：** 南明河上放河灯

农历七月十五日为中元节，民间俗称"鬼节"。人们要设酒肴祭祀祖先，焚烧冥镪纸钱。靠近河流的村寨，在中元节之夜放河灯。明代前期，由中原及江南调入贵州的屯军，把这一习俗移入贵州。贵阳城南的南明河上，每年中元节都有放河灯的盛会，一直延续到清代嘉庆、道光年间。

▷ 放河灯

放河灯，与盂兰盆会相关。明刘侗《帝京景物略·春场》载："七月……十五日诸寺建盂兰盆会，夜于水次放灯，曰放河灯。"盂兰盆是佛家语，译音为"乌蓝婆挐"，意译为解倒悬。世俗在七月十五日，请僧人诵经，设斋供佛，祈求以法力救度七世父母，解救其倒悬之苦。俗称这种南明河上放河灯法事为放焰口。夜晚放河灯，含有祭祖祈福之意。

南明河上放河灯时，场面盛大，河中浮动各式灯盏千百个，两岸游者成千上万，杂以丝竹钟鼓。嘉庆二年（1797），北京著名诗人舒位游历来黔，于次年中元节观赏了南明河放河灯的盛况，当场写了七古歌行一首，题名《中元节夕观音寺看放河灯歌，程任斋太守属赋》。诗的前半部描绘了放灯的壮丽景象：

城南秋水环碧螺，上有三层宰堵坡。

四山既暝月魄伏，看放河灯灯满河。

城中士女来婆娑，我亦相逐乡人傩。

蜿蜒烛龙衔尾出，熠熠萤火瞥眼过。

轧轧织作锦万梭，簇簇开出花一窝。

浮沉曲直随盘涡，千灯一光水面酡。

此时西风吹铜镜，略有细浪纹吹靴。

河上浮动的灯群，五彩缤纷，有如万梭织成的锦绣，簇簇相拥，形成一窝窝花丛；烛光映照水面，河水像醉酒般呈现红颜；西风乍起，铜镜般的河水微起波纹。

当时两岸观者如堵，诗中还写道："长桥卧虹石阑亚，人影较似灯影多。盂兰之会七月半，譬若五日哀汨罗。"观赏河灯，是筑城仕女们的一种娱乐，有如端午节划龙船悼念投汨罗江的屈大夫一般。可惜南明河放灯的风俗早已绝迹，但在安顺、平坝的"屯堡人"村寨里，至今流传着放河灯的习俗。

《南明河上放河灯》

❖ 金仕华：六月坡上"六月六"

六月坡位于六广区大石布依族乡的高山村，坡上有十多亩的一块平地，坡上长满了青杠、麻柳、樱桃等树木。这里是布依族人民年年聚会、岁岁欢歌的地方。据《修文县志稿》记载：鸡公山附近之小坡，每岁阴历六月，诸仲族男女均相约聚会饮酒唱歌于此。因此坡为和气坡，又名六月坡。"仲"即过去的"仲家"。追溯其族源，一般认为是古代"百越"中的一支。布依族自称"布依""布雅伊""布仲""布饶""布曼"，这可能由古代"僚""蛮""仲家""蛮僚""俚僚""夷僚"等称谓演变而来。解放后，根据民族识别及本民族人民的意愿，统称为"布依族"。

六月坡的兴起，据布依族老人介绍，已有两百多年的历史。在过去，凡有大事，四乡周围几十里的布依族人民都要在这里商议大事，继而从议事欢聚，遂成为布依族人民中最大的节日了。这一天，家家包粽子，户户打米粑，村村寨寨都要杀猪。在杀猪时，村寨上的男人都要参与杀猪活动。他们把猪杀了，刨整干净，开膛破肚，把猪头割下来，用水稍微煮一下，抬到六月坡或村寨上的山王庙前回熟，进行祭祀活动。然后按村寨有多少户，就把猪肉砍成多少块，用棕叶或草拴好，挂在一根长竹竿上，并编好号码，全村的户主都来拈阄，然后按照号码标签把肉提走。有的人还要往自己的地里送粽子，即用棕叶包上灰土挂在土中。据说可以不使作物长灰包（即病包）。又说这个灰包是给鸟、雀或虫吃的，免得鸟虫吃庄稼。

又说六月六是为纪念月亮公主和天王造福于人民而兴起的：在很久很久以前，有一个勤劳、朴实、勇敢的后生名叫六六，一天在做活回家的路上，忽然在水中捡到一只大白虾，回家以后，他把大白虾养在盆中，就上山做活路去了。当他中途回家，就看见一位很漂亮的姑娘在为他煮饭、做家务，而这个姑娘就是天上月神的第六个女儿，名叫月亮公主。她爱慕六六，便下凡来与六六成婚，后来就生下一个儿子，取名天王。由于月亮公主长得美丽，人才盖过一方，消息传到京城，国王便派大臣把月亮公主抢走，在去京城的途中，要过一条大河，公主便在河边捧水喝，公主从口中将水喷出，顿时满天大雨，平地起水，西边天空现出了一条美丽的彩虹。公主飘然而上，踏着彩虹桥飞上天宫。那些抢夺公主的兵将，也被大水卷走了。六六收工回来，听说公主被抢走了，六六父子俩走到河边，捡到公主的一根花飘带，就拉着飘带居然飞到公主身边，因天王在地下时，会做活路，有一个名叫然苏的人欺侮他，他到了天上，把此事告知母亲月亮公主，在天上的月亮公主是管人间的六月雨水的，公主生气了，不给人间雨水。人间的庄稼干坏了，虫灾也来了。人们便杀猪来祭天求雨，驱赶蝗虫，并祈求风调雨顺，所以每年的六月初六这一天，人们都进行这种祭祀活动，消灾灭虫。布依族的青年后生则希望找到一只大白虾姑娘，所以布依族人民对六月六是非常重视的。

布依族人民在欢度这个节日时，附近其他民族也来参与活动，但在过去也发生过相互械斗的事情。有一年的六月六，青年男女在相互吹木叶、对歌，年纪大的老人也在一起斗画眉。一个外乡的刘家少爷骑着高头大马，冲进歌场，肆意侮辱青年妇女，从而激起参加"踩歌堂"活动的布依族人民愤怒，大家便用石头、木棒狠狠地把他揍了一顿，差点打个半死，还是老年人来劝阻，才留下这个人的一条狗命。这人回到寨中，便以为他自家的资本大、有钱有势，串通保甲长便往县衙门上告，说仲家造反。官府信以为真，即派兵丁前来镇压。布依族人民也不示弱，他们组织起来，集资买枪、买弹，青年们便把常用的猎枪背着，没有枪的，也把大弯刀、砍柴刀磨得雪亮，装上长把，以村寨编队。这一来把县官老爷急得如热锅上的蚂蚁，坐卧不安，只好收兵回来，并告知刘姓说，不要惹他们了，这些人是不好惹的。由于刘家得不到官府的支持，这场械斗便偃旗息鼓了。这件事一传十十传百，传到很远很远的地方，大家都为这次事件取得胜利而高兴。所以来年，这里的六月坡的聚会比以往更加热闹了。

《布依族人民的六月坡》

❖ 陈永兴：独具魅力的侗族大歌

侗家建筑艺术源远流长，自得其妙，而素有"歌的海洋"之称的侗乡，那美妙的歌声和浓郁的风情令多少游人如痴如醉。每当游人走近寨门，侗家姑娘的美妙歌声就飘进了游人的心里。原来是他们在拦路盘歌，敬献吉祥蛋。侗家有句谚语："没有拦河的石头就激不起美丽的浪花，没有拦路盘歌就没有感情的升华。"听了拦路盘歌，再小品一口"侗乡蜜"，深情厚谊，已醉在心。进得门来，可尽情欣赏侗族青年的各种歌舞。侗族大歌，是一种多声部无伴奏合唱，全国56个民族，侗族独有。由男女合唱，唱腔婉转动听，如行云流水，偶尔模仿蜂嗡、蝉鸣、鸟啼，曲调优美，多声部和谐统一，天衣无缝。侗族大歌被公认为填补了中国音乐史上的一个空白。侗族的其他歌曲，如《蝉歌》《琵琶歌》《秋色月塘》《酒歌》《踩歌堂》等，既有美妙的侗腔侗调，又有侗族乐器伴奏，是侗族青年男女自娱自乐常唱的歌曲，又能与游客同舞共歌。侗族年轻人表演的节目中，最能让游客"炸开锅"的要算抛绣球了。绣球是侗族姑娘自己编织的，小巧精致，香气宜人。随着节目主持人的介绍："今天最精彩的节目——侗族姑娘抛绣球马上开始。谁能抢到绣球，美丽的侗家姑娘将向他赠送一份心爱的纪念品。老年人抢到绣球，福如东海，寿比南山；青年人抢到绣球，生活美满，爱情甜蜜；小朋友抢到绣球，好好学习，天天向上。"顿时，沸腾的场面静了下来。游客期盼着姑娘的绣球能抛向自己。姑娘并不急着抛出绣球，而是一边挥舞着手中的绣球，一边唱着侗歌，正当游客既想得到绣球，又对姑娘只挥动不抛出感到有点无奈时，绣球突然从姑娘们手中飞出，人群里迅即出现激烈而文明的争抢局面，很快，绣球已有所属。姑娘唱着欢快的歌曲给幸运者颁奖，热闹的场面让游客兴致倍增，难以忘怀。到侗寨旅游，确是一种难得的享受。有支侗歌唱道："泉水叮咚齐奏乐，林中画眉唱新歌，生活年年在变样，你说侗家乐不乐！"

《淳朴民风扑面来》

❖ 袁源等：苗族蜡染，穿在身上的艺术

蜡染兴起于汉代，唐王朝时代得到很好的发展，此后在中原地区长期失传。但少数民族地区却幸存下来。蜡染艺术的创作多是民间形式的，贵州南部的少数民族妇女大多会染制。蜡染作为一门艺术，在国内具有经久不衰的生命力，在国外也有不可替代的艺术魅力。

在黔西南、黔南布依族和苗族妇女，最常见的蜡染体现在这两个民族妇女的服饰上。如基场苗族，其上衣的领、袖及肩部都有漩涡纹套色蜡染，图案为蓝底白漩涡纹，中间套橘红色，对比强烈鲜艳。这种漩涡纹苗语叫"涡妥"，是老一辈传下来的古老纹样，具有神圣的意义，是纪念祖先的，必须用在十分重要的装饰部位，不能更改。此外还有用于裙扣、头巾、枕巾和床单的蜡染，图案多为花鸟鱼虫，造型夸张写意，线条舒展自由。

▷ 苗族蜡染图案

　　布依族蜡染所用染料是当地人在山上种植的蓝靛，染成之后不易褪色。常用的染缬方法是扎染，古代称之为"绞缬"。它不用蜡做防染剂，而用线扎纱成花的部位，投入染料中浸染，最后拆除扎线，便呈现出蓝底白色的图案。扎染方法有两种：一是将布料需要成花的部位折叠后用线捆扎；二是在花纹线路上包裹后用针线缝合，再投入染缸，最后拆线清洗即成。常见的扎染制品有头巾、包袱、枕巾、床单等，图案多为蝴蝶、花鸟、鱼虫。绘制蜡染的工具是由两块铜片合成的蜡刀，盛蜡的碗放在有一定温度的火塘边，使蜡熔化为汁，用蜡刀蘸蜡汁点绘于布。

　　布依族日常生活用品中还有一种蓝印花布，有的地方叫浆染，是古代"夹缬"的传统染缬方式。其生产过程是采用漏版刮浆法，先用牛皮纸刻制花版，为使之耐用刷上桐油，然后用豆浆与石灰的混合物做涂料，这种涂料像蜡汁那样起到防染作用。涂料从花版镂空的花纹中漏下来，印在棉布上，形成防染图案，再投入蓝靛缸中染色，最后刮洗掉豆浆涂料，即成蓝白相间的花布，此种花布常用作被面、床单、帐檐等大件日用品。图案题材通常是有吉祥寓意的"龙凤呈祥""凤穿牡丹""喜鹊闹梅"等传统纹样。

《蜡染：神秘悠远的蓝与白》

弋良俊：竹王送子，远古的传说与虔诚的祈愿

在贵阳布依族山乡里，特别是花溪区金竹镇阿哈湖一带布依寨中，至今还保留着"竹王送子"习俗。布依人认为，自己古时的首领、祖先，是历史上赫赫有名的夜郎国王，夜郎王是神，非父母所生，是由金竹"怀胎"而来，其母得竹，破竹得竹王，成为夜郎这族人的首领。

这传说，是与历史文献吻合的。《华阳国志·南中志》："有竹王者，兴于逐水。有一女子浣于水滨，有三节大竹流入女子足间，推之不肯去。闻有儿声，取持归，破之，得一男儿。长养，有才武，遂雄夷濮，以竹为氏。"

这传说，也与存传于民间的一些人家古家谱记述相符。《金氏家谱》："民间女浣物于水，有大金竹长三节流入足间，其中有声。剖竹视之，得男；归去养之，壮年有才武。以金竹为姓，遂雄夷狄。"此家谱，修于清康熙年间。持有古家谱者，为71岁金邦明老人。老人自言：其远祖是夜郎王，明代一世祖为金筑安抚司密定；其族属，为今日布依族或仡佬族，古时族属是濮僚。老人还说，金筑安抚司在贵阳花溪境内，密定等祖先坟在花溪区的党武乡斗篷山。

老人这些话，与明史、清史记载符合。难怪花溪金竹镇布依族人，也说祖先是夜郎王。他们信奉竹王，想得传宗接代的儿子，就向竹王祈求送子。祈求仪式古朴隆重，分祈愿、还愿，极富神秘色彩。祈愿：青年男女婚后不育，或不生男孩，这家老人便备办好供奉竹王的公鸡、刀头肉、豆腐干、生鸡蛋、一升米、一壶酒和炮仗、香蜡纸烛等，领着青年夫妇，去到僻静河岸边或湖边，由请来的阴阳先生（魔公）主持祈求仪式，向竹王念请神经，请竹王来领受香火和供品，听取主人家求子。于是，老人带领

儿子媳妇虔诚跪下，向竹王求赐后代。请求完，由阴阳先生念送神经，送竹王回天，燃放炮仗送行。许愿完毕，如一年后得竹王送的儿子，这家人就得到河边或湖边还愿。供品和香蜡纸烛、炮仗依旧，所不同的就是由这家抱着儿子，到河边或湖边栽上一蓬竹子，以谢竹王，如果生的是女儿，也得还愿，栽的不是竹子，而是桃树。栽毕，又重新祈愿求竹王送子。当然，这仪式仍请阴阳先生主持。祈愿，不让人知，不通知亲友，悄然进行；还愿，要广为张扬，请亲友参加，热热闹闹地举行仪式。

《民族山城 风情浓郁》

❖ **班光瑶：**乌当布依族的婚丧习俗

布依族的婚姻，解放前属父系家长制，儿子可以继承家业，有男大当婚，女大当嫁，女人应到夫家享受财产，有"泼出去的水，嫁出去的姑娘"男尊女卑封建习俗。婚姻基本上是一夫一妻制，也有个别一夫两妻的。同宗、同姓不能结婚，个别有姑表、姨表近亲配偶。

布依族男女青年，多利用节日、赶场、办酒请客的时机，进行认识、对歌、赶表活动，其内容是：互相赞颂，而后用山歌、土歌的形式抒发互相爱慕之情。婚姻有父母包办，也有唱歌赶表互相喜爱则托人上门说亲。总之，要有媒有证，否则不能成婚。

男女婚嫁的礼节习俗很多：媒人第一次上门说亲，要带一包糖，女方收下糖，则表示同意，过了一两个月，男方要按照女方家族户数多少，每户送一封点心，让家族老幼都知道双方之间的关系。在确定结婚日期的前几个月男方要买一块猪肉、两瓶酒、一个大公鸡、一团鞭炮、一对红烛，由媒人带一小童把礼物送到女方家，通知结婚日期。女方家长杀鸡点烛，请客吃酒，表示同意婚期。婚礼的头天，男方要邀请两名十一二岁的父母双全的男孩，身穿新衣，手提灯笼、雨伞到女家接亲。当晚凌晨，新娘跪拜祖宗，发亲出门。天亮以后，女方家长邀请寨中家族的男女青年、姑嫂及老太太送亲到男方家。送亲人数，在花溪、罗吏等地有几桌甚至十几桌；在偏坡、新堡、百宜、新场只有两桌。办酒时间，一般两天或三天。婚礼酒席期间，开怀畅饮，猜拳行令，互相对歌，笑声不绝，一片欢乐气氛。门窗均贴朱红对联，每天下午座席时要放鞭炮。

年轻送亲客席上，菜肴虽都上齐，但八人中筷子只放两双，汤瓢只有两把，凳子只安两条，酒壶是空的，还用红纸封着。这时，全院所有主人和客人都注视着这桌年轻的送亲客，看是否会唱歌，这就要显示"歌首"的本领了。若能很快唱出赞颂所缺餐具的歌，主人就会很快把所缺餐具送到桌上来；若不唱或不会唱，站着呆若木鸡，满院客人就会哄堂大笑。

办酒期间，每天晚上，在室内青、老年男女都要分别对歌。到了午夜要吃夜宵。酒至半醉，还要猜拳行令。令，由主人先行，客人后讲，有"跟官令"和"随口令"两种，主人一口气朗诵一串吉祥如意的口令，客人也要按照主人口令重新流利地朗诵一遍，否则就喝双杯酒方能过关。我记得有一段"跟官令"的内容是这样的："喜酒喜酒，喜酒频频献，喜花朵朵开，喜山并喜海，喜酒贺千年……"这是用汉语朗诵的，接着用布依语说一遍，才算完成任务。"随口令"就是随口说出，但字句要押韵，还要带"花"字和"子"字。

婚礼三天结束后，在花溪、罗吏、白岩一带要留新娘住十天半月，男方家族各户都要请新娘吃一餐饭，还请家族中的老年妇女来陪，让新娘了解家族的长辈、同辈、小辈，以便称呼。新娘每到一家吃饭，都要主动倒茶、收碗、洗碗等。在百宜、羊昌、新场、新堡等地，举行婚礼后，新娘不住夫家，待下年春天，男方来接才到夫家住下。从这以后，新娘往返娘婆两家居住，直到生了孩子，才固定在夫家居住。（传说第一个孩子不是自己丈夫生的说法，是对少数民族的误解）婚前或婚后都要"过财礼"，一般送300元左右的礼物。

布依族人死了用棺殓土葬。丧葬仪式有繁有简，量力而行。但历史沿袭的封建迷信习惯一般都要请巫师念咒。老人死亡停止呼吸时，要放鞭炮，让寨邻都知道。死人一定要留在屋内落气，尸体停放中堂。全家要跪卜烧纸哭丧，接着备棺装殓。死者入棺前要洗澡，穿上新衣，一般穿单不穿双——五至七件。女尸还要穿裙子。棺内用松香熔化浇淋，再垫上陈石灰、白纸、钱纸，才将死者放进棺里，盖上红绸，但不掩棺，等亲人都到齐，与遗体告别，而后巫师念了咒，剪些纸条拴在死人的左右手指上，用烧红的铁器在死人的衣服上逐件烧烙一下，才把棺盖盖紧，用生漆座口封严。

举行葬礼时，要办三天酒，请寨邻、三亲六戚都来参加。在葬礼的日子里，全家小辈都要穿戴孝服，设置灵堂、灵位，门外挂望山钱，灵前竖引魂幡。祭奠时要三拜九叩，吹乐敲鼓，念咒砍牛。

葬后三天要"复山"。在堂屋左侧或右侧安灵位（男左女右）。百日洗孝帕，三年折灵位。

《乌当区布依族风俗习惯介绍》

❖ 程国祥：苗名"把鲁"，独特的取名风俗

苗族人民的儿女，在长大成人结婚以后，出生的头一个小孩，无论是生男还是生女，都有一种必须遵守的风俗，即是取苗名"把鲁"。取得此名之后，原取"小名"也就随而告终。在社会交往中不用说别人也会知道，他（她）当上父母了。小孩也就跟着他父母名字的取得而随之得奶名（小名）。如：某人的"把鲁"叫作"多友"，指男方，毛"多友"指女方。他的小孩就叫作"多儿"（男），如果是女孩子，就叫"多妹"，头一个字是小孩的名，后一个字才是他父母的名。这叫作三人两代连名。

另外，还有两个必须通用的代用字，一个是"叫"字，一个是"毛"字。这两个代用的字，无论是男性或是女性，如何取得，都是非用不可的。"叫"字用于男性，"毛"字用于女性。只要是把"叫""毛"两个字加在名字的前面的称呼，不用解释就很自然地知道谁是男性谁是女性。但是，苗

族人民的"把鲁"仅限于生头一个孩子，往后再生的孩子就不受此习惯的限制，由孩子的父母命名即可。

苗族人民的这个"把鲁"，据说在安顺地区各县苗族中都有此习俗。在清镇县城关区的中八、东门桥、大星等乡调查，据年岁较高的苗族老人们说，我们苗族的"把鲁"，是有根据传下来的。听前辈人说，来源于远古时期。传说在很久很久以前，人们还没有文化、姓氏的年代里，谁也不知谁叫什么名字。在和大自然的斗争实践过程中，人们感觉到，人没有名字不好称唤，所以我们苗族人民的老祖先才说道：人长大成婚之后，生儿育女时给他们取个名字，既便于呼唤，也好区别长辈和晚辈。就是这样，苗族人民的"把鲁"一直从古到今沿袭下来，现今城关区的苗族群众仍然盛行这一习俗。

苗族人民取名"把鲁"的详细经过是这样的：在小孩出生的三至五天内，除应该要办理的其他习规之外，生小孩的人家要请族中寨老、成年男女来看望小孩，得信者拿上三至四斤大米前来，主家要备便席招待。席上分八人一桌就座喝酒，桌上喝酒以取名为中心议题，各自提出初步方案。待众人都把取名方案提出之后，由参加的寨老提议，把一个个方案提出来审议。在审议方案时，特别认真、慎重。要注意审查其名是否"压着"他家族中的后家（外家）长辈以及同宗的同辈兄弟。所谓压着，指的是他家族中长辈、后家、同宗兄弟已经取用了的名字，新取的名字则不重前名，如果重了就视为压着。在审议中有压着前述人的取名方案则弃之，没有压着的方案才被采用。通过一番认真的讨论之后，众人一致认为某方案提名可以采用，最后再行征求主人家同意，"把鲁"就算是初步的定下来了。是谁提的方案被采用，得名人的父母就要给他敬酒，恭敬地双手端着一个盘子，盘中放上两个双杯，杯内盛满酒。然后再一桌桌地敬各人一双杯酒，被敬酒的人，也双手端着酒杯，口念吉利的四句，并呼唤得名人新取的名字——"把鲁"，如果谁呼唤错了名字，谁就要被罚酒一杯（意思说他还不知道取得的名字），把酒杯放在盘中的同时，还要放上一二角钱（意思是表示今后有吃有用）。待各桌的酒都已敬完毕了，才算是"把鲁"正式得到命名。一直呼唤到老，甚至百年之后，逢年过节他们家的子孙后代都得要呼请他的"把鲁"，请来家中与家人同欢过节。

《苗族人"把鲁"》

❖ 潘定远：情意绵绵射背牌

居住在贵阳市花溪区高坡民族乡的苗族，妇女以背牌为装饰，故此称为"背牌苗"。他们的婚姻缔结，从恋爱到结婚，像姑娘们绣背牌那样，有自己的独特方式和礼仪，别具情趣。

▷ "背牌苗"服饰

高坡苗族青年男女的恋爱，是通过"达对俄"（和姑娘交朋友）的社交活动来进行的。他们深居高山，交通闭塞，主要借助于赶场和节日活动物色情人。如春节在山洞里吹芦笙跳舞，"四月八"在山坡上射背牌，七月份玩"牛打场"（看斗牛）等。正月间，姑娘们在寨子边烧着火，一面挑花刺绣，一面等待后生来唱歌，通过唱歌表达互相爱慕的心情，这种恋爱是比较自由的。

热恋的高潮是上山请酒和射背牌。当青年男女自由恋爱、情深谊笃以后，就邀约同寨的几个青年与另一个寨的异性青年举办请酒或射背牌的活动，表明两人相爱的深情。

这种请酒与一般请酒不同，正月初二，先由女方邀约同寨三五人合伙请另一寨的三五个男友即三五对情人在山坡上吃饭，因由父母操办，男方的长者和兄弟姊妹都可以前去参加。初四到十五，男方择日回请女友，同样，女方长者和兄弟姊妹也都被请去吃酒。双方在请酒的过程中尽情欢乐，唱《大路歌》《酒歌》，离别时唱情歌，倾吐衷情。请酒之后，女方送给自己的男友一斗五升米的糯米饭，男方也送自己的女友一对耳环，作为爱情信物。七月间，即在"牛打场"请酒就简单了，女青年们只把三升米的粽粑送给男友们，男青年便各自回敬自己的女友一把雨伞就完事了。

所谓射背牌，是在"四月八"节日，男女青年采取模拟的射箭形式举行的定情活动。作为靶子的背牌是女青年用黄丝线专为男友射箭而精心挑绣出来的，称为黄牌。它与平时穿戴的不同，既宽又鲜艳，四方形图，八角形或六角形或"十"字的牌心，传说是苗工的印记。射背牌一般是三五对情人举办一次，到背牌坡后，由曾经射过背牌的长者主持仪式，按各寨各支原先划定的场地，念过祷词，女的就把背牌挂起来，男的将马刀插在一旁，男女各朝天发三箭，接着，男的瞄准自己女友的背牌射二箭。女的瞄准自己男友的衣裙（撑开）射三箭（有的当场不射，于第二天在男方家射）。结束时，女方把这块黄牌送给男友，男方解开腰带送给女友，另外，还要送一对耳环，作为定情信物。主持人念祷词后，方告结束。夜间，男女青年聚集在男方家唱《射背牌歌》，表达相爱不渝的情谊。

这种遗风，表现了青年男女之间的忠贞爱情。但是，不论请酒或射背牌以后，这些青年男女就不得结为夫妻了。换句话说，高坡苗族的恋爱是自由的，但婚姻是不自主的，当男女青年的恋爱得不到父母同意而不能结为夫妻的时候，他（她）们就邀约上爱情坡请酒或射背牌，结成"生不成为夫妻，死在黄泉路上同行"的所谓阴间情人。解放后，这种遗风不多见了，青年男女的婚姻自由有了《婚姻法》的保障。

《高坡苗族的婚姻习俗》

❖ 罗继荣等：高坡斗牛欢乐多

古历七月，是一年一度的高坡斗牛节。斗牛，苗语称"把朗"；汉语称"牛打场"。在高坡苗族乡境内，依顺十二生肖排列，设有猪场（高坡场）、龙场（三门边）、虎场（中院云盘）、兔场（五寨腊喇冲）、猴场（高寨）以及相邻的狗场（属惠水县）等场点。十二生肖轮至某日，即为该场的斗牛日，故七月斗牛活动的日程多，活动频繁，令喜好者天天均有饱眼福的机会。斗牛场由来已久，远在明末清初时即已建立。高坡场于民国元年建立，并有岩刻记载，叙述该场场主（负责该场斗牛活动的主持者）及斗牛规则。场主为附近苗族村寨德高望重的寨老（自然领袖），对该场的斗牛赛事活动享有绝对权力，以确保斗牛活动的顺利进行。

▷ 斗牛

对参加斗牛的牛的选购和饲养，有着严格的标准及要求，各户按其祖先所流传下来的外观形状，包括角门、线条、毛水、个头等方面的要求，力求相似。一旦相中，则不吝高价，非得购回不可。斗牛购回当天，远亲近邻都来祝贺，家中门庭若市，鞭炮声、唢呐声、长号声、铁炮声，不绝于耳。

临近古历七月，亲戚友好轮番宴请牛主，家族中十数人或数十人簇拥着斗牛前往作伴，称之为请"把朗"酒。赴斗牛场当天，族内及亲朋都来伴牛"出征"。人们身着节日盛装；长辈及寨老穿藏青色百褶连衣裙，头裹白底青花印染头巾；身强力壮的小伙子手执隔牛棒，这种隔牛用的木棒，长五尺，又称五尺棒。斗牛亦被装扮得十分富有，角尖上套上银角，额上系绸料大红花，身上披彩缎或毛毡、线毡，牛身清洗洁净，无粪便、污垢。牛主牵着牛，寨主及长辈提着铜锣开道，长号唢呐随后，火炮手尾于牛后。人们边走边发出"呜唬""呜唬"之呼喊声以壮牛威，绕斗场一周才到指定的地点驻足。

由于精心喂养和不作役牛使用，斗牛强壮剽悍。牛角粗短，脑门如斗。一放缰绳即奔跑直向对手，一头猛撞。有使巧力的牛，着力在角尖之上。诱牛相抵时，抓机会甩动角尖，直往对手的两眼用力。一旦得手，便侧头猛刺，令角尖深入对手眼眶，此种牛称为"勾眼牛"。力量相当的相斗场面十分精彩。两头相抵，牛角左右摆动，"梆梆"作响，鼻息急而粗，牛颈相贴，头顶地面，牛尾翘起，四肢如柱。斗时稍长，经双方牛主相议，即可用五尺棒击打牛角（不可误击其他部位，否则将引起械斗），或用粗绳拉两牛后腿，令其散开。力量悬殊的，不几个回合败方即撒腿逃命，而胜者却又穷追不舍。

斗牛场一般选择在四周略高、中间稍低的草坪，观众可居高远观，便于观斗，并防败牛夺路发生意外。七月斗牛，往观者数以万计，人山人海，五颜六色的布伞、草帽，加上艳丽夺目的节日盛装，汇成花的世界、花的海洋。

过去，斗牛是高坡苗族同胞用以奠祭先人的祭祀之品。一经七月斗过，秋后即择期用特定的礼俗和方式将其宰杀，称之为"敲把朗"。被宰杀的斗牛是用木工凿子重穿牛颅，令其死亡。然后用尖刀穿刺牛心，以大木缸盛那喷出如注的牛血。按照传统，所宰斗牛不能用来招待来宾，除内脏属于牛主寨上外，其余部分连皮带肉分给不同的亲戚作为礼品带走，另宰一头菜牛（黄牛）招待客人，称为"枕头牛"。

《绚丽多彩的高坡民族风情》

第四辑

时代先声·
层出不穷的新鲜事

❖ **何静梧：**贵州剪辫第一人

平刚（1878—1951），同盟会员，民国贵州政坛重要人物。字少璜，贵阳人。19岁考取秀才，27岁东渡日本，加入同盟会，任干事兼贵州支部长。宣统二年（1910）返筑，积极从事革命活动。贵州辛亥光复后任枢密院枢密。民国元年（1912）任中华民国临时政府众议院秘书长，后入滇支持护国运动。民国六年（1917）任孙中山大元帅府秘书。以后任过镇宁、古蔺、赤水等县县长和国民党贵州省临时参议会议长。民国三十四年

▷ 剪辫子

（1945）任贵州省参议会议长。解放后任贵州省人民政府委员。平刚一生积极追随孙中山先生革命。在辛亥革命前，他是贵州剪辫第一人。慈禧太后70寿辰时，他率先剪去发辫，"庆寿"之日，撰联讽刺。其联云："东望日本西望义，三十年人皆进化；北惩俄罗南戒党，七旬后我亦维新。"（义，指意大利。俄罗，指帝俄）对联广为流传，在百姓中有较大影响。民国时在担任贵州省临时参议会议长期间，他对政府扰民苛政多次提出批评，又曾多次呼吁减免贵州粮、役负担。他最为百姓称赞的。是民国三十三年（1944）秋，黔南事变时，仗义执言，反对当局军政要员提出的烧光贵阳的

计划，使贵阳免遭浩劫。平刚著有《贵州革命先烈事略》一书。表彰为贵州辛亥革命牺牲的先烈。又有《平刚日记》多卷，现存于贵州省博物馆。

《贵州剪辫第一人——平刚》

❖ 杨正凡：贵阳的第一盏电灯

民国十五年（1926），周西成出任贵州省主席，结束了贵州连年军阀混战的局面。但因贵州地处西南边陲，交通闭塞，连起码的民间照明用油，全是"洋货"。因而"德士古""美孚""壳牌"充斥城乡市场，一旦运输不继，燃油脱销，便有摸黑之虞。就连堂堂省府，也只好点上抖颤的蜡烛了。

记得民国十七年（1928）春，阴雨绵绵，运输不便，"洋油"脱销。周西成的"公馆"萤光点点，忽明忽暗。这时我和张彭年、周铭久几人正和周西成聊天，由于烛光不亮，很是

▷ 周西成（1893—1929）

扫兴。当谈到外省电灯明亮清洁时，周心血来潮，提出要办电灯厂，叫我们出主意。

先是民国八年（1919），袁祖铭（定黔军总司令）花了六万元买得一套发电机组，由武汉用船运到镇远，因水小搁浅，后因连年战争，来不及启运，遂暂存该地。张彭年想到此，当即提出：电机有一个，不知用得不？

周西成听到这个消息，非常高兴。立刻派副官请来刘守益（刘系贵州大学教授，周很信任他），用滑竿护送刘去镇远了解电机情况。刘到镇远后，确实看到了发电机放在镇远一排街，用的席、木板遮盖好的。刘守益本人根本不懂机电器械，又看到一些部件生锈了，就主观地认为烂了。回

筑后向周西成报告："电机是有一大堆，只是锈烂了，不能用。"周表示遗憾，只好另作他图。

省建厅技正花莱峰（日本留学生），听说此事也兴致勃勃，尽管花懂得电器知识，但慑于周的淫威，不敢贸然提出。遂自己花钱请滑竿去镇远了解，经过仔细检查，确定各种部件完好，而且是个新电机。花回贵阳向周西成报告，周认为刘守益都说锈烂了不能用，你莫瞎吹。经花再三说明，并将电机各部件的名称、结构、性能等，作了解释，说即令锈了，只要擦洗上油完全可以安装发电。周虽有所动，但要花立下"军令状"，花同意了，并提出还要一万元备用。周也立即拨款。

花莱峰得到经费后，一方面携款5000元亲自到武汉购买器材和请工人来安装。另一方面即时组织人力搬运电机。大约花去一两个月的时间，硬用人力把机子运到贵阳，并选择甲秀楼旁武侯祠作建厂地址。为了标榜周西成的功绩，建厂用砖每块都镌有"周西成"三字。经过半年多的紧张施工，电机初步安装完毕。

八月初，周西成迫不及待地命令先架设一组线路直通省府，并限于八月十五通电照明。在阴历八月十五这一天，办了几桌酒席等候，灯亮就开席，以资庆祝。当时在座的有：牟贡三、周铭久、张彭年、桂百铸、杨正凡、孙竹荪、花莱峰、刘守益等，其余的记不起了。这时我们都替花莱峰捏一把汗。根据"军令状"，灯亮花活，灯不亮花死。幸好天黑不久，这第一盏电灯真的亮了。我们紧张的心情才松弛下来。周西成一见灯亮非常高兴，并亲自向花敬酒。正当我们兴高采烈之际，周西成突然下命令让副官把刘守益抓起来立即枪毙。刘战战兢兢，无言以对。经我们大家苦苦哀求，周才稍敛怒容，大骂刘不学无术，误尽天下苍生。并说死罪虽免，活罪难逃。命令副官将刘押到省府门前左侧鼓楼关起来，只准吃盐水泡饭。约三个月，几经要求才把刘放了。这便是贵阳第一盏电灯诞生的经过。

《贵阳第一盏明灯的诞生》

❖ 杨正凡：周西城修公路

贵阳有公路、汽车，溯自周西成始。他于民国十五年（1926）用武力统一贵州后，野心勃勃，其觊觎西南诸省，昭然若揭。周之所以要修公路、买汽车，有两个目的：一方面为了炫耀自己，壮壮声威；一方面是想利用汽车速度快，能争取时间，便于掠夺地盘。

民国十六年（1927）春，周西成准备修路、买车，当即召集省政府有关人员谈话。决定先修"贵赤"公路。由贵阳经息烽、遵义、桐梓、习水、土城到赤水（黔北为周西成的老窝，赤水又有一个兵工厂）。周亲自下了一道口头命令并布置下列任务：

一、派熊逸宾（周的姑爹，黔军驻南京办事处长）负责买车，并物色司机；

二、派熊冠英（省公路局长）负责筹备修路，以息烽养龙槽到贵阳一段为重点；

三、派花莱峰（省建设厅技正）负责勘测线路并督促施工；

四、民工由息烽、贵阳沿线民众，每一成年人义务修路一月（不来枪毙）；

五、限定半年完。

周西成统洛贵州后，自诩为胜利者，一切由他说了算，旁人不容置喙。他一贯刚愎自用，话一出口即雷厉风行。虽无法令可查，也无明文可依，但谁也不敢拖沓。因而上述任务，确能按时完成。

熊逸宾花五千大洋在南京买得一辆汽车，用船运至重庆。周即派罗维舟（黔军驻渝办事处长）接收汽车，并组织火力将汽车拆卸抬运入黔，放在息烽养龙槽装配。

司机由熊请来一个宁波人，曹姓，大家叫他宁波曹，每月工资大洋80

▷ 民国时期贵阳学生响应号召修筑公路

▷ 贵州第一辆汽车

元，并要求先付一年工资960元俸聘金。尔后工资按月照发。经周西成同意后，曹即在养龙槽组装待发。周对司机特别优待，以后出差做客赴宴，周都要交代必须要有两桌首席，一席周坐，一席司机坐。周如此器重司机，有其内在因素。在闲议中透露，原来周认为司机是了不起的能人，如此庞然大物，竟能随心所欲地操纵它，另外为了保护自己，怕司机卖关子，弄手脚。

关于修路，由于全线开工，分段负责，所以进度快，不到半年就基本完工了。提起修路当中还出现两个插曲：

按原测量线路采由头桥直达大西门经大十字到省府。这条线本来又平又直，省工省时。谁知节外生枝，跳出一个蒋宝成来。蒋宝成，铜仁人，周的幕宾，任编修职。此人爱卖弄小聪明，得知周西成迷信思想严重（周委派县长时，要任职者到城隍庙去赌咒），于是便投其所好。他对周说："路进大西门，必然要拆西城。这对省长尊讳是不是有点冒犯。"西城西成同音，周听了蒋的话，就说：对呀！不是你提起，我还想不到呢，于是马上叫花莱峰另行测量由头桥经黄土坡上威清门下普定街到省府，花无奈只好照周的意旨改了道。

省府路至中华中路一小段，原设计是修沙石路。周认为省府门口要修"花街"，既好看，又吉利，于是就派人在三桥附近开山取石，打成小块条，并派兵把守，凡过路人等每人扛一块到省府门口交差。所以这一段路是用块石修成的"花街"。如此沽名钓誉，令人啼笑皆非。

民国十七年（1928）大约八月底马路完工了。周西成命令最后检查一次路面，并订于重阳节开车进贵阳城。随即派罗维舟、熊冠英、花莱峰、杨正凡几人去养龙槽迎接汽车进城。山峦古道，初次行车，人畜惊恐，不言而喻。一路上横冲直闯，行人等退避三舍，马驮子遍地翻滚。车到贵阳，万人空巷，夹道欢呼。第二天街上贴出了省长周示的布告：

汽车如老虎，莫走当中路。

若不守规则，压死无告处。

《周西成修公路的二三事》

❖ 傅心仪、胡知三：刘源春的"新玩意儿"

贵阳私家发电安装电灯，放映无声电影，开澡堂，开理发馆，刘源春数第一。

早在1931年前，刘源春便把这些现代文明的礼品，奉献给当时尚处于封闭社会的贵阳人。

刘源春，贵阳人，是个普普通通的锡器工匠，身材矮小，相貌平平，但聪颖过人，思维敏捷，一些科学新技术，一经过目，便能领悟，并能举一反三，对一些暂时还弄不明白的技艺，也总要穷根究底，直到弄通为此。

他家住贵阳大十字南端的大兴寺隔壁，系两层街房，铺面约7平方米左右，经营黄包车（人力车）零配件及一些小五金。

1926年，周西成主持黔政，发展公交事业，次年，周西成在西湖路设立电气局，举办电灯厂，从此，贵阳开始有了电灯。然而，还在贵阳电气局发电以前，刘源春家的小型发电机却抢先发电了，一鸣惊人。"刘源春家电灯亮了！""走，看刘源春家电灯去！"此讯不胫而走，顿时成了贵阳特大新闻，山城为之轰动。一到傍晚，大十字刘源春家铺子附近人头攒动，男女老幼挤得水泄不通。

他家小型发电机发的电，照亮了前后屋宇，更将店堂门面和招牌四周嵌上五彩灯泡，令人眼花缭乱，赞叹不已。

这毕竟是私家电灯，发电量有限，不可能对外营业，贵阳人除开了眼界外，只能望灯兴叹。

"看电灯热"还未降温时，他家的无声电影又与贵阳人见面了。看电影比看电灯稀奇、新鲜，山城自然更为轰动。刘源春的名气愈来愈大，一时成了人们谈论的人物。引起了周西成的重视，聘请他担任贵州电气局技师。

刘源春家"电影院"就设在家中一间约30平方米的屋子里，安放三十来把椅子，票价定得较高，每券大洋五角，但场场客满，后至者往往向隅。

白天做五金生意，晚上放电影，收入可观，刘源春家道逐渐兴隆起来。

刘源春的成功，固然与他的聪明能干、勤学苦钻有密切关系，但外界对他的影响也是促成他致富的因素。

他是天主教教友，时与神父们过从，日子一久，天主堂内的一些稀奇的"洋玩意"都被他窥知堂奥，诸如发电机、小电影、电理发剪、电吹风、自来水洗澡等等，神父们都让他眼看、手摸。他对一些化学药物的性能和用途，也很感兴趣，牢记心中，成为他后来发迹的资本。

在推出小电影不久，刘源春又开起了洗澡堂，用电机抽水，水源就在隔壁大兴寺井内，据说那口井叫"录泉"，终年水不干枯，水质清洌，可以饮用。后来明星电影院就在大兴寺外面创立，放映"默片"，发电用水，也取自这口井。明星电影院开业后，刘家的小电影就被挤垮了。

自来水澡堂对外开放，每客收大洋八角。因为价昂，平民百姓问津者极鲜，唯达官贵人、富商绅耆前往光顾。

那时，理发店是用手推剪理发，电烫、吹风，尚无所闻，可刘源春却把天主堂内的"秘密"移植到他家的理发馆来，因为是洋东西，前往尝试的，多为中青年男子，当时风气尚未开化，女子前去理发尚无所闻。

刘源春处于极盛时代，不免惹人眼红，招人嫉妒，有人暗中向他寻衅找碴。

也是合当有事，不知出于什么原因，触怒了军阀卫队的几个狼犬，声言要整一整刘源春，让他孝敬这些活阎王。一天，隔壁卢炳森锡号宾客盈门，原来是卢炳森的寿辰，刘源春也前去祝寿。正在此时，卫队人员闯进卢家，气势汹汹，向卢家索要刘源春，刘见势危急，灵机一动，大步跑到早已安放在客厅里的摄影机架下面，扯下那块搭盖照相机的黑布，掩盖着头部，装作摄影师模样，大声说道："主人家，你家客人还没到齐，我不如先到别家照张相再来给你家照。"主人一听，心里明白，趁势接口道："可以，可以。请快点回来哟！"刘源春把摄影机扛起就走，大步流星往大南门方向，一口气跑到一个朋友家躲起来。

在亲友的帮助下，刘源春终于离开了贵阳，避居上海达两年之久。比及黔局易帜，刘源春始返回家乡，将其在上海学到的一些新技术，运用到他那正待振兴的生意上来，由此，他家经营的五金业务充实了，别家没有的化学药品，可以在他家买到，他家的理发馆、洗澡堂也有了浓厚的上海气息。

《刘源春的故事》

❖ 邓庆棠：出行新方式，自行车与黄包车

自行车又名单车，当时一般又称为脚踏车，在今天贵阳市区中已成一般人上下班、出街访友或购物必要的代步工具。郊区农民备用者，亦不在少数，成了城乡往来动力车的补助。查见主管交通部门发出的行车牌照，为数已超过10万号，足见其普及之众。但是在贵阳初建公路时，确是凤毛麟角。据作者亲见亲历，第一次出现于市面行驶的自行车，是在1927年六七月间，在南门外团坡广场举行有万人参加的集会中，即有数部自行车经环城公路驶入场内，广大观众多少人从未见过这样二轮单车，立之不稳，载上人却能如飞地行驶而以为奇。在骑车的数人中，作者还认识二位，一位是路政局的技师何某，另一位是往后经营汽车运输业务的程某，就笔者所知，这算是第一次出现于贵阳市的自行车……

由于市街马路逐步修成，环城马路也继续兴建，车辆行驶面积扩大，自行车也逐渐增多。到抗日战争年代，车数增至五六百辆，由于当时的公路全属泥沙铺成的低级路面，坑坑洼洼，凹凸不平，像自行车这样小巧的交通工具，损坏率较高，市场乃出现有自行车修理铺店，以适应社会需要。由于业务频繁，业户先后增加达20余户。为争取营业收入，有黄某所开设的修理店，别出心裁地标出"出租自行车"业务，按租用时间收费。市场

上也有那么一些人，特别是青少年，自己没有车子，却喜租一部车子代步，三五成群，或男或女，游荡于城郊马路上，观风睹景，怡然自得。因之租车业务应接不暇，同业中也相继效尤。他们收购破旧损坏的自行车，凭他们灵巧的手艺，拼凑成可资行驶的车辆，油漆一新，宛如新车应市，促使这个行业又得到一定发展，贵阳建市之后，这个行业依其性质乃组织成为"自行车修配业公会"，公举黄柱臣为理事长，成为合法的工商服务业团体，算是贵阳地区七十二行以外的新行业。

……

人力车又称黄包车，据说是从日本传入我国的，最初在上海地区行驶，上海人一度又呼之为"东洋车"。由于车身精巧，座位舒适，还可以搭载少量货物。顾客需用时，一呼即至，行走大街小巷，载送客人到住家门口，十分方便而为顾客所欢迎。以后逐步传入内地市区城镇，形成社会上必需的服务行业，代替了过去的官轿大轿，历数十年而不衰。

▷　人力车

回忆在五四运动掀起新文化运动高潮时，曾提倡改革文风，运用白话文创作诗歌、小说，当时资产阶级学者胡适，还是一个什么博士，他写了一本叫《尝试集》的新体诗，其中就有一则关于黄包车的诗句，大意是：车子，车子车行如飞，客见车夫十分疲惫，突然吃惊！客问车夫今年多少岁，拉了几年？车夫答客：今年四十多岁了，拉了五年车。客曰：我不愿坐你的车，坐了我心中酸悲！"可是这位博士仍然坐足途程，扬长而去。无产阶级文学家郭沫若，在他主办的上海《创造》周刊上撰短文讽责胡氏："坐在黄包车上讲人道，岂知人间还有羞耻事？"可见黄包车应市之后，就有先觉者斥为不人道的交通工具。但是，在旧时代数十年的历程中，它却蔓延伸入内地各埠，直至解放始行绝迹。

贵阳地区行驶黄包车，作为一种业务经营，始于1930年初，但第一辆黄包车在贵阳则出现于1926年底或次年初，据说是云南当局赠给贵州当局的，贵州省长周西成于坐官轿之余，也曾坐这辆新颖的黄包车上街巡视。作者亲见周氏怡然自得地坐这辆车出现在中华中路，直到次年他的第一辆小汽车运到后，这辆黄包车则不常出现在街头了。

迨1930年初，市街马路初具规模，可资畅行车辆了。黄包车即应时出现，供作行人代步的交通工具。由于这又是一项新兴事物，甫一出笼，就为人所欢迎。由于呼应方便，更可随意驶入中街小巷，为人称便，业务兴盛而供不应求，车主的利润大为可观，由于利之所在，一些经营其他业务的商家，迫不及待地出资到重庆及上海购车前来开展业务。据笔者所知，当年一辆黄包车设备全套的购价成本，不到银圆100元，出租给拉车工人，每日租金即在一元以上，不需三个月，车本即可收回。再按当时情况，一部原装新车约可使用一年以上，如果保养得好，还可延长寿命半年到一年不等。由于市场需要量大，车辆不断增加达四五百部，分属于40多家业户而又成为一新兴行业，组成人力车业同业公会，由一位姓刘（忘其名）的业户担任理事长。

关于黄包车的停放地点，大都集中于中华路各点：如六广门、黔灵西路口、铜像台（今喷水池）、大十字、大南门等处等待雇客，在各大街与中小街的转角处亦常有车停放待雇。其力资视其远近及转入小街小巷而定，每一段约银圆一二角至三角不等，比之原雇用官轿便轿殊为便宜，因此，黄包车一出现，轿子生意乃被淘汰。原来以抬轿为生者，大都转业去拉黄包车。但因在市面行驶时间较长，从早上7时至晚间10时左右，一人的劳力无法支持，所以一辆车子都由两人拉，各拉七八个小时，租车费由二人平摊。

此外，还有一类营业用的自用黄包车，在当时，特别是抗日战争期间，政府机关各厅局长们，都没有汽车代步，由机关购置一辆上等黄包车，专雇一拉车工人供其使用；次如各银行（按当时贵阳市内有28家银行）及各大公司的经、副理，社团（如市商会）负责人以及各大名医（如程某、江某）等，他们都备有自用包车，操其总数，不下百部，全是新颖设备装有踩铃的上等包车。吾人当时常见在省府路各家银行门口，上下班时，经常停放有10部以上的自备车，这些自备车直维持到1949年11月贵阳解放为止。

《贵阳行驶自行车、黄包车、马车史话》

❖ 吾 木：照相，民国的摩登玩意儿

贵阳人懂得摄影技术是近百年来的事。光绪末年贵阳田家巷有一家镜秋轩照相馆，1907年贵州清末爱国政治团体自治学社就成立于此。"镜秋轩"是贵阳较早出现的照相馆之一。在推广和提高照相技术上，贵阳文通书局功垂后世。清末文通书局创办人华之鸿先生远见卓识，数次派技师率工人东渡扶桑学习印刷技术和照相技术。从日本引进印刷机器和照相器材，将照相技术运用到印刷工业。1913年文通书局已能照相制版，其三色版、珂罗版都制作精美，所印制的图书、钞票、银票不比上海逊色。该局还兼营照相放大业务，出售各种照相用药水，可以将照片放大到28英寸，这在当时确实不易。

20世纪二三十年代，贵阳最著名的照相馆是"镜容轩"和"华记"。"镜容轩"在福德街（今富水南路）。福德街集中了几家照相馆，筑城人照相、买木器就往福德街跑。那时照相的人不多，照相馆除每年二月机关团体学校业务多是旺季外，其他时候都生意清淡，"照相八折优待"是照相馆门前常见的广告牌。照相设备笨重。到照相馆当学徒，等于当搬运工，是

苦差事。照相是新玩意，照相的人很紧张，照出来的相片多是正襟危坐，神色严肃，表情呆板。相片底片不是胶片，而是涂着约水的玻璃片，一跌就完蛋。

抗日战争时期，逃难来筑的外省人不少，贵阳人口猛增，照相生意红火，照相馆增加到30家，以光艺、阿嘛、华记、波光、红楼及中国摄影社几家较大。照相馆橱窗里摆着漂亮的艺术照片，照相选用美国柯达公司出品的胶片、相纸和显影药水，照相、显影、修相技术大有改进。40年代阿嘛名声最响，"电影皇后"胡蝶到贵阳时曾被该馆题写招牌，1948年蒋介石来筑也叫该馆派人去摄影，该馆彭氏兄弟（彭千里、彭万里）成为贵阳照相行业中摄影技术最好的"大哥大"。

《纸烟、照相、马车、电影》

❖ 杨 林：简陋的飞机场

1932年夏季，贵州政权已由王家烈接替，当时大西南的局势比较复杂，蒋介石的部队，还进入不了中南地区，更无论乎大西南了。就其国内大局论，湖南是何键，两广是陈济棠、李宗仁、白崇禧分管，他们当时都与中枢蒋介石格格不入。四川分割成为大、小防区，是刘湘、刘文辉、杨森等拥兵自卫。云南自龙云取代唐继尧夺取政权之后，唐部师长胡若愚、张汝骥等，仍占有一定防区与龙对峙。贵州名义是王家烈统治，实则各师长如犹国才、蒋丕渚、车鸣翼等，仍不服从王之指挥，割据一区，甚至兵戎相见。王家烈处于这样纵横错杂，内外关系交织的情况下，欲争取政权之稳定，扩大其势力范围，乃施两面手法，首先派其说客胡羽高赴南京表示服从中央，弄得一小部分枪弹，充其实力。回头，又与湖南何键及两广当局加强联系，提高自己的声誉，一方面也是为贵州大烟的出口谋求保障而能敛取钱财，对方也以此可征收大烟过境税（共约一二百万银圆），相互支持利用。

王家烈鉴于湖南及两广都建有航空部队，亦欲效尤壮大声威，要求何键派机前来开辟贵州航线。1933年四五月间，何键果然派两架飞机冒险飞来贵州，其中一架安全降落于团坡运动场内，驾驶员叫周一平，另一架中途迷航降落都匀，最后也飞来贵阳。这两架飞机全是双翼双座单引擎机，机身漆为深灰色，实践证明团坡运动场可作飞机场用。但是小了一点，王乃下令贵阳县征派民工前来加以扩修，不久广西的飞机也飞来了两架，机式与湖南来者相似，其中一架机身漆作黑色，看来比较精致。以后时有广西、湖南的单机飞来飞往。

团坡飞机的导航设备，就当时说，也是十分落后，场内仅建有一座木质停机棚，仅可停放两架飞机，在大团坡顶上最高处，立一根约十来米高的木质标杆，顶部安放一个活动的方向箭头，在标杆中杆，固定地挂上一个白布口袋，长约三四米，袋口系一固定铁圈，如遇大风贯入之后，白布口袋就形成一根圆柱，随风飘动，其方向与标杆上的箭头转动方向成正比，指示飞机的风向，飞机降落时地勤人员还要在跑道上用长约十多米、宽不及一米的白布，摆成丁字形的标识，指挥飞机降落方向。这些简单设备，作者都亲自看见。经过这些粗略简单的设备，也实际接纳了数次飞机的升降而未出事故。团坡运动场乃改称飞机场了。

《贵阳的飞机场与贵州航空处史话》

❖ **彭鸿书：**呼号"贵州广播电台XPSA"

解放之前，收音机对平民百姓来说是件十分稀罕的东西，轻易不能见到，因之对广播也不甚了了。我对它有些印象，是从1945年日本人宣布向盟国投降那天开始的。当天贵阳像过节一样，大十字的商家，有的把收音机搬出来摆在大门口，收音机不断地播出盟国胜利和日本投降的消息。特别是那"贵州广播电台XPSA"的呼号，深深地印入我的脑中。解放以后有幸参加了电台的工作，从一些老同志的摆谈和资料中晓得了一些简略的情况。

▷ 民国时期的广播站

贵州广播电台最初设在贵阳知名人士华问渠在文笔街的一座私房里。1939年元旦开始播音，后来为躲避日本飞机的轰炸，又在小宅吉——现在的半边街修建了发射台，这就是以后称作城台和乡台的两处电台，城台管编播，乡台管发射，统由台长一人负责。台长下面分设工务、总务和传音三个课，行政和业务都直接由国民党中央广播事业管理处领导，薪水也是每月由这个中央管理处批拨发放的。全台人员编制名额共38名，从来没有超过这个限额，据说临到1949年时，甚至只有20名不到的人员工作了。

贵州广播电台，从1938年筹建到1949年11月解放，被军管会接收为止，一共委任过六任台长，他们是董毓秀、叶桂馨、姚善辉、陆以灏、潘志刚和黄天如。其中好几位原是外省台的台长调任的，如董、姚二人即分别是长春台和台湾台的台长。电台的任务是对敌寇广播驳斥他们和汪伪的谬论，同时对国外广播以争取国际上的同情，争取他们对抗战事业的支持。

电台的设备，开始广播时，用一台柴油机发电自己供电，大约半年以后，一直到解放都是由贵阳电厂供电。从一开始，中央管理处就规定了贵州广播电台的播音对象是国内和南洋一带，因此很注意器材的配备。除了开始时调给贵州一台国产的10千瓦中型强力短波发射机之外，年底又把由武汉电台撤退下来的一台5000瓦、一台500瓦、一台100瓦等三台中波发射机配给贵州台，用10千瓦短波机和5千瓦中波机共同发射，这两部机子使用情况良好，一直没有出现过影响广播的故障，其他机子作为备份保留下来。10千瓦短波强力机使用高达10米的双极式天线发射，5千瓦中波机使用塔式高达40米的天线发射，功率较大，电波的覆盖除南洋一带外，甚至达到了新西兰和美国的东海岸一带，收音相当清楚，是当时西南、西北几省电台设备中的佼佼者。

贵州广播电台的呼号和频率使用得最长的是XPSA。波长300米，1000千周。胜利以后，曾改成XPPA和BEFG过，这些都是中波的呼号和频率。至于短波的印象不深。已无从记忆，播音使用国语（即是现在推广的普通话）居多。还有英语、马来语、广东话、上海话广播，后来几乎都只听到是用普通话广播了。播音一天分早、中、晚三次，每次都不超过两个小时，播音的内容分宣传教育和娱乐两个部分，宣传教育部分的内容结合时事，播送各种新闻，随着历史条件的不同，不断更换栏目，如像《建国方略》《国际纵谈》《戡乱讲话》之类，大抵是抗战期中对日寇汉奸激烈的申斥，宣传抗日战争的正义性与必胜信念等；抗战胜利后宣传战后建设，接近解放那几年，又以"反共"宣传为主了。娱乐方面播放京、滇、粤等一些地方剧种剧目，完全是传统戏，曲艺有弹词、坠子、评书等形式。音乐有中西一般乐曲和大型的交响乐，加上中西歌曲和教唱歌曲等节目。

1949年11月，由于解放军的进军神速和贵州地下党的周密布置，国民党贵州广播电台没有受到什么破坏，交到人民手中。11月17日以"贵阳人民广播电台"为呼号，开始了解放后的第一次播音。

《解放前的贵州广播电台》

❖ 吾 木：从"无"到"有"的贵阳电影

大约在1925年，贵阳南大街（今中华南路）有家刘源春百货店，店主刘玉清好新奇，他自上海购来一部小型电影放映机及几部短片，又自备手摇发电机发电，楼下开店卖百货，楼上放无声电影，如《鹰眼侦探》等，每场可坐三四十人，当时筑城尚无电灯，唯此家店铺灯光耀眼且有电影，山城轰动，成为一大新闻。这是贵阳最早出现的电影。

贵阳第一家正规电影院叫明星电影院，地址也在南大街上，时间是1930年。以后几年，大同、金筑、群新等电影院相继成立。大同存在的时间不长；金筑初名黔光，继改晶华，最后才叫金筑；群新开始在新市场（今市场路），放映露天电影，后招股增资。迁至竹筒井（今筑同街）建新房放映。30年代贵阳放映的电影，影片多由重庆转租而来，有声片、无声片都有，皆是黑白片。明星放映过《呆中福》（亦名《代理新郎》）《山东响马》《聪明的笨伯》，大同放映过《为亲牺牲》、好来坞嘉宝主演的《轮窟情场》，金筑放映过《碎琴楼》《歌女红牡丹》《火烧红莲寺》。为了配合电影演出，1932年底的《新黔日报》副刊还发表过《电影怎样看》的文章。

▷ 影星胡蝶在电影《碎琴楼》中的剧照

20世纪40年代，贵阳主要有群新、贵州、贵阳、大华四家放映场所。放映的影片既有黑白片，也有彩色片。彩色片以美国片最多，什么《泰山得宝》《泰山夺美》以及不少侦探片、爱情片。苏联的《宝石花》《斩龙夺美》（解放后叫《美丽的华喜丽莎》）也被介绍给贵阳观众。那时电影院里可以吃零食，端盘提篮的小贩穿行于过道，一场演完，瓜子壳、花生壳遍地。由于放映技术差，时常断片亮灯，观众中口哨声、喊退票声不断。有些中国片正片开始前有一段序幕，放映孙中山像，升国旗，奏国歌，全场观众要起立。电影演员中李丽华的爱情片，邬丽珠的武侠片，胖子殷秀岑、瘦子韩兰根的滑稽片，都给观众留下深刻的印象。

《纸烟、照相、马车、电影》

❖ 马培中、徐泽庶：贵山民众图书馆

贵山民众图书馆，解放前是贵阳唯一由人民群众兴建的图书馆。地址在今中华南路南明区文化馆楼上。文化馆原为达德学校旧址（1904年，黄禄贞、贾一民、张彭年、凌秋鹗、顾以民等创立达德学校于黑神庙。除祀南霁云的大殿以及戏台保留外，余均属学校，范围连及汉相祠）。

▷ 民国时期的图书馆阅览室

1935年，戏台部分因年久失修，有倒塌之虞，学校为安全及充分利用

房舍为地方文化事业服务计，动议募捐，就戏台部分改建图书阅览室，供群众阅览。征得地方人士赞助，建馆之议乃成。

当时发起人中王慎余、张彦修、贺梓侪、贾一民等，共百余人。定名为"贵山民众图书馆"。取贵山为贵阳的主峰，易于突出地名；又因清代雍正十三年（1735）曾有"贵山书院"之设，于文化、教育影响甚大；为缅怀先贤重视地方文化的传播，于是定馆名为"贵山"。

图书馆的兴建费用，全由当时地方士绅及工商各界热心文化、教育人士所乐捐，推曾俊侯为监造人。开建之初，已感经费支绌，原预计拆除戏台，尚有部分梓材圆木可变价充作收入，不意拆下的圆木竟被盗走。旅居上海黔人陈庸庵（夔龙）原认捐1000元，不知何故，竟成画饼（据王慎馀谈，陈款系指名捐与学校的）。加以抗战期间通货膨胀，物价波动极大，原来的捐款已不能济事。其后由卢晴川找当时富商赖贵山商量，动员赖出资完成其事。许赖为首任馆长，于是工程乃得竣事。

馆成，发起人等再次集会，公推胡寿山、朱介眉、谢仲谋、王慎像、平刚、马培中、贺梓倍、桂百铸、杨覃生、冯介臣、柴晓莲、张彭年、高可亭、卢晴川等15人为董事。董事会首次会议，推举平刚为董事长，聘赖贵山为馆长，并设置管理人员二人，均为义务职。组织就绪，开始征集图书。图书的来源有四：一、接收原"毛母图书馆"的全部藏书；二、达德学校以其多余的藏书作为资助；三、地方士绅及教育界人士捐赠；四、各私营书店如商务、中华、世界、文通等捐赠。

当时征集图书的启事，作者邹质夫，写的是骈文，除讲了一些设馆的重要性之外，还追叙了民国初年，曾在梦草公园设有图书馆的历史。至于毛母图书馆藏书，本系前省主席毛光翔为纪念其母而征集和购置的书。毛下台后，黔省政局动荡，人事一再更替，馆未建成而书多散失。经管理人员同意，存书悉移赠了贵山图书馆。个人捐赠而数量较多的有孙立斋、张彦修、凌惕安、孙竹苏、王蔬农、王梦淹、杨覃生、柴晓莲、桂百铸等。于是规模粗具，乃向社会开放。开馆之日，来阅览书报的人络绎不绝。

《贵山民众图书馆》

❖ 林国忠：贵州最早的报纸《黔报》

贵州最早的报纸——《黔报》，是贵州辛亥革命元老、参加过红军长征的知名人士、建国初曾任贵州副省长的周素园先生所创办。

周先生之所以创办《黔报》，主要是他具有进步的思想和要求。1894年，甲午中日战争爆发，次年以中国惨败而结束。这样的时局刺激了关心祖国前途的周素园。他为寻求救国救民真理，大量寻找新书报来阅读，如《校邠庐抗议》《续富国策》《出使英法意比四国日记》《海国图志》《万国史记》《万国公法》《泰西新史揽要》《时务报》《湘学报》，等等。新书报的阅览，

▷ 周素园（1879—1958）

使周见识增长，视野广阔，初具了民主思想和觉悟。到20世纪初，随着孙中山先生领导的革命运动的影响，周的思想认识更加提高，产生了革命的想法和要求。另一方面，《黔报》的创办，也是周根据当时主客观情况的需要。贵州交通闭塞，经济不发达，人们的思想认识，大体跟不上时代的发展和要求。要促进人民觉醒，只有用创办报纸，大造舆论的办法较好。周素园先生因此倡议办报。

周素园先生当时虽准备办报，但缺乏办报的经济基础。经向于德楷、

唐尔镛两人商议，"集股八千金，于德楷、唐尔镛各代表半数"。周自告奋勇，充当经理。

经费有了着落后，为购买印报机器，周亲自去上海。为加强办报实力，他亲自去邀张百麟做主编。张志不在办报，周又自兼主编。同时聘其兄周培菜负责发行。请张百麟、乐嘉藻、任可澄、陈廷棻、杨石泉、徐伯龙、李增裕、李莤田、钱伯良、宁士谦、鲁时俊等撰文供稿。商定由唐尔镛的通志书局供给纸张、担任印刷。决定每日新闻稿来源，省外的转载各大报之迅速可靠者；本省的托各商会劝学所尽力写来。经其竭心尽力的筹办，1907年农历六月初八日，《黔报》正式创刊出版。这是贵州最早的报纸。形式为四开版，一面印，一大张。内容有上谕、社说、辕报、短篇小说、直省新闻、本省新闻、外国近闻、杂俎、谐谈、广告等项。经常刊登张百麟和革命团体自治学社鼓吹革命的文稿；又常转载各大报揭露帝国主义瓜分中国阴谋的文章；也发表文章指责、抨击、讽刺、揭露保守势力。售价每张制钱十二文，全年订费4000文。

开办初，报社遇到不少困难。首先是订户少，报发行不出去。特别是贵阳一些士绅，看了第一天报后，第二天就不要了。周叫送报员给予解释，报馆愿将报纸赠送他们一月，但士绅们仍然拒绝，说你们的报，宣传革命，尽干些"好事情，请不要连累我们"。周只好将这些顽固的人名，从送报簿上删去。接着，更困难者是经费大成问题。原预计，刊行后大登广告，必有不少收入，结果出人意料，没有生意上门。报纸订户仅300家，要抬高售价也不可能。开办时唐尔镛许诺过经费问题由他叫贵州头号富商华之鸿补助。开办后，由于唐未能取得办报的社会名望和声誉，张百麟鼓吹革命的文章又常由周带来报社发出，唐要求实行报刊检查制度，周不听，反讽刺说："君何时兼任警察厅长，吾尚未申贺。"为此，唐等不再给予支持。该报坚持六个月零二十天后无法维持，只好停刊。

《黔报》虽只发行半年，但其作用大有益于社会，它可以大造舆论，抨击反动势力，鼓舞人们斗志；可以促进"学务之竞进，实业之萌芽，吏治之刷新。"因此，半途而废，实违周素园先生初意，于心不忍。当时贵州的人们特别是青年均热烈拥护办报。他们写信支持周说："你说的都是我们想说的话，贵州本是一个盲哑的社会，你给我们带来光明和喉舌了。你要维护你的报，发展你的报，不要令我们甫尝生趣，又蹈入黑暗和苦闷的深渊里。"不少人还自愿担任推销和通讯工作。1908年1月15日灯节后，人们见报还未复刊，询问函件，纷纷从各方面向报社涌来，给周鼓励极大，更增强了他将《黔报》复刊的信心。思想较开明的贵州巡抚庞鸿书，亦派人来说："假使愿意的话，报馆经费，官厅可以补助。"并允每月给银40两。在此情况下，周权衡利弊，遂又复刊。

复刊后，周奋力坚持办下去，但遇到困难仍然不少。首先是稿源缺乏。当日热心办报的人，原都想从报馆得到一点好处，后来看见经济上既无津贴，名誉上又为周所占，因此，他们灰心的灰心，做官的做官，原答应写文章的都不交稿子了。其次是周工作太多。他一家八口，为了领薪吃饭，得天天去调查局上班。因其擅长文笔，尤其是函札，被公认为贵州第一，所以在警务公所、谘议局筹办处、学务公所、谘议局、地方自治筹办处，都兼有职务。他参加了革命团体"贵州自治学社"并兼任最高干部会主席，需常运筹帷幄、主持会议、起草文件、发宣言、具呈文。他是警务科长，应付官厅盘查询问，更常需其出面。因此，工作繁多，要集中精力把报办下去，实甚困难。再次是唐尔镛横加排挤，特别是1909年初，唐先约会股东，向周查账，继要求接管《黔报》，由其自办，接着还强行收取机器。在这种种困难条件下，周认为如硬要把报再坚持办下去，困难还将增大，弊多利少。由于保皇派唐尔镛的阻碍，想运用《黔报》再宣传革命，目的极难达到。为集中精力领导好自治学社，并另创自己单独宣传革命的报纸——《西南日报》。因此，在奋力坚持两年后，1909年6月底，周将《黔报》社全部交出，后由陈廷菜接办，至1912年3月，滇军入黔，《黔报》终于完全停刊。

❖　蓝泽众："沙驼"话剧社

　　贵阳"沙驼"业余话剧社成立于1936年春。此前，贵阳的话剧活动已非常活跃。1935年，贵阳话剧活动在贵阳各个学校蔚然成风，毅成中学、贵阳女子师范学校、贵阳一中、贵阳高中、贵阳女中、南明中学等校，都相继排演了不少话剧。这些话剧演出活动，培养了一大批话剧爱好者，观众逐渐增加，演员阵容不断扩大。据说，有一次在南明中学演出，南明河岸边挤满了要过河看戏的群众，但摆渡船只有一只，来往费时太长，急不可耐的群众竟抢先上船，结果将船挤翻。当时，各学校的话剧演出中，有不少颇有才华的业余演员，如毅成中学的教师张杏初，女子师范的教师唐和，达德学校教师何敏等，都是驰名山城的角色。

　　高老师说，当时贵阳女子师范学校上演了《暴风雨中的七个女性》一剧，受到国民党贵州省党部的刁难，导致贵阳话剧舞台上展开了一次激烈的斗争。起因是：贵阳女师为该校附小筹募基金，决定公演话剧。校长钱慎斋聘请肖之亮（字汝富，1910—1981，"沙驼"话剧社发起人和第一任社长）担任导演，肖即选排了《暴风雨中的七个女性》（田汉编剧）。这个剧的主要内容是通过七个女性在上海法租界召开抗日秘密会议，声讨日本侵略者的罪行，批驳了种种对敌投降的论调，宣传抗日主张，是当时流行全国的一部优秀话剧。这个剧公演后，影响极大。贵州教育厅长借口剧中开会没有奏乐，没有唱国歌，没有读总理遗嘱而进行刁难，妄图阻止演出。肖之亮先生与演员们对这突如其来的干涉毫不妥协，经过斗争和采取了一些对策，使演出继续进行。这件事引起了贵阳各界的关注，扩大了话剧宣传活动的影响。对此，肖之亮先生曾评价说：这对贵州的话剧起到了很大的推动作用。之后，贵阳成立了"黔灵剧社"，发起人是达德学校的王从周、周杏村、王少臣等人。以上这些话剧演出活动和"黔灵剧社"的成立，为"沙驼"话剧社的成立奠定了基础。

1936年春，肖之亮先生找到从北京回来的贾淑华等人，向他们讲了筹建剧社的想法，得到了大家的赞成。于是，一个代表新型话剧潮流的剧社——贵阳"沙驼"业余剧社就这样诞生了。该剧社设在今小十字原国民党贵州省党部礼堂（今贵阳评剧团），肖之亮当选社长，蒋霭如、贾淑华、唐和、毛仁学四人当选理事。

"沙驼"话剧社最早的成员，多半是各学校师生中的话剧爱好者，如唐和、高树滋、何广健、贾淑华、何治华、肖家驹、吴夔、毛仁学、傅作相、秦元碧、凌仲仙、高佩韦、朱枚、丁修、冉隆英、高培志等。剧社成立的当晚，便向贵阳各界作了第一次公演，剧目是《刘汉卿之秘密》（于伶编剧）和《扬子江暴风雨》（田汉编，聂耳作曲），演出的剧照还被刊登在当时上海的戏剧刊物上。"沙驼"话剧社成立，念一为其创作了《社歌》，其歌词是：

光明在我们的前面，
责任在我们的两肩。
同志们努力向前，奋勇争先，
伟大的中华民族正在战斗，
战斗中我们担负起这份艰难。
沙驼是我们的旗帜，
这旗帜下有一群纯洁的青年。
为了唤起全国的大众，
在城市，在乡村，
我们唱歌，我们表演，宣传抗战。
我们要在战斗中工作，工作里学习。
同志们，努力向前，奋勇争先！

"沙驼"话剧社的成立，使贵阳的话剧活动由局限在各个学校小范围内的分散状况，成为具有广泛的社会性，将贵州的话剧运动推进到了一个新的阶段。

《我所知道的贵阳"沙驼"话剧社》

❖　陈泉生：魔术家的爱国心

　　贵阳以魔术宣传抗日救国最早见于1940年底到1941年初。由四川来的"七人武术团"，他们在重庆看过阮振南的演出。该团杂技演员刘玉麟懂得一点魔术，但技艺不熟，然而每演到"出旗"变出一条红绸标语"还我河山"时，总会赢得观众热烈的掌声。

　　当时在贵阳演出的魔术，几乎都出标语，不出标语宣传抗日的，被认为是件憾事。如"湖北昌武（或是昌楚）技艺魔术团"，在新建不久的"贵阳大戏院"演出"飞鸭""解绑""换人"等精彩技艺，然而掌声稀落。第二大湖北会馆（或许是楚材小学）送了两条新红布横幅，上书"收复失地兴中华""还我河山驱倭寇"，让他们在魔术中变出来，果然每演这个项目时掌声热烈，足见出标语深受广大民众欢迎。

　　四天以后河南邵（赵）发书、邵（赵）发棋参加该团演出"人头搬家"改名为"砍掉真的鬼子头"，演出形式没有任何改变，只是把被砍头的演员化装成日寇效果就不同。该团这个节目，曾在贵阳轰动一时。

　　1943年下半年，孙富友的"华侨马戏团"，离筑前往四川重庆，罗飞霞留在贵阳与丈夫秦助仁组织"助仁魔术团"，常在铜像台（今喷水池）的六个茶厅和复兴剧场（达德小学）演出。为了适应当时大后方观众的欣赏需求，他们聘请业余舞蹈演员参加，开演前均先唱抗日歌曲《义勇军进行曲》《毕业歌》等。在演出黑幕灯光魔术"骷髅跳舞"中，给骷髅都戴上日本军帽，表现出国土沦陷的恐怖，和对敌寇的愤恨，以激励同仇敌忾的抗战决

老贵阳　131

心。秦助仁表演的魔术，从广西到贵阳，宣传抗日救国从未间断，主要是出旗出标语，他以出得多、出得快取胜，所以很受欢迎。标语有"万众一心""收复失地""还我河山""鲜花献给抗日英雄""抗日阵亡将士永垂不朽""愿做岳飞，不做秦桧"等。

1944年，在贵阳民教馆演出的岳蹦子（岳福春）自称是抗日保卫战中被日寇击断一条腿的。在改演魔术时，一开始两手空空，突然向空中一抬，一张"膏药"旗（日本旗）便在手中展开，精彩的一抬反而引起观众气愤，霎时口哨声乱起，石头、瓦块纷向台上飞去。他大声说："砸得好、打得好！日本国、王八蛋该打！"然后即将那日旗撕成条条，扯成碎片，在手中一捏，等再一展开时，一幅完好的青天白日旗露了出来。台下观众报以热烈掌声，并大喊"好！好！"而这面旗子越变越多，有美国的、英国的、苏联的，最后又变出很多彩带，一张张排在舞台上，显得非常有气势。最后又变出一支小号，吹奏《义勇军进行曲》，又赢得满场喝彩和掌声。

这一时期还有河南人林祥富在"耍猴戏"中以插科打诨来讥讽小东洋的节目，也很受群众欢迎。

所以，举凡这个时期的杂技艺术除了娱乐性外，还具有浓厚的政治色彩，与抗日宣传紧密地结合在一起，这就形成了当时贵阳杂技艺术表演的特征。

《抗战时期贵阳的杂技艺术》

❖ **赵汝榕**：新生活运动，一场道德理想的幻梦

蒋介石搞的"新生活运动"，是在日本帝国主义加紧侵略，国难深重到了民族存亡的关头，全国民意要求各党各派团结合作，一致对外的特定历史条件下，表面上喊着"复兴民族""救亡图存"等漂亮口号下搞出来的。曾煞有介事地搞了几年，贵阳也雷厉风行地推行了一阵。笔者本着写历史

真实的精神，概略地就亲身经历过的和所见所闻的，记录下来。但由于当时我年仅十余岁，对整个运动的情况并不了解，加上事隔多年，记忆不清，难免有错漏之处，尚希指正。

▷　1941年2月，蒋介石（右三）及夫人宋美龄（右四）在新生活运动七周年晚宴上带头吃素

"新生活运动促进会"总会，大约是在1932年前后，成立于江西南昌，长江中下游各省、市、县也先后成立分会。随着蒋介石权力之扩张，"新生活运动"亦伴随着发展至华南、西南等各省。贵阳"新生活运动促进会"成立的时间，是在1935年所谓"剿匪二路军"司令薛岳主政贵州的时候。

贵阳"新生活运动促进会"由郭思远任主任，郭是当时二路军所属某军军长，兼贵阳警备司令。主任之下有干事若干人经办具体工作。负责具体工作者，是郭的侄子郭仰鹏及张戴文、任叔明等。会址设在原贵阳市中山公园内，即现在中山西路中共贵阳市委所在地。

为了推行其新生活运动，该会设有几个有示范作用的附属机构：

1."新生活旅社"。地址也是在中山公园内。家具、被褥等很简单，旅客的一般生活多系自理，对服务员不得大呼小叫。旅社内不许赌博，更不许玩妓女，环境比一般旅社清静，收费约低三分之一。

2."新生活食堂"。地址在中山公园对面，后来改为巴黎旅社。食堂内不许喝酒，不包办筵席，不点菜。情况近似现在大众食堂，两三种现菜，来客预先买票，凭票取饭菜。一般每餐一角五分至两角即可。

3."新生活浴室"。地址在原铜像台西边的世杰花园。没有盆塘，只设有淋浴。没有穿换衣服的休息室，仅在浴池墙壁之上安装一些挂钩，供顾客挂衣服杂物之用。取费低，每客每次一角。衣物自理，浴巾自备。

4."新生活图书阅览室"。地址在原中山公园内，仅有图书数百册，内容尽属孙中山先生著作，以及蒋介石言论和所谓"非常时期"丛书之类。还有一些报纸杂志和一些神怪武侠连环画，在国书室旁还设有一个俱乐部，备有乒乓球，各种棋类，一套锣鼓和京胡、二胡、箫、笛等，群众通过一定手续可以借用。该俱乐部有时也组织一些由学校和机关团体参加的球赛等。除以上几个常设机构外，还有一个比较突出的临时性组织，名曰"新生活运动劳动服务团"。由二路军九十九师师长甘丽初任团长，团员从各校学生中抽调，都是十四五岁小青年，不脱离学习，没有报酬（工资），每天供给一餐中饭。团员约百余人。每人发给一套灰色斜纹布中山装做制服。团部设在新生活食堂内，这也是团员们每日工作前的集合地点。他们做的所谓劳动服务工作，并非一般的体力劳动，乃是每日清晨沿主要街道，即现在中华路一带，挨家挨户叫开大门。叫醒住家户起床，叫商店开门营业。这是因为贵阳城从来没有早市的习惯，太阳出来几丈高，还是关门闭户，死气沉沉。现在既然实行"新生活"，如果仍无一点新气象还是不妙的，因此就组织小青年来叫喊。看来似乎也是它"转移风气"的措施之一。团员们来回几次，叫开为止。由于有些团员态度生硬，方式方法不对头，或是叫门时间过早，曾经引起群众不满，闹了一些纠纷。后经甘丽初亲自出马解决，同时对团员们进行一些必要教育，这些纠纷大大减少了。工作完后，中午到"新生活食堂"吃饭，每人一份，一个大盘子，一半盛饭一半盛菜，一双筷子一个汤匙。他们用盘子吃饭很不习惯，因是"新生活"的新方式，谁也不愿首先提出改变，不久也就习惯了。这个团成立不到三个月，不知是什么原因就停止了活动。

《贵阳的"新生活运动"》

❖ 李静文：贵州最早的现代医院

贵阳市第一人民医院是贵州省建立得最早的一所医院，历经沧桑，经过了几代人的艰苦奋斗，从一个极为简陋的"医院"，发展到目前具有一定规模的中型医院，是多么的来之不易啊！

我院创建于1919年8月7日，当时名称为省立医院，归民政厅领导。因为经费困难，开始没有新建院址，乃租赁阳明路两广会馆（即现三中校址）暂用，惨淡经营达八年之久。创办时院长为邓文波先生（又名邓光济，毕业于日本东京帝国大学及千叶医科大学）共任职达18年之久（1919—1936）。当时医生仅有2—3人，有简易病床8张，日门诊量约50—80人。经邓院长多方努力，贵州省政府始指拨大马槽运动场（即现博爱路）为建院院址。后因军阀混战，政局动荡不安，直至1924年10月方动工修建。1927年9月完工后，遂由两广会馆迁至新址。这时，设置病床20张，人员稍有增加，日门诊量约100人次。各科业务已基本开展，但尚未分科。据1928年底统计，月门诊量已达2893人次。1929年增设了妇产科门诊，开展新法接生，还推广了霍乱、伤寒及牛痘疫苗的预防接种，对防治传染病的发生和流行，起到了很大的作用。1930年何辑五先生因患"背痛"，本拟至重庆请外国医生为其手术，当时由于路途遥远，且交通不便（需用轿子抬），旅途需时半月，手术费用过高，故改在我院请邓文波院长给予治疗，幸得痊愈。何先生见本院病床过少，设备又十分简陋，为感谢医院为之疗疾，遂将毛群麟（光翔）省长所赠之旅费一万块大洋，悉数捐赠给医院，修建了一栋二层楼的木屋，始将病床增至40张并新设产科床5张。1932年邓院长的爱人岩赖女士（日籍助产士）举办"妇产婴传习所"，培养了84名助产士，为贵州省开展妇婴卫生工作奠定了基础。

《贵州省最早的一所医院》

第五辑

文教不振·
人文荟萃的西南山城

❖ 刘学洙：人物风流两贵阳

前些天，无事乱串门，跑到戴明贤那绿荫蔽窗的"叶影斋"去消暑，并索观明贤兄近日的书法新作。明贤从书案乱纸堆中捡出一封当天收到的信，信封上有浅绿色木刻水印字样："寒山寺听钟声留念。"封内是一幅拓片，这是明贤的大作碑刻，诗书俱佳：

渔火疏钟遗韵长，劫灰战炬几沧桑。
百年起废寒山寺，人物风流两贵阳。

人物风流两贵阳？我正不解，一看碑刻题记："壬申秋重游寒山寺闻清季及解放之初两度修复此寺主其事者陈夔龙谢孝思二先生皆我筑人欢喜赞叹即咏其事丙子冬王尧贤并记。"这才知道，原来，这里蕴藏着一段文化胜事。

……

陈夔龙是清末贵州人中官做得最大的一个名人。1857年生于贵阳，一直活到解放前夕，1948年死于上海寓所。他当过顺天府尹，相当于现在的北京市长。清朝贵阳人还有一个任此要职的。即李端棻的叔父李朝仪，官京尹。李端棻任礼部尚书。因支持康梁改革下台，也是贵州人中的佼佼者。对陈夔龙的全面评价非本文任务，但此公至少两点是值得称道的：一是他对贵州很有感情。他祖籍不是贵州，有人劝他改籍贯，他不同意，说："黔不负余，余亦不可负黔。"二是他比较重视保护文物。1905年他调任江苏巡抚，赴苏州就任。利用公暇先访了名刹寒山寺，还去了其他许多名胜古迹游览考察。如虎丘、天平山白云泉等诸名区。他在《梦蕉亭杂记》里写道：

"寒山寺古刹，为姑苏名胜。兵燹后失修，公暇往游，蓬蒿满地。即所谓夜半钟声者，亦归诸无有之乡。琳宫宝刹悉付劫灰。爰捐俸酿赀，重建殿宇，并范钟泐石，以存古迹。寺中旧有文待诏草书唐张继七绝一首，碑已半圮，字亦经风雨剥蚀几尽。"可见，在陈夔龙任巡抚时，寒山寺已基本无存了，钟也无有了。他重修寒山寺，不是由财政拨款，是捐出他的薪俸集资干的。这也不失为义举。寺里原有的明朝翰林院待诏、大书画家文徵明人称"文待诏"的草书《枫桥液泊》石碑只剩一半，字迹也看不清楚。陈夔龙便请东南硕学、浙江俞樾重书。如今立在寒山寺的《枫桥夜泊》诗碑，即出自俞曲园之手。事有凑巧，去年九月我游新疆回筑，过成都稍做逗留，与王恒富君逛文化夜市，发现此碑拓片，装裱完好，把它买下了，只花80元，按现在行情，装裱费都不止此数，算是买了便宜货。那立轴即俞樾所书张继诗的碑刻拓片。上面除有张继七绝四句外，俞樾还写了跋云："寒山寺有文待诏所书唐张继枫桥夜泊诗岁久漫漶光绪丙午筱石中丞（笔者按：陈夔龙字筱石）于寺中新葺数楹属余补书刻石。"

陈夔龙重修寒山寺，还写了重修记，并刻石立碑。惜手边无此碑文。只好留待他日补记了。

"人物风流两贵阳"中另一人——我们贵州老前辈谢孝思主持重修寒山寺更值大书一笔。这是贵州人在姑苏名区又立一功。

谢孝思先生曾与其恩师黄齐生先生先后在达德学校执教和主校政，今年已九三高龄了。现达德旧址尚存他楷书"勿忘五月七日"一碑。以志国耻。他清癯仙健，在苏州住几十年，乡音无改，一口贵阳腔。近些年只要有回乡的机会，他和夫人是一定载欣载奔的。他在苏州大半辈子，一发言就说："我是贵州人，又在苏州住了几十年。贵州是我的家乡，苏州也是我的家乡。两个家乡我都爱。"据明贤说，这是谢老每次发言的法定开场白。谢老以做贵州人自豪，不像一些贵州人以做贵州人自惭形秽。这是他的文化品格和山民豪气。

明贤曾听谢老闲谈解放初参与主持苏州各大园林的修复工程的事迹。苏州解放初接管时，园林已破败不堪，拙政园里驻了军，喂着马。谢老作为军管会的文教接管部成员之一。他绞尽脑汁，到处奔走，设法使一批荒坏破败的名园古寺起死复生，重现旧观。当时接管伊始，百废待兴，不像今天全国到处兴起旅游热。但就在那个时期，当地党和政府还是非常重视谢老等专家学者的意见。整旧如旧，为苏州园林留下了一批货真价实的真文物真古董，也为今日中国旅游事业，提供了一笔不可估量的财富，毫不夸张地说，这是一项历史功绩。

明贤最近在《山花》发了一篇散文《地行仙》，是给谢老勾勒的素描。文章的末段写道："古人把特别体轻足健、神清气爽的高寿老人称为'地行仙'，地上行走的神仙，也就是人中之仙。谢孝思先生，当得起这个称呼。"

《人物风流两贵阳》

❖ 史继忠、黄小川：风雅君子桂百铸

在贵州艺林中，有一位十分难得的才人，姓桂，名诗成，表字百铸，又字伯助，别号百蕙堂主、桂大、蓬头蛇。他不但是贵州著名的画家、戏曲家，而且是很有名气的诗人，诗词歌赋样样精湛，琴棋书画无所不通，被誉为黔中"博学多闻多才艺之君子"。

光绪四年（1878），桂百铸诞生在贵阳的一个书香诗礼之家，从小受着文学艺术的熏陶，弱冠即已蜚声艺苑，隽秀为时所称。光绪二十九年（1903）中举人，获第二名"亚元"。三十三年（1907）保举至京参加廷试，以策论《俄罗斯侵略海参崴》取用，任学部主事。民国初年，改官教育部普通教育司，与鲁迅先生同事，交情笃厚，在《鲁迅日记》中常常赞誉他的艺事。民国三年（1914），任可澄（志清）就任云南巡按使，因与桂百铸为同乡、同学，知其有才，便约往云南巡按使署供职。护国之役，云南首义，百铸出任宣威知县兼护国军第二兵站站长。民国六年（1917）离滇黔，历任贵州省长公署教育科长、省议会选举筹备处处长，黔军总司令部秘书

长及独山、息烽、定番（今惠永）县长。

仕宦二十余年，百铸对官场渐生厌倦，遂辞去军政职务，自民国二十三年（1934）以后，改任闲职，如省政府顾问，贵州文献征辑馆及通志局采访、编审、副馆长，文献委员会副主任等，参加《贵州通志》《贵州文献季刊》《黔南丛书》的编纂刊行工作……

桂百铸擅长国画，尤以山水画最为精到。伯父桂炎廷清末即有画名，善作秋树，萧疏清雅。每当作画之时，百铸便在一旁研墨伸纸，久而久之，得其家传作画妙法，治学之余，时时操练，心追手摹，渐有领悟。宦游京师，与当代画家陈师曾、姚华、陈半丁、王梦白朝夕研讨，画艺益精。在京时与姚华交往甚密，姚华能诗、能文、能书、能画，又是贵阳的小同乡，随时聚首，相互切磋，并为之题画，诗云："日久坤灵昏，天裂谷神死。采药人未还，深山白云起。"在黔中，未尝一日不操画笔，每与友人任可澄、李紫光、王仲肃、景晓岚、孙竹荪等诗酒聚会，翰墨丹青，各擅其长。抗战期间，国内书画家如丰子恺、徐悲鸿、商承祚、郦衡权、高荫槐诸人，过贵阳必走访百铸，流连谈艺，挥毫题咏，曾即席题徐悲鸿先生画六马诗二绝，其中一首是："骏马描成驾武梁，腾骧空阔草痕香。六龙在御托生死，一片高原古战场。"

其于绘画，独有神解，认为"绘事自明以后，用笔多宗董赵一派，故秀润有余而苍劲不足，虽耕烟博采群流，欲求易辙，而笔仗乃不脱此派窠臼，故欲上臻古法，究非从宋元着手而不能推旧知新。"于是遵齐元之画法，从画谱入手，取其法度。师法造化，悉心观察自然，描绘贵州的真山真水，重在传其神韵。对枯笔、皴擦、点苔之法颇多创造，皴擦兼采诸家之长，点苔富于变化，有坚挺劲健之感，有从空坠下之妙。一点一画，有情有景，耳目所碍，施之腕下，无不妙俏自然。《花溪揽胜长卷》，妙笔生辉，生机盎然，龟（山）蛇（山）斗艳，麟山挺拔，绿水清溪，犹如明镜一般，在似与不似之间，令人产生无限遐想。《蒙台华氏别业图卷》，是桂百铸的得意之作，图后有长跋，凡二十七行，分行布局，疏密有致，上下左右，起承呼应，有如春风拂水，兰圃飘香，令人心旷神怡。《天柱凌云图轴》，纯用水墨，不假丹青，千山万树衬托着高耸入云的天柱山，使人有顶天立地之感。此外，《喜雨图》《麒麟洞》《长江三峡》《黔灵春色》等画，均称佳构，观者莫不叹服。桂百铸的书法也是很受人称赞的，其书宗于汉魏，曾刻苦临摹过"张猛龙碑""张玄碑""郑道昭云峰山石碑"，得其形似而参与运化，清劲古雅，雄厚可观，1964年由文化部选送日本展出，受到好评。

据说，贵阳过去有两张古七弦琴：一张收藏在寇宗华家，琴盘用桐木制成，琴弦用猩猩的血染红，琴上有三个金质的琴徽，琴腹内镌有明崇祯的年号，原系明代潞王府的传世珍品。称为"潞琴"；另一张收藏在桂百铸家，琴盘亦系桐木制成，油光可鉴，配以白色丝弦，琴腹内有"元丰□□年采桐于天台制琴□□东坡居士识"二十字，相传为宋代苏东坡所用，故名"东坡琴"。东坡琴虽然未必出自东坡之手，但至少也是元明时期的古物，弹奏起来，琴音清韵而略有沉降之气，谓之"音可入土"，十分名贵，非至亲好友不轻以出示。

桂百铸幼时即从伯父桂炎廷学琴，以后又得寇子春点拨，读《琴学金铖》一日，颇知古琴源流、形制、指法、曲谱、曲调，得其精微，达到"指与弦合，弦与音会，音与意合"的境界。在京尝向古琴专家黄勉之学琴法，秘传其《水仙》一操。时住北郊莲花寺，夜间鼓琴，有猫一只在窗外聆听，挥之不肯去，夜夜皆然，固称之为"听琴猫"。有时画成，填词其上，曼声按节，谱入琴歌，《归去来辞》《平沙落雁》便是他自谱之曲。月明星稀，万籁无声，独坐庭院，弹一曲《广陵散》或一曲《羽化登仙》，悠然自得，乐在其中……

平生素爱戏曲，于京戏、昆曲多有研究，在京常与梅兰芳交游，在筑常与王伯雷、张宗和、张汝舟夫妇演唱南昆曲。当时，贵阳流行一种清唱的文琴戏，以洋琴伴唱，自编唱本，每当夜晚，便约集友好于百蕙堂中，围坐清唱，琴声悠扬，歌声悦耳，词曲典雅，以后发展为有台词、有动作、有情节的戏剧，为今日黔剧之渊薮。1957年，贵阳成立业余黔剧研究社，1958年转为黔剧团，桂百铸、李淑元、李光黔、阮竞成、罗绍梅等文艺界知名人士都参加了这一组织，对黔剧的发展起了很大推动作用。

桂百铸又善作诗填词，民国十八年（1929），与黔中名士王蔬农、聂树楷、李紫光、严寅亮、杨覃生等十三人组成"瓻社"，每逢社中成员的生日，诗酒相聚，互为唱和，相沿十数载。所作诗词甚多，惜其散失，残存者有《百蕙堂诗集》《百蕙堂词曲散编》《百蕙堂题画诗词集》等。

《"多才多艺之君子"桂百铸》

❖ 舒 明：田汉与贵阳的戏剧运动

爷有新诗不救贫，贵阳珠米桂为薪。

杀人无力求人懒，千古伤心文化人。

1944年冬，抗日民族解放战争进入第八个年头，大壁河山沦为敌手。曾经创办过西南八省大剧展轰动剧坛的文化名城桂林也遭沦陷，许多手无寸铁的文艺界作家、剧人竟至徒步跋涉千里，日夜翻越丛山，自桂林、柳州而宜山、独山，麇集于山城贵阳。这首诗就是滞留在筑的戏剧家田汉先生的感时之作。时值1945年初，年头岁尾，白雪皑皑，山风料峭，田先生的门上没有应景的春联，只在那冷清的斗室里张贴着他亲手书写的诗。

田汉先生是戏剧界的老前辈、领

▷ 田汉（1898—1968）

头人。他也在这次动乱中几经迁徙，来到贵州，寄寓在贵阳市大十字附近一座破败的大庙里，空敞的庙堂用芦席间隔成十几间小房，上面通风，四壁透气，寒冷之状是可以想见的，田先生和他的爱人安娥就住在这样的"房间"里。室内仅有一张床，床上薄被浅褥，一小桌、一小方凳，其外别无长物。然而，他俩却丝毫不为当时的窘境所迫，和青年朋友们聚在一处时，每每谈笑风生，谁又想得到他俩在青年会的餐室里还欠着人家的伙食费呢！

那时的贵阳，在日寇袭扰之后，人心惶惶，达官贵人与市贾行商大都北走重庆、西向昆明，只有那些自湘赣粤桂流散而来的文化界人士，疲于奔徙，滞留在筑地略事喘息。就在这样熙熙攘攘之中，吴祖光的新作《少年游》在山城贵阳首演了！面对着充斥于茶肆的俚俗色相的卖弄，以及某些货市艺术的低顽，话剧《少年游》的演出一扫市井的纷繁，引起了社会强烈的反响。这就是田汉先生亲自发动，并且亲自担任演出者的演出——也许还是戏剧家田先生一生中担任演出者的唯一的一次吧！

筹备和参加这次演出的，还有先生的侄女田念萱、导演张友良、演员梁明、赵彤、张申仪、孙泽均、文燕、张依仁、孟健、董萃、朴高等十余人。《少年游》冲破了山城的严寒和沉寂，绽开了贵阳戏剧运动的新花。继《少年游》后，由张友良、赵彤邀约了万流、张伯奋等人，以民众教育馆为基地，《少年游》原班人马为基本队伍，建成"贵阳市民教剧团"。由于人力和资金都短缺，因此它的组成形式也很独特，是一个一半职业演职员、一半业余人员的半职业性剧团，这在当时的贵阳是仅有的。它从1945年春初创始，一直活跃在山城，直到解放前夕。正如刘学文同志在《道路漫漫》（载《贵州戏剧》1982年第三期）中写的那样，艰苦的生活，殷殷不已的战斗，这也许正是田汉先生那股坚韧不拔的精神之感召吧！

不是吗！田先生羁留贵阳不过短短半年，却给山城留下了这颗戏剧种子，无论在当时和以后，给贵阳的戏剧运动都该是不可磨灭的。今日回忆起田汉先生的诗，不禁联想起民教剧团和贵阳的那一段漫漫的时日。

《田汉先生在贵阳》

❖ 王为昭：肖之亮与贵阳话剧

　　我第一次见到肖老先生是在1963年夏季的一天，因他的次女肖成文和我是老朋友。这样，我就跟她到地化所的住处见到了肖老先生。当他站起身来时，看到他身高约一米七左右，年龄已是50多岁，脸型稍长，有些显得丰满，头发比较多，从无规则的散乱中估计是不大梳理，表情沉默，难得有笑脸出现。一副深度眼镜架在鼻梁上，让人一看，便会感到是位有学问的人。虽然他的背已有些向前弯曲，但从他的身型和脸型看，也会让人联想到年轻时候的他，肯定是个比较活跃的人。

　　在交谈中，得知他字汝富（1910—1981）。贵州遵义人，1920年于遵义第三中学毕业后，考进上海大陆大学，1932年7月，转学北平民国大学。在大陆大学就读期间，上海蓬蓬勃勃的工人运动使他倍受感染，立志投身革命，转学到北平民国大学后，加入了中国共产党。

　　在北平时，与人合编《巴尔底山》（英语为抗争一词的译音），到上海后曾与陈沂合编《夜怒波》，参与编辑贵州旅京学生主办的《贵州青年》等进步书刊，抨击国民党的倒行逆施，宣传共产党的进步主张，积极参加党领导的左翼文化运动，担任不少部门的领导工作。1932至1933年，在北平先后担任过反帝大同盟北平分会研究部长，北平左翼文化总同盟组织部长。1934年春到上海任左翼戏剧家联盟组织部长。同年夏，接替胡风兼任上海左翼作家联盟宣传部长，又与聂耳和王汝恒负责上海左翼音乐家联盟小组的领导工作。在法租界被捕获释后，与聂耳、田汉、于伶、宋之的、金山为剧联党组成员，在田汉分工负责影人剧社工作，他分工负责春秋剧社工作的时候，通过郑君里与剧社的徐×、赵丹、王为一、平子、红豆、魏鹤龄、吕班、露璐、周子英、应云卫、王人美、章汉文等联系。

肖老与话剧有缘，是在他读上海大陆大学的时候，他的同乡胡昌岐（胡瑞风）在上海新华艺专学画，当夏衍、田汉、冯乃超和陶晶荪等名家到该校举办戏剧讲座时，就邀请他去听讲。夏衍等组织演出的《梁上君子》《西线无战事》等话剧，演出地点是在上海虹口公园附近的一家日本人的剧场（名字记不清了），他二人一同前往观看，使他对话剧有了启蒙认识，并决心进行尝试。1930年寒假中，他回遵义度假，便开始收集素材和构思剧本创作，回到上海便与剧人们频繁接触，不仅加深了对话剧的热爱，更主要是学习了话剧剧本创作和演出方面的知识。开始写《傀儡》《桃李劫》等影评，在《国民日报》的《影谈》专栏上发表。接着便创作了儿童剧《小棉袄》，由上海一个话剧队公演。该剧取材遵义家乡的地主鱼乡肉里，为农民遭受剥削和欺压而鸣不平。他谈到这段时间的生活时，对青年时代的回忆表现出兴奋的情绪。同时他还经常参加一些业余话剧团体的演出。有次他正在台上演出，发现脚上穿着的皮鞋带松开拖着既不合剧情又怕另一只脚踏着绊倒，于是灵机一动，顺口编了一句即兴台词，配合着弯腰动作系好鞋带，观众没察觉漏洞，演出没留痕迹。哪知田汉也在观看他的演出，对他表现出来的灵活机智，弥补漏洞能配合剧情发展，很是称赞，使他受到很大的鼓舞。

他创作和编导了不少时代感强烈，生活气息浓厚，运用舞台艺术为党的中心工作服务和抨击国民党腐败及旧社会黑暗的话剧。我曾听他提到的有《二升米》《彻底消灭》《最后一计》等等。

1935年春，国民党特务潘公展四处派出暗探抓肖之亮，陶行知先获悉内情，便转告田汉、夏衍及田汉代表文委党组，决定让他离开上海隐蔽。

肖之亮受命撤离白色恐怖的上海，返回贵阳后，在贵阳中学和毅成中学任教，一面寻找机会开展话剧活动。

毅成中学有个惯例，每逢假期都举办"恳亲会"。让学生进行书法和绘画表演或成绩展览。1935年的暑假，肖之亮便约同乡杨天源向该校校长聂膺识建议，把"恳亲会"的举办内容换成组织学生演话剧，得到同意。肖之亮于8月在该校礼堂首次演出三人独幕话剧《江村小景》（田汉编剧），反映农村封建压迫及阶级矛盾；《银色》（莫里哀编剧），讽刺警察贪污成性及歌颂劳动者的诚实质朴；《诗人》暴露小资产阶级和知识分子的革命动摇性。三个剧都是他一人导演并兼舞台美术设计，由唐和、何广健和张杏初三位教师主演，配角都是他从学生中培养的。演出的当晚，观众座无虚席，演出效果很好。群众反映说话剧有看头。他抓住时机，针对当时的抗日形势，选排《汉奸的子孙》在贵阳推开公演。

随着话剧在贵阳的发展，已公认毅成中学的"恳亲会"是沙驼业余话剧社的先声。

《贵州话剧的开拓者画家肖之亮》

❖ **何静梧、龙尚学：白铁肩，妇女解放的先驱**

白铁肩，女，本姓罗，名光懿，号凤卿，1871年正月初七出生于贵阳一户书香官宦人家。其父是贵州学政衙门的官员，卸任后定居贵阳开馆教书。罗光懿幼年时就读于父亲的私塾，除了读《三字经》《千字文》《四书》《五经》之类外，父亲还让她念《烈女传》，习书法，做针线。19岁时，经父母媒妁之命，与同学白士艺（号静庵，癸卯科举人）结婚，按习惯，遂从夫姓白。为了表达自己对"铁肩担道义，妙手著文章"这一著名诗句的景仰，她把自己的名字改叫"铁肩"，自此之后，以"白铁肩"的名字行世。此次改名，表达出她决心改造社会永担道义的壮志。

白铁肩的青年时代，是帝国主义列强加紧对中国蚕食、鲸吞、掠夺的时代。她关心国家、民族的命运，经常与女友黄烈诚、谭佛侠、杨镜如、董德莹、吴裕如等人一起谈诗论文，并积极接触进步新思想，她们到处搜求新书刊阅读，如严复根据达尔文《进化论》译改的《天演论》和翻译的《群学肄言》，康有为、梁启超办的《时务报》、秋瑾女士办的《白话报》等进步、维新书刊，她们都认真读过。这些书报使她们受到了强烈的民主思潮的熏陶，打开了她们的眼界。

当时，中国社会的一些有识之士都在积极探索图强救国的道路，"实业救国""科学救国""教育救国"等观点的呼声很高。在民主思想与时代精神的感召之下，白铁肩决定要为社会、为妇女解放办一些实事。她根据自己的各方面和当时贵州的情况分析，认为创办一所妇女学校十分必要。她约集女友谭佛侠、黄烈诚等人，她们也都十分赞成。没有办学资金，她们便将自己的嫁妆、首饰变卖，作为办学资金。又以白铁肩原办的家塾女生为基础，扩大招收女生。家塾的房子不足以充当教室，她们就到双槐树租了几间民房，延请黄烈诚、谭佛佑、杨镜如、董德莹、吴裕如等担任教师。根据同事们的意思，学校以白铁肩先生原名命名为"私立光懿女子小学堂"。该校于1907年秋季正式宣布开学。学校第一期为三个班：一个预备班，一个一年级，一个复式班，学生共50多人。学校还按正规小学规格，开设了国文、算术、修身、格致、习字、音乐、体操、图画、手工、史地等课程。

▷ 民国时期女子学校课外小组开展活动

光懿女子小学开办后，白铁肩工作十分繁重，她既为校长，又当教员，还要兼当勤杂工。更为重要的是，为了争取妇女受教育的权利，还要同旧的习惯势力、封建顽固派做斗争，她不仅在众多场合中说妇女有受教育的权利，阐明光懿女子学校的办学宗旨，痛斥封建礼教的罪恶，还亲自登临女孩子的家中，动员其父母送女儿入学。1909年，贵州的革命组织自治学社成立，白铁肩毅然入社，成为自治学社最早的成员之一。在自治学社的支持下，她办学更有信心，懂得了更多的革命道理。教学中，她经常给女学生们摆谈"鉴湖女侠"秋瑾的斗争故事，摆谈历史上民族英雄杀身成仁、舍生取义的壮丽故事，批判三纲五常、三从四德，使学生们从小接受民主主义思想。

▷ 秋瑾（1875—1907）

　　辛亥革命成功后，白铁肩倡议组织"天足会"，推动天足运动，得到各方面进步人士的响应支持。为了解决女子的就业问题，白铁肩在光懿女校内办起了贵州第一个女子师范讲习班，学生由光懿毕业女生中选拔，学制为二年。聘请贵阳当时知名人士老教师康敬山、杨云卿、萧润生等担任教学，课程有国语、数学、书法、教育学、管理法等。白铁肩作为校长，对这些师范女生关怀备至，她常常利用周末讲话，以自己的教学经验启发学生："要当好一个老师，首先要热爱学生，关心学生，学生才会尊重你，相信你，这样你讲的课她们才能接受，你讲的话她们才听得进去。对差生和性情、习惯不好的学生，不能歧视和厌烦，要更加关心热爱她，才能转变她的缺点。"师范讲习班兴办了两期，培养了师资60余人，为贵州的妇女就业和妇女解放闯出了一条路子。1920年，官办的省立女子师范成立，白铁肩感到女子师范培训已有官方负责，就中止办女子师范讲习班。但她知道，教书并不是女子就业的唯一出路，且只能解决少数就业。于是，她想到了办女子工艺学习班，招收那些不能升学而急于就业的女学生40余人，学习期限为一年，培养她们使用缝纫机、绣花机及手工操作等工艺技能，使她们毕业后凭一技之长立足于社会。待光懿办学条件、环境稳定后，白铁肩受聘担任了贵州女子师范学校学监。

白铁肩将主要精力用于办好女学外，还积极参加社会活动。她早年参加自治学社，光懿女校遂成为自治学社活动的重要秘密据点。白铁肩鉴于贵州官绅富人有蓄婢蓄奴和虐婢的风气，十分同情那些被虐被害而逃跑出来的奴婢的命运。她呈准自治学社成立幼妇救护所收容逃婢，最多时收容逃婢100人之多。白铁肩对这些幼女给予极大关怀，不但按规定使她们获得温饱生活，而且还为她们设读书、习字、珠算、缝纫、烹饪五科，培养她们将来出收容所后有自食其力的能力。所收容的少女年龄在16岁以上者，则择配嫁人，规定男方必须具备一定条件，条件符合，取得少女同意后才可决定。这一工作受到官绅富豪的压力，他们上救护所要人，写信威吓，谩骂攻击。这些，对白铁肩来说，统统不予计较，而是我行我素，照常工作。

1915年5月25日，袁世凯在与日本订立的丧权辱国的"二十一条"上签字，全国各界群众掀起了轰轰烈烈的抗议活动。贵阳教育界积极响应，在贵阳大十字举行集会并游行示威，白铁肩率全校学生参加。1931年"九一八"事变发生，白铁肩在救国募捐中将自己唯一的金戒指当众捐献，又带领学生上街作抗日宣传。她自己登台讲演外，还带领学生沿街高呼口号。她还亲率学生往省立医院学习战地护理，以便一旦前线需要，就可以担负救护伤员的工作。

1936年6月，在贵州教育界活跃了20多年的白铁肩先生终于积劳成疾，以至一病不起，终年65岁。这位贵州早期妇女教育、妇女解放的先驱，是永远值得贵州人民怀念的。

《贵州兴办女学的带头人——白铁肩》

❖ **徐道恒：**贵州气象事业的开拓者

在竺可桢之前，中国960万平方公里的领土上，没有中国人自己管理的气象事业。所有的气象资料分析和台风警报工作，全由法国天主教神甫主持的上海徐家汇观象台所控制。当时有些外国人对中国气象工作者极端歧视，有一次太平洋区域气象科学会议上，竟只许中国代表列席，而不许发表论文。在香港召开的一次远东各国气象会议上，英国人和法国人举行两次招待各国代表的宴会，都将中国代表排在末席，竺可桢愤然提出抗议，并拒绝出席以后的会议。爱国之心，溢于言表。

▷ 竺可桢（1890—1974）

此后竺可桢为建立中国式气象情报网，决心发愤图强，竭尽全力来建立和发展中国自己的气象事业，1927年，他开始筹建中央研究院气象研究所，亲自培训气象观测人员。经过七八年的苦心经营，不仅使中国第一个气象研究所初具规模，并宣传、指导、推动各省建立了40多个气象台和100多个雨量站。其中，中央研究院气象研究所直属贵阳气象测候所，就是由他亲自指导并派员建立的。

1935年，竺可桢先派遣顾侠来贵阳，筹建该所直属的贵阳测候所。顾侠到贵阳后，在北门三块田（现为延安西路合群路附近）租了一间木板民房，在院坝中央设置几件简单的气象仪器，并于1935年10月正式开展气象的观测。从此，贵州才有了中国人自己的气象事业。1936年，竺可桢又亲自推荐原在中央研究院气象研究所工作的清华大学地学系毕业生李良骐来贵阳，担任贵阳测候所所长。李良骐到任后，将贵阳测候所扩大，并迁所至桑园（现六广门体育场内）。当时贵阳气象测候所的所有仪器设备、资金，全由竺可桢所领导的中央研究气象研究所拨给。由此可见，我省气象事业的创建与竺可桢教授的支持、指导是分不开的。

抗战开始后，浙江大学迁入我省遵义，1940年，浙大校长竺可桢为了提供该校史地系教学与学生实习场所，在遵义老城内设置了浙江大学附属气象测候所。同年，由竺可桢提议指导创建的中央研究院气象研究所直属的武汉测候所（该所为全国头等测候所，有当时全国较强的技术力量与较先进的仪器设备，当时该所所长卢鋆，解放后仕中央气象局副局长），也因日寇入侵而迁入我省湄潭。抗战胜利后，浙大迁回杭州，武汉测候所在武汉重建，在遵义的浙大附属测候所及在湄潭的武汉侧候所，分别改名为遵义测候所及湄潭测候所，划归贵州省建设厅领导。抗日期间，由于竺可桢、涂长望、顾震潮、卢鋆、束家鑫、李良骐、谢克道、谢义柄等著名气象学家云集贵州，更对我省气象事业的发展与人才的培养，起了积极的推动作用。

《竺可桢与贵州》

❖ 查继望：模范小学堂，出类拔萃的新式学校

清末和民国年间，贵阳市有一所著名的高等小学堂——官立模范小学堂。至今，贵阳市一些教育界前辈，一提起这所学堂，赞许之情溢于言表。

模范小学开办于清光绪三十二年（1907）八月，是当时任贵州提学使的陈荣昌委派学务公所议绅周恭寿创办的。创办后，周恭寿任堂长。之后，又发展了初等小学堂九所，均属模范高等小学堂范围。周恭寿即为总堂长。

辛亥革命后，模范高等小学堂一度改名为复旦公学。民国六年（1917），又奉学政司命，改为通省模范两等小学校，以大坝子（今贵阳二中所在地）为高等小学堂本部。同时在东、南、西、北、中五区分别成立分校。东区分校设在指月堂，南区分校设在王公祠，西区分校设在药王庙，北区分校设在轩辕宫，中区分校设在大兴寺。

民国二年（1913）初，模范小学校长周恭寿因奉委遵义县知事而辞去校长职，由王宗彝（和叔）接任。其后各分校陆续停办。在周西城主黔时，模范小学又改名为省立一小。民国十八年（1929）该校因遭兵火毁坏而停办。之后因经费无着而一直难于恢复。迨至民国二十四年（1935）才并入实验小学。模范小学是在废科举、兴学堂的新潮流影响下开办起来的新式学堂，较之过去的旧式书院已大大地进步。而在贵阳，其条件又较其他学堂为优越。当时其他学堂大多占用寺庙以为校舍，而模范小学的校舍则为新建，除教室外，还有礼堂。活动场所有操场，已具相当的规模。

虽然是新式学堂，但仍遵循尊孔的宗旨。入民国后，仍供着"大成至圣先师孔子之位"的木牌，每逢典礼，师生们仍要全体肃立，向孔子牌位三鞠躬，齐唱《尊孔歌》。

模范小学所学的课本，已经不是旧时的"三、百、千（即《三字经》

《百家姓》《千家诗》）和"四书五经"之类了，而采用《共和国教科书》。语文课本开头是"人手足刀尺"之类的独体字。还有《修身教科书》，其中免不了劝善劝孝的内容。据曾就读于这个学堂的老先生回忆其中有这样一课："黄香儿岁，事亲至孝，夏则扇枕席，冬则温以被。"这虽然有其时代局限性，但对敬老的教育是不错的。

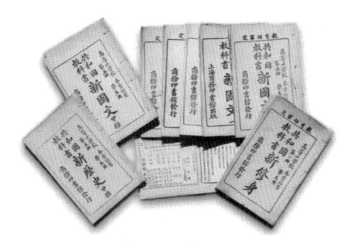

▷　民国时期发行使用的《共和国教科书》

虽然模范小学在当时仍然摆脱不了旧教育的影响，然而它却在其他的一些方面开始了新教育的内容。这便是它已重视了科学的教育。

模范小学在高小开设了"格致"科。"格致"这一名称，出自《大学》一书，即"格物致知"。意即穷究事物的原理法则而总结为理性知识。清朝末年讲西学的人用它做物理、化学、自然等科学的总称。当时"格致"科的内容是讲一些动物、植物、矿物、声学、光学、电学等。校长王和叔很重视"格致"科。他同时还兼任模范中学的生理课。模范小学有自己的标本室，在所陈列的标本中，已经有人体骨骼的标本。就当时来说，不能不说是很进步的。这说明它已经在教授类似今天的生理卫生课程了。

民国四年（1915）六月九日《贵州公报》登载"模范小学校园所栽各种植物颇为完备，复旦女校校长许晋生于日前商诸模范小学校长王和叔，拟于星期日率领学生入校参观，以资实验。"又据中国教育科学研究所蒋仲仁（霭如）先生回忆："学校有个校园，园里种了好些花草树木，也引来许多蜻蜓蝴蝶，上格致课，先生就带我们去。""光讲格致教科书还不够，又给我们一本类乎今天的补充教材，叫《植物形态学图表》。有图有表，一目了然。讲花冠、花萼、花托、花蕊……讲显花植物和隐花植物，双子叶植物，单子叶植物……单叶、复叶、对生、互生，网状叶脉、平行叶脉。先生带我们到植物园去，一面讲，一面指给我们看。"以上说明，模范小学的教学已不是单纯地从书本到书本，死记硬背，已开始直观教学，着重理论结合实际。

教工艺学也如此。也有一本补充教材，叫《工艺学》（据王萼华先生回忆，叫《工艺品制作法》。作者见到王和叔手抄本课本有《工艺百种》）。里面讲的都是如何制造肥皂、牙粉之类。制造牙粉是仿日本"金刚石牙粉"的制作法。王萼华先生回忆："当时模范小学所制牙粉是仿日本金刚石牙粉制造的，名玫瑰牌牙粉，在市面上销售。"据《贵州公报》1918年1月12日记载：模范高等小学校长王和叔制造出各种颜料，业于省长署禀请立案。"同年6月6日又载："模范小学学生制造品；西法制樱桃酒、上品牙粉。"这不仅说明模范小学的教学在当时就较为进步，而且也可以说在开展类似今天的"勤工俭学"了。当时《贵州公报》曾对模范高等小学制造出售工艺品发表过评论。题曰"对于模范小学制作品出售之感言"。在文中，作者赞扬了模范小学制作品。文章最后提出希望："倘从兹进行不懈，全省复能仿行，前途岂可限量乎？予日望之矣。"蒋仲仁先生回忆说："当时还教制蒸馏水的蒸馏法。造有七色板，还有音叉。这种音叉一撞击就发出嗡嗡的响声。深奥的是点了酒精灯放在烧瓶架下做化学实验。这些都不仅用眼睛看，还用手摸，用脑子想。"

模范高等小学还要学英语，教授英语的先生曾留学过外国，对学生在学习上很严格，凡教过的单词都要求背下来，因此有的学生学得很好。据蒋仲仁先生回忆，与他同班的蒲鸿志，英语特别好，那时说他英语单词记得多，几乎能背一本英语字典。

模范小学还有一点也值得借鉴，那就是让学生在课堂之外，有充裕的时间看些课外书籍。它放学就放学，不给学生留那么多的作业。学生放学后，书包一放，自由自在，有充裕的时间痛痛快快地玩。蒋仲仁先生又回忆说，他就是利用这充裕的时间读了许多"闲书"，诸如《西游记》《水浒》《老残游记》《红楼梦》等，受益不浅。

仅以上数点，已足以证明模范小学是一所办得较好的学校了。

《清末和民国年间的贵阳模范小学》

❖ 洪 波：达德学校，近代贵州教育的博物馆

设在（达德学校）礼堂内的达德校史展览，将向游人展示这个开始只有二十几个小学生的私立小学，是如何发展成拥有1600多名学生的门类齐全的学校的。通过图片和资料，你将会发现，这里是一座反映贵阳，也是反映贵州近代教育发展变化情况的博物馆。

▷ 贵阳达德学校法文科师生合影

这里，是贵州第一个研究自然科学的团体——算学馆所在地。1901年（清光绪二十七年），黄干夫、凌秋鹗、贾一民、聂竹书、刘芷阳、余葆书等青年，自发地在这里研习数、理、化知识。

这里，是贵州第一批创建新式私立小学的地方。1903年，算学馆的青年与张彭年、董伯平等组成达德书社；1904年春由达德书社创办"民立小学堂"（1905年改名为达德两等小学堂）。

这里，是贵州第一个聘请女教师的学校，也是第一个创办女子中学的地方；同时，也是第一个公开提倡"天足"（即不缠小脚）的学校。

这里，是贵州第一个拥有初级中学、女中初级刺绣职业科、男子小学、女子小学、平民学校、幼稚园六个部分门类齐全的学校。

这里，是贵州第一个组织师生自编自演话剧（当时称为文明戏）的学校。这种创举，在全国是否居第一，有待查考，但可以肯定属"第一批"。辛亥贵州起义后的1911年11月14日，达德学校教师黄齐生将明末贵州黎平人何腾蛟的抗清事迹，编成剧本《何中湘王》，召集川剧演员在达德学校演出。1913年10月16日起连续五天，演出反映戊戌变法及失败的《维新梦》和反映山东义丐武训事迹的《武训兴学》，开贵州话剧之先河。1914年12月2日，达德师生演出贵州织金人丁宝桢事迹的《丁文诚除奸》。1915年10月10日起，连续五天演出反映韩国帝制末路的《亡国恨》、反映美国共和成功的《共和鉴》。观剧者达数万人，这些演出都有很强的针对性，后两剧的演出，矛头直指袁世凯倒行逆施，妄图当皇帝的时局，很受观众欢迎。因此，达德学校是贵州近现代史上话剧活动的发源地。

此外，这所学校还是较早派人出国考察和派遣留学生、较早引进科学教育仪器、较早在师生中组织学术研究团体和出版校刊的学校。贵州著名诗人、作家张克同志经过考察研究后认定，达德学校是"一所有多重历史价值的学校"……

《古迹与名胜相辉映——达德学校旧址巡礼》

❖ 甘咏衡：欧少久的"抗战相声"

七七事变爆发后，抗日烽火遍及全国，为鼓舞军民斗志、振奋人心，各种宣传鼓动活动非常活跃。而利用艺术表演形式如戏剧、电影、曲艺来进行宣传，则更受老百姓的欢迎。

欧少久是许多贵阳人熟知的演员，说起他，人们会很自然地把他同相声联系起来。是他，第一个把相声艺术介绍传播给贵阳人民，是他，第一个在贵阳山城说"抗战相声"宣传抗日救亡的。

1939年冬，欧少久带着他的徒弟小地梨（即董长禄）、小橘子、小苹果（即李蕾华和李薇华），和梨花大鼓艺人秦如冰，单弦艺人花佩秋，山东大鼓艺人郑云屏、郑镜屏、董莲枝，京韵大鼓艺人马慧卿、马振英等一行十余人，由重庆抵达贵阳。他们是应黔阳大戏院段元昌之约，来山城演出的。

首场演出在中华路的交易所（即今中华中路中段）。欧少久的"打炮节目"之一就是老舍先生为他编写的反映七七事变前方将士英勇抗敌事迹的对口相声《卢沟桥之役》。他们的演出虽是卖艺性质，但收到良好的社会效果。在欧少久等人来筑之前，贵阳人欣赏曲艺主要是坐茶馆听评书，说的是三国、隋唐及侠义故事。欧少久带来的大鼓、单弦、相声等北方曲艺，曲目又是反映举国关心的抗战内容，使听惯了旧评书的人感到既新鲜又振奋，一时间成为贵阳街谈巷议的话题。

"抗战相声"这个名称是1938年欧少久在重庆时大公报一位记者建议他采用的。那时老舍先生也在重庆，他常去北平书场听曲艺（欧少久在该书场说相声）。出于对乡梓艺人的关怀，老舍为他们编写了许多反映抗日内容的曲艺段子。其中相声除《卢沟桥之役》外，还有讥讽日寇膏药旗的《中秋月饼》，抨击汉奸投降派丑态的《樱花会议》，谴责希特勒狼子野心的

《欧战风云》以及《八面玲珑》等等。这些段子当时是欧少久经常上演的曲目。

1940年春，欧少久同董长禄再度来筑时，在六朝居等茶室以相声专场演出了上述段子，获得社会好评。《卢沟桥之役》和《八面玲珑》这两个段子，由于思想性和艺术性都比较好，所以成了欧少久经常演出的保留节目。解放初期，在军民联欢会上，慰问人民解放军的演出中，他也表演过这些相声，深受大家的欢迎。

《欧少久与山城的"抗战相声"》

❖ 刘文芸：娃娃剧团，爱国不分老幼

1937年7月，日本帝国主义发动卢沟桥侵略事件，进占宛平县城，其野心是妄图一举灭亡我中华民族。那时我们还是十一二岁的孩子，正在学校读书。由于日本鬼子到处烧杀掳掠，狂轰滥炸，激起了中国人民无比的痛恨，一个地不分南北、人不分老幼、有钱出钱、有力出力的轰轰烈烈的抗日救亡图存的伟大运动，在全国各地展开。在第二次国共两党合作的影响和推动下，抗日烽火更是如火如荼。虽然我们还是正在读书的孩子，也深受当时抗日运动的影响，极端痛恨日本帝国主义的侵略。于是，在学校思想比较进步的老师的教育和组织下，我也起来参加抗日运动，到处去做抗日宣传。非常时期就要有非常行动，穿草鞋，打绑腿，早上要做简单的军事训练，组织歌咏队，等等。这时正巧由延安回贵州的老教育家黄齐生先生来到青岩，也到了我们青岩小学。黄先生对全体师生讲了一次话。我记得大意是讲了一些延安人民抗日救国的新人新事，特别讲了一些沦陷区流亡到陕北的儿童也积极参加抗日运动，组织了一个"孩子剧团"，他们不怕苦，不怕累，跋山涉水，下乡串寨，进行抗日宣传。我们听了深受感动，也立即起来，自觉地向学校请求，我们也要组织起来，像延安"孩子剧团"

那样。学校考虑到当时的潮流，并且在蔡国华、肖天民、李世昌、陈登科、黄坚、吴福禄等老师的赞助下，决定成立一个"娃娃剧团"。没有经费，由我们学生自筹，没有幕布，我们就借床单连起来用，没有道具、灯光，我们就把家里的桌椅板凳抬来，拿人碗装菜油灯也要演剧。我们先后到贵阳、花溪、黔陶、燕楼、惠水等地演出，排演了几十个节目。在青岩是隔两个礼拜定有新剧目登台，剧目有《打城隍》、《葡萄仙子》、《和平神》（主要插曲为《流亡三部曲》）、《放下你的鞭子》、《小姑贤》、《卢沟桥对唱》、《新莲花落》、《说说唱唱》等。贵阳县长李大光还特地赠给我们剧团一幅紫绛色的大幕布。

我们青小的"娃娃剧团"，主要是在校长蔡国华及一些进步老师的直接领导下活动的。团有团长一人（没有副团长），下设有剧务组、总务组、借物组，道具、布景、灯光合成为场务组、保管组等，各设正副组长各一人，组员二至三人。其主要骨干大都是我们六年级的男女学生，团员是从全校学生中挑选来的。团里也有一个严格的纪律：一、不准离开团体擅自行动；二、所借公私物件，演完戏一定要清还；三、互相敬爱，不准打骂吵架；四、要听从团长和老师的分配，不能任性挑选角色；五、演完节目，要清扫场地后才准休息。我们虽然到处下乡演出，但大都是星期六出去，星期天转校，最迟星期一早上返校，学业是照课程正常进行。特别是我们毕业班的学生，成绩都还是可以的。最奇怪的是，成绩在班上最好的，大都是"娃娃剧团"的骨干分子，而那些不参加演出、平时也很用功的，恰巧成绩是比较差的。后来由于国民党背信弃义，大肆搜捕共产党人，封闭进步书店，禁止抗日宣传活动，青小也因校长换人，我们这批骨干又毕业了，于是，轰动一时的"娃娃剧团"也随着形势的变化而昙花一现，在国民党专制独裁的压制下，烟消云散，无形中埋没了。

《青小的娃娃剧团》

❖ 程本礼：程乾生，贵州的第一个西医师

先父程乾生号荃荪，原籍安徽。清光绪元年（1875）生于贵阳。家庭信仰基督教，青年时经教友推荐，前往重庆教会创办的宽仁医院，在英国医生潘惠廉、韦斯德、甄永安等医学博士门下学医。先苦读英语，并在医院做些勤杂工作。由于先父勤奋好学，潜心钻研数年，英语成绩优良，深得潘惠廉等老师赏识，授以化学、药物、解剖生理、内、外、妇产、小儿等科临床理论知识与应用技术，同时派在病房和门诊部随师实习。就这样边学边实践，历时将近10年。后潘惠廉医生调上海宽仁医院，先父又随其前往上海行医一年。

光绪二十八年（1902），先父回黔。经亲友桂百铸介绍，结识了乐嘉藻、于仲芳、周铭久、任可澄等开明人士。他们均以贵州从无西医，力劝先父留黔行医。于是，在于、乐等人资助下，他到重庆、上海购买了一些西药和医疗器械，就开始在城内设立诊所，并自办西药房，配制各种酊剂、合剂及软膏等外用药品，自行消毒敷料及注射器。为病人开处方时，将拉丁文的药名译成中文；将西药药理作用详向病家解释；无论贫富，一视同仁；对家庭有困难者，常送医送药，分文不取。因此，深得病家和社会赞誉，求医者日众，家父被社会公认是贵州历史上的第一个西医。

为了开展业务，先父将胞弟送到贵阳同济堂学习中医。1914年，又将胞妹程续光、程绍光，送到湖南常德教会开办的广德医院护士学校，学习四年，成绩良好又留院工作两年。后经校长美国人Logen医师推荐，获得国际护士学会会员证书。我的这两位姑母回贵阳后，即在先父所开诊所内工作，并在贵阳首先推行新法接生，是贵阳推行新法接生最早的开拓者。

当时先父家在贵阳北门桥旁小巷内，原街名螺丝湾。他虽行医却不挂

牌，也不宣传张扬。患者都是辗转传闻，慕名而来。那时，各种急慢性传染病终年流行，特别是吸食鸦片者极为普遍，先父遂配制有效戒烟药，广泛劝人戒烟。旧社会秩序混乱，吞服鸦片企图自杀者时有所闻。深夜到诊所求救者甚多。每遇此种情况，先父总是随请随到，并悉心施救，俱能转危为安。对于其他各种顽疾，经先父治愈者亦多，故许多病家，在患者病愈后，常赠送感谢与褒誉的匾额，如"着手成春""功同良相""华扁鸿图""学贯中西"等。

1920年贵州政局混乱，何应钦去云南后，在昆明遇刺，胸部受伤。何氏夫妇潜来贵阳求医，经先父悉心诊治，发现其右胸上部留有小弹片尚未穿出。当即施以保守治疗，伤势好转，乃劝何到外省先进地区根治。何氏夫妇后到广州某医院，经X光检查符合先父诊断，当即进行手术取出弹头。治愈后，何氏夫妇佩服先父医术，曾专函致谢。

当时还有贵阳基督教牧师英国人吉静光，某夜被一只小昆虫侵入耳内，疼痛难忍。深夜敲门求医，先父用电筒及耳镜为之仔细检查，将已死昆虫取出，解除病人痛苦，吉静光大为赞扬，后赠送"是我良医"匾额一块，以表敬意。

先父在业务上不断钻研，遇有疑难病案，均专函向重庆韦斯德、甄永安或上海潘惠廉老师请教，共同研讨。那时上海有"中国博医会"之组织（后改为"中华医学会"），经潘惠廉医师等介绍，先父成为贵州第一个中国博医会会员。该会出版医学书刊，先父分别订阅。每晚必精心阅读一小时，以丰富自己的学识，从未间断。

为了发展西医事业，培育医务人才，先父很重视家乡亲友子弟的学医，曾力劝乐家藻送其子乐景武到北京学医，又动员于仲芳将其子女于子真、于本崇也送到北京学医；我到上海学医也是先父决定的。

先父在重庆宽仁医院学习时，与同学孙鉴卿极为友善。孙为四川人，系同盟会会员，常暗中宣传推翻清王朝的革命主张，先父受其影响很大。数年后，孙也来贵阳开业行医，暗中进行同盟会活动。他宣传孙中山先生的革命思想，提倡新学，组织妇女天足会，反对摧残妇女的缠足。先父也命家中青年妇女放足，并宣传清政府的腐败及黑暗统治。

1911年（清宣统三年），贵阳的反清浪潮高涨，革命力量决定11月4日零时起义。孙鉴卿于3日晚11时45分到我家密告先父及其妹夫叶采生关于举义的事，先父与叶均极兴奋，先父当即命家人取剪刀将发辫剪掉以示决心。叶采生是苏州人，为当时贵阳次南门外南明中学堂（即现在的市一中）的英语教师，也是贵阳各学堂当时唯一的英语教师。他还兼任该学堂的舍监。因为他家居城内，多年来均于每日清晨出次南门到学堂上班，守城士兵均认识这位叶先生。11月4日零时稍前，叶采生急步到次南门，要求出城。守城士兵当即打开城门让他出城，预先潜藏在城门外的革命武装蜂拥而入。贵阳辛亥革命能兵不血刃地迅速取得胜利，叶采生先生是立了功劳的。贵州反正后，民国元、二年时，先父被任为贵州民政司卫生科长，兼贵阳卫戍司令部军医；孙鉴卿则出任贵州交通部长。到民国三年，政局紊乱，先父遂辞去以上职务，仍在家行医，并兼任贵州政法学堂校医。

1936年（民国二十五年），先父虽年逾花甲，仍坚持医业，不幸被"猩红热"烈性传染病传染。经医治无效，于1936年1月22日逝世，终年63岁……

《医坛掌故》

❖ 楼芳传：遭难息烽，被囚禁的马寅初

马寅初，浙江嵊县（今嵊州市）人，1882年生，1906年北洋大学毕业，为寻找一条救国救民的道路，马寅初又远涉重洋到美国留学。经八年苦修，1914年获哥伦比亚大学经济学博士学位。后来成了中国著名的教育和经济学家。

1915年，马寅初不为西方花花世界纸醉金迷的优裕生活所诱，谢绝了校方和美国经济界的多次挽留，毅然回国致力于科学和实力救国。他以渊

博的学识和对国家、民族复兴的满腔
赤诚，为社会各界所崇仰，尤为教育
界倚重。1916年任北京大学教授，致
力于中国教育事业，业绩显著，1919
年当选为教育长。

▷　马寅初（1882—1982）

1920年，马寅初受当局委托，赴
上海等地考察经济。所到之处，耳濡
目染的是帝国主义列强对中国的政治
压迫、经济掠夺和民不聊生的诸多不
平现状，深感教育兴国之责任重大。
他多方奔走呼吁。历经艰辛，领衔创
办了东南大学商学院。1927年后，马
寅初先后担任上海交通大学教授、南京中央大学教授、浙江省政府委员和
立法院财政经济委员会委员、委员长等多种职务。

1937年，抗日战争爆发。敌寇深入，南京沦陷。马寅初辗转抵达战时
首都重庆，受聘任重庆大学商学院院长、中国经济学社社长等职。其间，
受命考察战时经济，为社会各界同仇敌忾、团结一心的抗日激情所激动，
对"前方吃紧，后方紧吃"的官僚腐败现象深恶痛绝，多次发表文章和演
说，揭露"四大家族"贪污腐败，趁抗战之机发国难财等诸多丑恶行径。
提出搞战时经济，开征"临时财产税"，重征四大家族财产作抗日经费，用
我国的古文物向外国抵押借款以全力抗日等主张，言时人所欲言，言时人
所不敢言，深受民众拥戴。

1940年12月，四大家族的头目蒋介石恼羞成怒，密令宪兵、特务突袭
重庆大学，将马寅初劫持，旋即送到息烽集中营关押。为欺骗社会舆论，
授意御用通讯社"中央社"发布消息说"……立法委员马寅初赴战区考察
财政……"而此时，马寅初却正被囚禁在息烽集中营"平斋"牢房下的所
谓"感化室"里。

"感化室"是一间半截在地下的囚室，光线昏暗，低矮潮湿，很多不屈

的共产党人曾在这里被折磨致死。马寅初身居囚室，胸怀正气。在这间囚室度过了贵州高原寒冷而漫长的冬季，其报国之心却未蒙丝毫的"感化"。之后，特务又将他押往江西上饶和福建武夷山囚禁。前后20个月。

1942年8月，迫于中共、爱国民主人士和重庆学生以及社会各界的压力，当局不得已将马寅初释放。软禁于歌乐山家中。1944年始返大学讲堂。

抗战胜利后，马寅初投身民主运动，反对内战独裁，呼吁和平民主。在1946年2月重庆"校场口事件"中曾被特务打伤。1948年，马寅初应中共邀请，化装潜往解放区参加新政协活动，出席中国人民政治协商会议……

《特殊"修养人"马寅初简介》

❖ 余 仁：严寅亮题匾"颐和园"

颐和园是中国历史上著名的皇家园林，也是著名的旅游胜地。颐和园大门上方的匾额"颐和园"三字，庄重、浑厚、雅致，与园林瑰宝颐和园协调和谐，令世人赞不绝口。题写"颐和园"匾额的就是贵州著名教师、书法家严寅亮先生。

▷ 严寅亮题写的颐和园匾额

严寅亮（1854—1933），字弼臣，号剩广，别号碧岑、阳坡山民、阳坡居士，贵州省印江县阳坡人。他出身于一个耕读世家，幼年勤奋好学，对书法尤其情有独钟。年十四即以能书匾传颂乡里，惊动四邻，从此乡人索书者不绝。19岁入思南府学，旋补弟子员。光绪十五年（1889）35岁，始考举人，后授四川侯补知县。第二年他千里北上至京城，先习业于国子监，继授馆于某侍郎家，不久考中清廷官学教习，兼国子监南学斋长，继续深造经史训诂之学及诗古文辞。此后，他曾几度参加会试，均未得中。他从自己切身遭遇体会到清廷腐败，科举考试误人，于是下决心不再沉醉仕途，回到家乡教书，服务桑梓，将满腔救国抱负寄托在培养后辈的工作中。

光绪二十三年（1897），严寅亮从印江来到省城贵阳，主讲贵阳正本书院。正本书院即贵阳人俗称的北书院，在府城北门外六广门大街，即今之市公安局云岩区分局所在地。贵山、正本、正习为省城贵阳三大院，学子云集。次年应邀到铜仁，主讲铜江书院。由于他博学多识，教学态度认真，备受学生尊重。他在铜江书院执教五载，桃李遍及黔东各地。

严寅亮书法名震京师是光绪二十九年（1903）的事。这年北京颐和园修复竣工，负责监工的亲王征求书大门匾额"颐和园"三字，京城善书者众多，各大翰林争相献书。慈禧太后看过后都觉得不满意。这时恰值严寅亮在京授馆，经人推荐也参加应征。严寅亮素来深研书法，远师王羲之，多年临帖，又得汉、魏、晋、唐书法大家精髓，遂以行楷相融变化写出"颐和园"三字，清朝京城善书者啧啧称赞，慈禧太后也极为欣赏，于是命他书园内殿堂、楼、阁匾额十八方，对联二十三副。事后，慈禧太后召见嘉勉，赐玉章"宸赏"一枚。消息传出，北京书法界闻之大震，一时严寅亮驰名海内，登门求书求教者接踵而来。他却非常谦虚地说："余生平浪得虚名，愧不副实。"

光绪三十三年（1907），严寅亮被清廷任命为知县，钦加同知衔，分发四川。在四川期间，蜀中旧友将他临池若干篇墨迹石印成《剩广墨试》一册，分发同好。贵州陈矩在书中题跋说："碧岑道兄书，娟秀中饶风骨，殆集唐、宋诸家之长……铁画银钩，辉映霄汉，莫不艳羡。"张此民在书中题诗说："云鹄飞鸿久擅名，榜题天语动神京。年来老笔纵横甚，烟墨纷披玉版明。"这些跋诗对严寅亮的书法作了恰如其分的评价。

辛亥武昌起义后，清王朝被推翻，民国成立，严寅亮从成都返回故乡印江，时年已近花甲。回籍后，他目睹家乡文化落后，即重振旧业，约集乡人以故居旁奎阁作为校址，创办了正基初级小学。民国二年（1913）他应尹笃生校长聘，到贵阳担任省立贵州师范学校教职，才一星期，又奉委为龙里县知事。严寅亮不愿当官，屡辞不准，只好去龙里县担任县知事职，一年余就坚持回贵阳教书。从此，他在贵阳执教近二十年，先后在贵阳国学讲习所、省立贵州师范学校、省立贵阳女子师范学校、省立一中等校任教员，讲授国文、习字等课程。由于他旧学根底深厚，古文、诗词、书法皆佳，虽是名人却无名人习气，且勤恳认真，深得学生敬重。年迈体衰的严寅亮，二十年如一日，呕心沥血，献身于贵阳教育事业。有时一日在数校上课，每周多达二十几个课时。其立志教育始终不渝的精神，在当时的贵阳教育界传为美谈。

民国十二年（1923），滇军二次侵黔。年底，云南军阀唐继虞兼任贵州省长。为了借重严寅亮的声望，聘其为滇黔联军总指挥部政治顾问。他耳闻目睹滇军在黔纪律废弛，烧杀掳掠、敲诈勒索、横行霸道的恶行，十分气愤。不仅向前来请写对联的滇军军官提出不要危害黎民百姓的劝告，而且还写下了痛斥时弊的诗句："遍地荆榛兵作匪，满山豺虎盗为官。"由此可见严寅亮爱乡爱民、疾恶如仇的人格品行，他并不因被聘为顾问而为虎作伥。

民国十九年（1930），严寅亮在贵阳与杨覃生、王蔬农、桂百铸等十二名流组成"郯社"，每月聚会一次，切磋学术，以诗词、寿文、书画、篆刻，各显其长，精工制成屏、联、堂、幅，轮流互献，共祝遐龄。"郯社"虽是一民间组织，但在活跃贵州学术方面有一定影响，一时传为佳话。

教课之余，严寅亮仍致力于书法技艺。每当握管挥毫之时，正襟危坐，一点一撇，一横一竖，聚精会神，认真细致。他的书法特点，在于兼采碑帖之长，融欧、苏刚柔之美；上探篆籀，还刀法于笔法；不拘一格，秀媚中饶有风骨。他各体皆能，楷、行尤精。楷书雍容大度，体势轩昂，运笔不涩不浪，布白自然疏朗；行书潇洒自如，无做作之态，无险怪之笔。前后照应于随意得之，最堪玩味。直到他77岁，才因年老多病，体难立，手颤动，不得已而搁笔。

民国二十二年（1933），严寅亮因痼疾复发，医治无效，逝世于贵阳，子孙将灵柩运回原籍印江安葬。

严寅亮的著述，除《剩广墨试》外，还编有《严氏家训》《严寅亮年谱》，校勘廖袭华所著《古本大学释义》《进藏日记》，又校勘赵幼渔所著《汉鳖生文集》。在四川、贵州两省的风景名胜地，曾留下他的不少墨迹。如成都杜甫草堂、成都望江楼公园、贵阳中山公园梦草堂、贵阳黔灵山麒麟洞、贵阳慈母园、修文阳明洞、黄平飞云洞等地都有他的题字。历来脍炙人口的镇宁黄果树观瀑亭联"白水如棉，不用弓弹花自散；红霞似锦，何须梭织天生成"也出自他的手笔。该联语，名播海内外，为贵州争光争辉。

《题匾"颐和园"的严寅亮》

❖ 陈金萍、王亚平：田庆霖的文通书局与永丰抄纸厂

田庆霖，号雨霆、雨亭，贵州省遵义人。光绪初年出生在一个经营糖食糕点店名"桂香斋"的小商之家，其所生产的"鸡蛋糕"是有名的地方风味食品。在商海，田庆霖诚信仗义，吃苦耐劳，颇负众望。他供职于遵义官书局，承印学堂讲义等业务。

光绪三十一年（1905），遵义知府袁玉锡筹办师范学堂、遵义府中学堂，需购置实验仪器、体育器材、博物标本等教学设备，因刚废科举，这些虽属简单的设施，在国内也一时难以购得。这时，师范学堂的庶务（相当今天的总务）田鑫向袁玉锡推荐田庆霖协助筹办。袁便派他到日本去采购，结果圆满完成任务，学堂得以顺利开学。与此同时，遵义府创办官书局所需之铜模、铸字、印刷机器等，亦派田在日本购置，他均顺利完成而

不辱使命。袁玉锡在《遵义中学堂堂记》碑文中予以记述："……田庆霖之涉重洋，购铅印机器，理化仪器、博物标本，并随牟举人琳、田庶务鑫筹画开堂事宜……此僚友绅民赞助之力也……"田庆霖东渡日本时还带领几名青年一道前往，既买机器设备，同时也学习相应的印刷、照相制版等技术，一举两得，这也显示了田庆霖办事的才干。

光绪三十四年（1908），华之鸿创办贵阳文通书局印刷所，其更大规模的生产机器设备同样也要到日本去购买。华知田去过日本，购置这些设备轻车熟路，而且对田庆霖的敏而好学与干练心仪已久，因此商得遵义知府的同意，聘田到贵阳文通书局任经理，委其再渡扶桑，采购更为先进的铅印、石印、彩印等全套机器生产设备。田庆霖同样带上骨干青年前往，自己身体力行，既购买设备，也要学习相应的生产技术和管理技术，印刷所需要的原材料以及印刷用的纸张也一并采购。就这样，前后历经三年的辛劳，两度赴日，将设备、物资陆续运达上海，再溯长江抵重庆，然后又马驮人抬才运到贵阳。其时贵州交通闭塞，创业何其艰难。

▷　贵阳文通书局

清宣统三年（1911），在田庆霖的主持下，对印刷机器经过多次试运行之后，取得了满意的效果，从而使投资20多万两银子的文通书局印刷厂招收了百余名工人，正式开工生产。这是当时贵州大规模采用机器印刷的第一家，在西南地区也名列前茅。其不仅能批量承印单色书刊、报纸，还可印刷彩色黔币、银票、五彩挂图等。"师夷之技，兴我乡邦。"田庆霖引进设备与技术，开创了我省印刷业的新局面，对促进科学技术进步，功不可没，当铭载史册。贵阳文通书局在抗日战争时期能跻身全国七大书局之一，也得力于前期奠定的扎实基础。

随着印刷业务的不断扩大，所需纸张必然相应增加，而纸张的来源大多仰赖省外购入，尤其特殊用纸，有的还得依靠进口，价格既昂贵，缓不济急，还有断炊停产之虑。有鉴于此，华之鸿在民国三四年（1914—1915）间，筹划投资兴建造纸厂。民国五年（1916），厂址勘定在大南门外南明河畔虹桥下侧的小团坡（地名）。在开始基建的同时，仍是田庆霖肩负重任，再赴日本购置造纸的机器设备。田押着五万两现银，由于驮马甚众，有数十驮之多，为安全计，请求新上任的省长刘显世派兵护送出境。谁料这批银两却"护送"进了省政府的大门，刘以政府之名"借"用了。诚如俗谓"老虎借猪"，无异变相劫夺。华之鸿既气愤又无可奈何，但仍百折不挠，再筹巨资，仍由田携款三渡日本，并带领10余名学员，委托日方培训造纸技术。这次造纸机器运输的行经路线，是水运至湖南洪江，再经湘西至黔东，同样也是人抬马驮运到贵阳。有一台最大的机器，竟用了46人抬回来。其艰难之程度可想而知。到民国七年（1918），辗转历时两年，方始运送完毕。同时也请来几位日本的造纸技师，指导机器的安装和调试生产。民国八年（1919），由田庆霖任经理，有数十名工人，总投资60万两银子的永丰抄纸厂正式开工生产。这是华家继文通书局之后，在贵州兴办的第一个机器生产的造纸企业。在田庆霖的具体主持下，利用地方的竹、木、构皮、稻草以及废纸等作原料，已可生产出与外地产品相媲美的"超贡""超光""混合"等不同用途的品牌纸张。另外，田庆霖还潜心研究，综合人工与机制两种造纸的优点，研制出品级优良，适用于印刷书刊，也可用于制笺的"庆霖纸"，纸的韧性好，色泽洁白而富有光泽，是别具一格的品牌纸张。

田庆霖颇富远见，对于某些特需的造纸用的植物原料，不仅及时采购，预为储备，防止生产脱节，其高明之处还在于引进相应的原料树种，在贵阳城郊的华家山进行栽培繁殖。这样就可以从根本上解决原料依靠舶来的问题。遗憾的是，由于华家山林木茂密，盗伐严重，辖地较宽而管理困难，因而引种栽培的树种未能收到实际的效果。

田庆霖不仅在机器印刷和造纸技艺上做出了巨大的贡献，他的实干和钻研精神还涉及医药、化工领域。他在多次赴日的过程中，也吸收了日本的某些制药和化工技艺，自行研制出多种医药和日化产品。如咳嗽散、疟疾丸、千金保肺散、冻疮膏、头痛粉、头痛太阳膏、万应拔毒神油、万应拔毒膏和生发油、香脂、花露水、牙粉等。这些产品中，如头痛太阳膏、万应拔毒膏（老百姓简称为太阳膏、拔毒膏）及"庆霖牌"牙粉等，因价廉物美，在市民百姓中颇受欢迎。

华之鸿的资本，田庄霖的才干，两者相得益彰。田对华给予的信任和支持亦深感知遇，因此在事业上满怀勃勃雄心，以谋更大发展。当造纸厂开工生产后，原材料的耗损一直较大，不太正常。后经研究发现，是日方供货的王子造纸机器厂采用欺骗手段，以过时的旧机器冒充新品出售所造成。田庆霖因此到上海重新绘图、设计、研究改进工艺。同时准备四渡日本，既追究日方的责任，也借此有利时机，再做进一步的考察研究。但很不幸，竟染疾于上海，以至不起，天不假年，宏愿未遂而与世长辞。

文通书局与永丰抄纸厂，从清末到民国，几经起落，历尽沧桑，但对贵州地方民族工业的兴起与发展，起到积极的推动作用。而田庆霖对于这两个企业的建设也付出了毕生的心血和汗水，尤其对先进生产设备、先进工艺技术的引进、消化、吸收和创新，有着时代的进步意义。其历史的贡献，当为后世所铭记。

《清末民初贵州科技能手田庆霖》

❖ 郑振铎：“好人”谢六逸

谢六逸先生是我们朋友里面的一个被称为“好人”的人，和耿济之先生一样，从来不见他有疾言厉色的时候。他埋头做事，不说苦，不叹穷，不言劳。凡有朋友们的委托，他无不尽心尽力以赴之。我写《文学大纲》的时候，对于日本文学一部分，简直无从下手，便是由他替我写下来的——关于苏联文学的一部分是瞿秋白先生写的。但他从来不曾向他人提起过。假如没有他的有力的帮忙，那部书是不会完成的。

谢六逸（1898—1945）

他很早的便由故乡贵阳到日本留学。在早稻田大学毕业后，就到上海来做事。我们同事了好几年，也曾一同在一个学校里教过书。我们同住在一处，天天见面，天天同出同入，彼此的心是雪亮的。从来不曾有过芥蒂，也从来不曾有过或轻或重的话语过。彼此皆是二十多岁的人——我们是同庚——过着很愉快的生活，各有梦想，各有致力的方向，各有自己的工作在做着。六逸专门研究日本文学和文艺批评。关于日本文学的书，他曾写过三部以上。有系统的介绍日本文学的人，恐怕除他之外，还不曾有过第二个人。他曾发愿要译紫式部的《源氏物语》，我也极力怂恿他做这个大工作。后来不知道为什么他竟没有动笔。

他和其他的从日本留学回来的人显得落落寡合。他没有丝毫的门户之见。他其实是外圆而内方的。有所不可，便决不肯退让一步。他喜欢和谈得来的朋友们在一道，披肝沥胆，无所不谈。但遇到了生疏些的人，他便缄口不发一言。

我们那时候，学会了喝酒，学会了抽烟。我们常常到小酒馆里去喝酒，喝得醉醺醺地回来。他总是和我们在一道，但他却是滴酒不入的。有一次，我喝了大醉回来，见到天井里的一张藤的躺椅，便倒了下去，沉沉入睡。不知什么时候，被他和地山二人抬到了楼上，代为脱衣盖被。现在，他们二人都已成故人，我也很少有大醉的时候。想到少年时代的狂浪，能不有"车过腹痛"之感！

我老爱和他开玩笑，他总是笑笑，说道"就算是这样吧"。那可爱的带着贵州腔的官话，仿佛到现在还在耳边响着。然而我们却再也听不到他的可爱的声音了！

我们一直同住到我快要结婚的时候，方才因为我的迁居而分开。那时候，我们那里常来住住的朋友们很多。地山的哥哥敦谷，一位极忠厚而对于艺术极忠心的画家，也住在那儿，滕固从日本回来时，也常在我们这里住。六逸和他们都很合得来。我们都不善于处理日常家务，六逸是负起了经理的责任的。他担任了那些琐屑的事务，毫无怨言，且处理得很有条理。

我的房里，乱糟糟的，书乱堆，画乱挂。但他的房里却收拾得井井有条。火炉架上，还陈列了石膏像之类的东西。

他开始教书了。他对于学生们很和气，很用心地指导他们，从来不曾显出不耐烦的心境过。他的讲义是很有条理的。写成了，就是一部很好的书，他的《日本文学史》，就是以他的讲义为底稿的。他对于学生们的文稿和试卷，也评改得很认真，没有一点马虎，好些喜欢投稿的学生，往往先把稿子给他评改。但他却从不迁就他们，从不马虎地给他们及格的分数。他永远是"外圆内方"的。

曾经有一件怪事发生过。他在某大学里做某系的主任，教"小说概论"。过了一二年，有一个荒唐透顶的学生，到他家里，求六逸为他写的《小说概论》做一篇序，预备出版，他并没有看书，就写了。后来，那部书出版了，他拿来一看，原来就是他的讲义，差不多一字不易。我们都很生气，但他只是笑笑。不过从此再也不教那门课程了。他虽然是好脾气，对此种欺诈荒唐的行为，自不能不介介于心，他生性忠厚，却从来不曾揭发过。

他教了二十六七年的书，尽心尽责的。复旦大学的新闻学系，由他主持了很久的时候。在"七七"的举国抗战开始后，他便全家迁到后方去。总有三十年不曾回到他的故乡了，这是第一次的归去。他出来时是一个人，这一次回去已经是儿女成群的了。那么远迢迢的路，那么艰难困顿的途程，他和他的夫人，携带了自十岁到抱在怀里的几个小娃子们走着，那辛苦是不用说的。

自此一别，便成了永别，再也不会见到他了！胜利之后，许多朋友们都由后方归来了，他的夫人也携带了他的孩子们东归了，但他却永远永远地不再归来了！他的最小的一个孩子，现在已经快十岁了。

记得我们别离的时候，我到他的寓所里去送别。房里家具凌乱地放着，一个孩子还在喂奶，他还是那么从容徐缓地说道："明天就要走了。"然而，我们的眼互相望着，各有说不出的黯然之感，不料此别便是永别！

他从来没有信给我——仿佛只有过一封信吧。而这信也已经抛失了——他知道我的环境的情形，也知道我行踪不定，所以，不便来信，但每封给上海友人的信，给调孚的信，总要问起我来。他很小心，写信的署名总是用的假名字，提起我来，也用的是假名字。他是十分小心而仔细的。

他到了后方，为了想住在家乡之故，便由复旦而转到大夏大学授课。后来，又在别的大学里兼课，且也在文通书局里担任编辑部的事。贵阳几家报纸的文学副刊，也多半由他负责编辑。他为了生活的清苦，不能不多兼事。而他办事，又是尽心尽力的，不肯马虎，所以，显得非常的疲劳，体力也日渐衰弱下去。

生活的重担，压下去，压下去，一天天的加重，终于把他压倒在地。他没有见到胜利，便死在贵阳。

他素来是乐天的，胖胖的，从来不曾见过他的愤怒，但听说，他在贵阳时，也曾愤怒了好几回。有一次，一个主省政的官吏，下令要全贵阳的人都穿上短衣，不许着长衫。警察在街上，执着剪刀，一见有身穿长衫的人，便将下半截剪了去。这个可笑的人，听说便是下令把四川全省靠背椅的靠背全都锯了去了的。六逸愤怒了！他对这幼稚任性，违抗人民自由与法律尊严的命令不断地攻击着，他的论点正确而有力。那个人结果是让步了，取消了那道可笑的命令。六逸其他为了人民而斗争的事，听说还有不少。这愤怒老在烧灼着他的心，快五十岁的人也没有少年时代的好涵养了。

时代迫着他愤怒，争斗，但同时也迫着他为了生活的重担而穷苦而死。这不是他一个人所独自赴着的路。许多有良心的文人们都走着同样的路。

我们能不为他——他们——而同声一哭么？

《忆六逸先生》

第六辑

寻味筑城·舌尖上绽放的别样烟火

❖ 傅斯甫：“苏肠旺”，别有一种风味

贵阳南京街（今中华北路与黔灵西路口拐角处），有一家肠旺面馆，从20世纪20年代开业，一直卖肠旺面、破酥包子和馄饨，但以肠旺面为最有名气，老板姓苏名德盛，四川人，是袍哥大爷，很有些人缘。他把面馆取名为“苏肠旺”（即苏德盛肠旺面馆）。事隔70年的今天，60岁以上的老贵阳，只要提到“苏肠旺”，仍然津津乐道。

苏德盛开的这家面馆，首先是以货色认真取胜，至于清洁卫生、服务态度，都是无可挑剔。就是跑堂、站灶幺师的技艺，在当时贵阳的饮食行业中，也是不可多得的。此外，他家做生意，真正做到童叟无欺，哪怕是小孩子去他家吃面或端回家吃，都一样真诚热情对待，所以生意做得比同行出色，顾客都说他家生意公道。

▷　吃面

抗战期间，沦陷区的外省人大量内迁，不少工商业者分流贵阳，筑市人口骤增，致使饮食行业有了较大的发展。苏肠旺家的顾客，也随之增加不少。

苏家面馆为一楼一底，前后两进，门面约有两开间宽，楼上楼下可摆十来张大方桌。他家的生意，一般上午卖面，下午卖破酥包子和馄饨。这是因为贵阳人吃肠旺，习惯在早上吃，吃了好上班或干活。早上的东西新鲜、清爽，吃起来味美爽口，例如早上的肠子，肥不酽汤，旺子嫩而不醒（不分汁），但一到下午，容易变味。

苏肠旺能经得起时间的考验，原因是从开业之日起，坚持用上等材料，制作从不马虎。譬如面条，坚持用头面手工擀压的鸡蛋面条，大肠的里里外外多次用碱水翻洗，并且要留住附肠油，使肠壁厚实，既无臭味，又肥而经嚼。脆哨必用精肉，炸成小指盖般大小的酱紫色哨子，脆中有绵，香酥可口（现在的枯油渣冒充哨子，绝难望其项背）。红油更有讲究，辣椒多用花溪的小辣子，有时也用百宜辣子，这两处产的辣椒炼制的红油（即辣椒油），既辣且香，红而发油；油系精制菜油，炼制时加入腐乳汤及香料面，取其漂浮的油质（称漂红），弃其沉渣。他家还用豆腐干切成拇指般大的方块，入油炸泡。再将腐乳汤煨之，其中灌满汤汁，入口鲜美无比。所有这些优质配料，为同时代的许多面馆所不及。

当这样一碗面色柔黄，大肠肥白，旺子（即鸡猪血）嫩红，脆哨酱紫，泡哨大颗，葱花翠绿，漂红浮亮，色、香、味、形俱佳的肠旺面送到面前时，食者不由得食欲大增，吃了一碗之后，还要再来一碗。

苏家面馆几十号座位，任何时候都干干净净，早堂一完，跑堂的、站灶的一齐动手，先用碱水洗，再用棕刷擦，桌子板凳，门窗柜台，里里外外，无一处不干净。不仅如此，连碗筷也即食即烫，那个年代基本坚持做到这一步，也是不可多得的。

据一位姓宗的退休老师傅回忆，苏肠旺家请的跑堂人员和站灶么师，业务娴熟，头脑灵敏，反应迅速，嗓音清脆，"言子"满嘴，引而即发，所以他们招徕顾客的技艺，确为他人所难及。宗师傅说，跑堂的与站灶的配合紧密，连环默契，而且精神饱满，兢兢业业，坚守岗位。一有顾客入门，只见唐银臣立马上前，一声"招客"，先给灶上传进信息。然后擦桌，说："请坐，客人吃什么？"站立等候吩咐。灶上立即放嗓接应："招客几位？"如果是两个熟人，并无特殊要求，唐银臣马上回答："行肠旺二位，锅头煮娃娃（熟人）麻利带（快）？"站灶师傅一听是熟客，连忙反馈："啊……五营四（哨）加格毛格（多），马口（大肠头既厚且肥）手上来！"（以上为歇后语，括号内的字不说出来）。宗师傅还介绍说，如果来客既要吃清淡一点，又要面条少，那么跑堂幺师就喊："听啰！手上行面减条麻油红，樱桃哨儿多几颗。"站灶听得明白，立马接应："樱桃几颗不消说，接二连（三）你喊下来！"如果碰着三个人一齐进店，其中一人要吃粉；另一个吃面，要硬，汤多；第三个不吃葱，要带绿豆芽。唐银臣又一口气报进去："灶上，四席松客三位，一位胭脂花（粉），接下打脆汤宽不吃，合席（第三位）免青肥鸭大（鸭——豆芽的谐音）哟！"三人三个样，连珠般传进去，随后从灶上端来三碗内容各别的肠旺面，依次送到各人面前，从不错乱。

这种传统性的"喊堂"，俨如一片歌声，喊得满堂场面热烈，几乎半条街都给闹动。过路的人有伫立倾听的，有禁不住诱惑，要进店"来一碗"的。这种诙谐的行业语言，在当时极为盛行，苏德盛家很有几个这样的能手，为他家营业兴旺立下了汗马功劳。不过他们的劳动，也获得了一定的报酬，例如他们除了"小费"外，老板对他们的工钱和年、节所给的红包，也比较优厚。

苏德盛家几位得力的幺师如唐银臣、陈某都早已作古了，苏德盛也于解放后回四川老家，不久谢世。

《苏肠旺》

❖ **袁源、唐文元等："八大碗"，各有各的讲究**

到黔西南州兴义万峰林旅游，著名的布依传统美食"八大碗"是必须品尝的。相传在明洪武年间，朱元璋派大军征伐云南，王氏始祖王登科统军南下。由于长途征战，加上云贵高原多瘴气，队伍到达兴义府上坡岗后，日常用具等都已丢失。王登科见此地四周群山环抱，中间的坝子里却一马平川，便命令兵丁驻扎下来修筑工事、营盘，从此便在此定居下来。由于随军的炊具只剩下用来盛东西的一些坛坛罐罐，最后只好依样画瓢，用土法烧制了一些陶制的坛罐和封盖坛口的缸钵，在吃饭时盛饭菜就用缸钵或海碗，流传至今，就有了布依的"八大碗"。

▷ 布依族八大碗

"八大碗"是布依族人招待客人的最佳菜肴，人人喜爱。虽然它是布依人家最"老"的菜式，做法简单，但是却别具风味。这"真八大碗"其实就是八道菜，即：猪脚炖金豆米、红烧肉炖豆腐果、炖猪皮、酥肉粉条、排骨炖萝卜、素南瓜、素豆腐、花糯米饭。这八道菜中的金豆米、粉条、南瓜、五色糯米等都是布依人农忙时极方便的菜肴，色鲜味美可口。八道菜中菜和肉都很细嫩，鲜香适口；素南瓜能补中益气、消痰止咳和美容，对女性来说，常吃还能减肥；而"八大碗"中最有特色的要数素豆腐和花糯米饭了。素豆腐是布依人家自己做的豆腐，先将豆子浸泡数小时后，将豆子磨成浆，用石膏点成豆腐，其味鲜美滋嫩，配以独特的蘸水，吃起来更是香味四溢，入口即化；花糯米饭是布依族特制的一种糯米饭，采用纯天然的香草制作，无论在节日庆典或接待宾客的宴席上，都少不了花糯米饭。用来染色的香草是对人体健康有益的植物，用香草浸染出来的糯米，蒸熟后香味更浓，非常美味。

"八大碗"看似简单，但是却内含深意，一桌"八大碗"，碗碗各有不同的搭配和炖法，代表着一年四季，平安健康；四面八方，财源滚滚。吃的时候也很讲究，就是要在八仙桌上吃，那才叫有滋有味。

《菜品火锅》

❖ 王蕴瑜：邓皮蛋，下酒佐餐的佳肴

邓皮蛋的创始人邓有富，生于清咸丰四年（1855），贵阳人，祖籍江西瑞昌。明末清初时，其祖辈来到贵州修文尖山打鼓新场定居，务农为生。邓有富曾到贵阳广东街钟家丝线铺学徒。当商业市场萧条，做丝线的人家也难维持生活，不到三个月便被遣回家，后来得到同寨黄兴二公传授的将鸭蛋制作皮蛋的技术。即用适量的碱、石灰和食盐，配合草木灰混合拌匀成湿润的灰浆，抹在鸭蛋四周，厚薄一致，放入坛内，装满后密封18天左右，便成皮蛋。

皮蛋试制成功后，邓有富觉得手工操作进度慢，产量少，便把儿子们

都教会。长子必祥、次子必胜、三子必和、四子必瀛，全家动员，增添用具，生产的皮蛋数量大为增多。加上孩子们都读了几年私塾，经过必祥与必瀛的研究，掌握了碱的性能。他们发现，碱多则蛋白僵硬，吃了不易消化，且淡而无味，碱少则糖心，不宜上席供餐，适当用碱是制好皮蛋的关键。弟兄二人采用松毛、柏枝烧灰制作皮蛋，含碱纯和，香味浓郁。经过小型的试制，终于成功地制成了"松花皮蛋"。

后来，邓有富托人租得贵阳猫猫巷口（今虎门巷）的几间房屋，举家迁来贵阳，加工销售皮蛋。为了增添新品种，他们采用腌腊肉渗出的汁水泡制盐蛋，又用五香加盐拌黄泥浆包制盐蛋，10天后取出蒸熟出售。成为下酒佐餐的佳肴。一时猫猫巷邓皮蛋的名声，在贵阳不胫而走。

邓皮蛋的生产到一定规模后，原材料就不再自家制作而进行收购。邓家收购原材料十分严格，对送上门的草木灰、碱、鸭蛋总是给价优厚，还招待卖主酒饭，保持互相信赖和支持的关系，所以他家的皮蛋，色香味形俱佳，废品仅占2%。每逢节日，全家祖孙三辈30多人一齐上阵，仍然供不应求。平时，批零两旺，经久不衰。

《邓皮蛋、余豆豉颗》

❖ 姚钟伍：酸汤鱼，苗家的特色美食

"三天不吃酸，走路打蹿蹿"，一语道出了贵州人嗜酸的性情。从十多年前，黔东南苗家的酸汤鱼传入贵阳，就长久占据着我的私房饮食排行榜顶端，那时候，蔡家街被一溜的酸汤鱼店霸占着，它们摆满了简易的店堂，又向人行道侵蚀，有时候人甚至要坐在车行的道路上大快朵颐：一锅锅升腾着的热气、米酸、西红柿发酵过的酸味弥漫着整个街道，与这样的热火朝天对应的是我们那一颗颗热爱美食的心。那是我们这些小食客就近的选择。后来，香味慢慢延伸，跟着鼎罐城酸汤鱼的足迹，到小河，到机场一

路走来。隔些时候，那酸辣的味道，又在勾人。

　　酸汤鱼的酸汤独具特色，有以番茄为主要原料发酵的酸水，有以在30来度的炉火边发酵而成的米酸。一盆酸汤在锅，加上盐、葱、鱼香草、酸笋、猪油等调料，冉把整条鱼放入汤中煮食。乌江鱼、江团、黄辣丁是做酸汤鱼最好的选择，鲤鱼次之。吃酸汤鱼以前，一定要先喝上一碗酸汤，鲜红的色泽、酸辣的味道已经让胃口大开。夹起鱼肉，在放有糊辣椒、豆腐乳、葱花、大蒜、花椒、木姜油的蘸水中一过，入口的滋味细嫩润滑。再加上店面里身着盛装的苗家男女悠扬的酒歌、动情的苗舞、激越的芦笙，一切都融化在万种风情之中了。

《城区小吃：酸辣的诱惑》

❖ 王蕴瑜：余豆豉颗，沤出来的美味

　　豆豉颗（通常称豆豉）是大豆制的民间食品，各地皆有生产。早年在贵阳销售的就有名牌四川永川豆豉、江西太和豆豉、湖南浏阳豆豉，以及我省镇远，绥阳的干、湿豆豉，大定（今大方）豆豉粑等。但是，老贵阳人却总是喜欢吃贵阳"三官殿"（今延安东路外文书店一带）余家捂的豆豉颗；这里生产的豆豉颗，颗粒饱满，丝长酥软，香气扑鼻，味美可口，是人们餐桌上的调味佳品。

　　余焕章，小名万二，为庆达兄祖父，贵阳人，生于道光二十四年（1844），粗识文字。他为人憨厚诚恳，吃苦耐劳，热情而重信义，交游较广。余家祖籍江苏金陵，明末清初来筑落户。余焕章昆仲二人，长兄宪章学徒满师后，在黑石头（今喷水池）开红纸铺。焕章与黄氏结为秦晋后，夫妻商定做捂豆豉颗生意。当时，这项生意贵阳尚无人做，决心试一试。他们买了一口大铁锅，打了一眼大灶，买了三口小木桶三四个筛子、簸箕，几块白布，两副水桶，四个大甑，50市斤黄豆，每天可捂豆豉颗60多斤。

遂在自家门前摆个小摊子，一无招牌，二无字号，经营伊始，尚未引起人们的注意，生意清淡。余焕章为了拓开业务，自己挑担沿街叫卖，生意渐有起色。他家的豆豉颗，香酥净洁，名声逐渐传扬。加之儿女逐渐长大，劳动力渐强，生产也就逐渐扩大。他采用薄利多销、送货上门的办法，不论晴天雨天，泥滑路烂，都按时送货到各菜场，趸给小商贩，打开了销路。生产越做越活，不到一年，就把本钱赚了回来，初步尝试，坚定了经营豆豉颗的信心。

▷ 贵阳三官殿

　　为不断提高生产，讲究质量，改进设备，余焕章向花溪高坡少数民族长期定购竹编空心篾箩（长一尺二寸，宽六寸）作盛豆之用，又向百货商店收购用过的包装蒲草包，作盖席以捂豆豉。并安设石碓窝，上架木杠，顶端装铁杵，把晒过的豆豉颗倒入碓内，舂成豆豉粑，捏成枕头形，加晒三四天，再进行包装，便可贮存半年以上。豆豉粑的制法，还有一层讲究，便是把豆豉颗和甜酒汁、盐混合拌匀，装入坛内，压紧封闭存两月后，再倒出来晒、舂而成。

　　余焕章子女众多，到第三代时，已是30多口的大家庭。其中长子有麟、次子有志、三子有福、五子有祥是他最为得力的助手，能写能算，年富力强。余焕章带领全家奋战20多年，买田置地，人财两发。街坊上对余焕章称为"开了方的"万贯富翁，人们为他编了四句顺口溜："一颗豆子圆又圆，掇成豆豉买成钱，人人说我生意小，小小生意赚大钱。"从此，街邻有事，总是邀他参加。如修建三官殿庙宇，他出了巨款，还为筹款东奔西跑热心公益。

余焕章年事老迈，长子有麟婚后不久因病去世。次子有志（又名余仁荣）聪敏能干，为人正直，勤劳朴实。接过父兄之业，加强了生产管理，进行了一系列的改进，促进了业务的发展。他首先搞好一日三餐，让大家吃好穿暖。由姑娌轮厨，工作好坏作为年终评奖的依据，并按月发给二至四元的工资，使人人都有零用钱。他家房地宽敞，后门直抵沙沟河畔，依墙搭一编屋，挨近"中元井"，生产用水极为方便。

一片豆豉粑，只卖一文制钱，一斤豆豉颗卖48文钱，可谓价廉物美。价值虽低，费力却不少，必须经过以下工序：

洗豆：由全家妇女操作，筛选、簸净、去掉虫蛀、破烂、瘪小的豆，必须做到颗粒饱满，一天操作下来，总是蓬头垢面，两臂酸疼。

浸豆：先要洗净泥沙，除掉浮豆，再换水浸清，热天把双手泡得泛白，冷天双臂泡在水里，寒冷激骨。

舀豆：赤膊站在灶上，蒸气腾腾，汗流浃背，边抹汗，边舀豆。一笼五斤，既要出入不大，又要站在楼梯上，舀成一笼一笼的送上楼沤盖。舀完后，兵分两路，一路洗涤甑子、铁锅、白布、换水、添水、上甑，把浸透的豆子滤干，倒入甑内盖好，不让走气，蒸熟蒸透。另一路沤豆，将一笼笼的豆叠好，按品字形堆放，加盖蒲席。

掇豆：是一项技术性的工序，既要随时检查气温，低了要加盖蒲席，高了要通风、降温。熬更守夜，要等到豆子都沤起白衣，用竹筷插入豆内，抽出来有丝相连，这才算成熟的成品。揭晒蒲席时，被水蒸气浸得湿透了的蒲席，变得非常沉重，两人对面揭盖，先要折成长条，再才一条一条地揭开，抬去晒干，轮换使用，否则盖在豆上不但上不来温度，反而会造成废品。

收购：在收购原材料上，余仁荣重视质量，不论大豆、煤块、竹箩，都非常认真，质量稍次，宁可不要，但对人热情客气，轻言细语，平易近人。对符合规格要求的，收价从优，天黑了不能归乡的农民，挽留食宿，还亲自帮同卸货。因此主客之间结成了深厚的情谊，每次送来之原材料，合格者多。

余仁荣的工作作风、待人接物、工作安排，深得手足爱戴，人人干劲十足地辛勤劳动，豆豉颗日产5000斤以上，成为余豆豉颗极盛时代。余仁荣热心公益，如发济腊米，宁多无少，人们尊称为"余二公"。

《邓皮蛋、余豆豉颗》

❖ 王　伦：雷家豆腐丸子，变着花样吃豆腐

解放前，雷家豆腐丸子是名震贵阳山城的一家家庭小吃店，开设于盐行街（今中华南路）。先是在门前摆一个小灶，上放一口中等铁锅，盛一两斤菜油，一张小方桌，一个小缸里盛一些豆腐，一个篾竹箕，放着一些豆腐丸子，一人炸，一个捏坨，现炸热卖。一些人在店前蘸佐料吃，一些人买回家去煮吃。各适口味，芳香浓郁，美不胜收。后来，生意越做越活，客人有增无减，两人应付不了，就适当聘请帮工承担一些工序，各司其职，保证供应，才能满足顾客的需要。逐渐生意好了，遂辟了一间空屋，安上几张桌椅，欢迎客人进屋雅座，生意更加兴隆。不到下午三点，豆腐丸子就销得精光。这样，雷家豆腐丸子的名声，便不胫而走，传遍整个山城，人们为一饱"口福"纷纷来此光顾。

据说，雷家豆腐丸子四代相传，有140余年的悠久历史。笔者也曾到店吃过几次，曾与雷家第三代雷重新交谈过，雷娶妻李氏，夫妻在其父辈的熏陶下，精于制作。其祖父辈在清道光年间，因旱情严重，久晴不雨，道光皇帝下令，禁止宰杀牲口，素食一月。但为时较久，一些达官巨贾，久

未吃荤，寡肠寡肚，很想吃点油荤，遂想起"桌上无肉，豆腐也可"的话来，乃用"白铁豆腐"用菜油制成豆腐丸子，吃后确有肉香味，芳香四溢，解决素餐的问题。因而，人们在此大做文章，有的用菜油炸豆腐、烩豆腐、卤豆腐，雷家豆腐丸了便应时而生。加上他家善于烹调品味，制作的豆腐丸子独树一帜，使多少美食家为之倾倒。

▷ 民国时期豆腐摊

雷家豆腐丸子的制作方法，是将黄豆（北方称大豆）经过选择、淘洗、浸泡（热天浸泡六小时，冬天用温开水浸泡十二小时），再换水磨细，放大锅中煮浆，适当加点菜油脚浆，除去黄豆的腥味，然后，加入少量的酸汤（或石膏），使豆腐的蛋白质凝结后，放入木质方厢内，用大石压去过多水分，而成白铁豆腐，豆腐白洁、细嫩、清香。再加五香粉（八角、山奈、苗香、桂皮、草果）、花椒粉、食盐、碱水，放入豆腐内，用手使力揉绒，直至带有黏性时，加入葱花，拌匀如泥，将揉绒的豆腐，用三个指头轻轻捏成坨，用食指、中指、无名指并拢，轻轻压扁，摆入盘中，每只重约25克，不得用力过大，否则壳不脆，心不匀，然后放入锅中，炸成褐色，起锅热食。

传统食法，是用糊辣椒面、酱油、麻油、胡椒粉、味精、葱花，调为酽汁，蘸而食之，雷家豆腐丸子，形状扁圆，比乒乓球稍大，外壳褐黄而酥脆，入口脆响，芳香四溢，内瓤洁白，蜂窝密布，细嫩欲滴，馨香爽口。

《贵阳著名小吃雷家豆腐丸子》

❖ 徐振邦：宋家糕粑稀饭和张家的凉粉

世居贵阳的"老贵阳"，只要提起宋糕粑稀饭，无有不知道这家百年老店的。这是一家传了五代的小小的甜品店，它历经二百多年的沧桑，至今仍继续不衰，是有独特的原因的。早在乾隆年间，贵阳卫门中馆、樱花斜街有个名叫宋清山的，几次赶考，中了秀才，回到贵阳，当了一名录事。为了糊口，开了一个小店，专卖"炒米糖开水""糕粑稀饭"。宋清山家这间小店，经营方式独特，深更半夜才开门，做一些巡逻打更、小街深巷人家的生意，卖到天亮，便收堂休息。

▷ 小吃摊

夫妻俩勤俭操持，精打细算，食品又干净卫生，味美可口，价又低廉，男女老少都爱吃宋清山家的糕粑稀饭，或喝碗炒米糖开水。

传到第二代宋盛国，仍继承祖业，卖糕粑稀饭。不同的是，随着社会的发展，经济生活也有了变化，他家的生意逐渐由夜宵改为全日开门，顾客也明显增加。据宋家后人说，连官府人家、绅耆富商，也时有往顾者。

到了第三代宋世安，第四代宋达仁，先后将甜品店迁至南京街（今中华北路）、城隍庙（今打铜街），店名改为玉盛甜品店，卖的甜品传统风味不变，质量力求精益求精，生意有所发展，除夫妻双双操作管理外，家中子弟也参加劳动。当时，城隍庙门口石鼓旁边，还有一家凉粉摊，人称张凉粉，也是味美可口，物美价廉，劳力贩夫最爱吃这家的凉粉，当时的老贵阳也没有不知道这家"张凉粉"的。而宋家糕粑稀饭和张家凉粉摊咫尺之隔，一甜一咸，生意兴隆，互相媲美。

《宋家糕粑稀饭》

❖ 姚钟伍：寒冬里来一碗牛肉粉

贵阳的冬天，脱不了湿寒的气息，牛肉粉的店面和摊子上就是每个冬天清晨人流最多的地方，早起的人们端上一碗滚汤热粉，肉香四溢，碗里漂浮的热气慢慢融入身体，吃着吃着额头开始冒汗，一碗下来，通体畅快。

贵阳人过早（吃早点），牛肉粉是绝佳的选择。在贵阳，牛肉粉的大帽檐下，有清汤、红烧、黄焖等多种选择。肉有切片，有丁状。不过，真正让人迷恋的是那一碗汤，它是牛肉粉喷香味道的点睛之笔，汤的鲜味决定了粉的鲜味。灶台边炖了几个小时的牛肉、牛骨大锅，一直用微火熬着，香味缕缕，舀上一大瓢浇在烫好的米粉碗里，面上铺满晾冷后切片的牛肉，清炖的牛肉丁，撒上香菜、葱花、味精、盐、花椒面、辣椒面，还有一点腌制好的酸莲花白丝，所有这些就是一碗清汤牛肉粉的完美组合了，它的味道怎样，你要来亲自尝一尝。

《城区小吃：酸辣的诱惑》

❖ 胡先礼：陈永泰，酒香不怕巷子深

1926年，贵阳红边门天主堂（现和平路北段）对面灵官阁一侧的孙家巷口，有一家烤酒作坊，招牌是"陈永泰"，作坊主人陈显枢，为人忠厚谦和，凡事小心谨慎，街坊邻里对他很有好感。城北一带，提到"陈永泰"酒店，妇孺皆知。

▷ 酒坛子

陈显枢对自己的生意，始终勤勤恳恳，买进卖出，公正持平，童叟无欺，世人都夸赞陈显枢会做生意，乐意同他家酒店打交道。

陈永泰酒店既烤包谷烧酒，夹酒（一种工艺较难，以糯米为主料的夹缸酒），同时也烤茨梨酒，尤以茨梨酒最为驰名。他家酿造的多种酒，一律批零兼营，无论买多买少，都保证货真价实，从不掺假，以次充优。因此"陈永泰"的生意愈做愈兴旺红火，不仅城里人喜欢喝陈永泰家的包谷酒和茨梨酒，就是附近乡镇的酒贩或盐米杂货店，都喜欢趸陈家的酒去卖，尤

其是逢年过节，他家的夹酒和茨梨酒最受欢迎，往往供不应求，要连夜赶制，方能满足市场需要。

他家的茨梨酒，用料认真，每当采摘茨梨季节，来自远近的汉苗农民，在农事间隙，把成背筐、成口袋的茨梨送到陈永泰酒店，陈显枢总是一面招待喝茶休息，一而立马进行验收，分等论价，实在无法收购的，也婉言说明，不让农民吃亏，更不使优、劣混杂，影响质量。至于酿造工艺，更是严守操作规程，一丝不苟。他既把生产交给工艺精湛的酒师，自己也参与操作，带领学工劳动学艺。

"陈永泰"生产的各种酒都能符合市场需要，尤其茨梨酒，色如琥珀，酒体稠亮，入口醇厚，回味甘绵，空杯留香，经久不散，饮者多倍加称赞。据说，他家的茨梨酒可以滋肠润肺，消食化气，既可舒通筋血，又有助兴解颐之功。陈永泰茨梨酒店的声誉不胫而走，并非偶然。陈永泰酒店的营业，不分四季，总是门庭若市，除了经营批发，也做门市零活，还对挽车下力穷苦劳动者，打碗上酒，卖柜台杯，一律笑脸相迎。二两一碗，立刻递到顾客手中。若遇天寒季节，陈永泰酒店总燃着熊熊炉火，让贫苦顾客围炉饮酒，驱寒除困。酒店恪守薄利多销的宗旨，经营方式灵活，几年之后，便成了小有名气的坐贾。他家作坊里里外外，老板师友徒弟不到十口人，但大家都能团结一致，谨慎营业。陈显枢谦虚待人，尊师爱徒，对他们既严格要求，生活上又关怀备至，逢年过节，除加薪外，对有困难的师友，还额外给予实惠。人们说："陈显枢有一本买不到的生意经。"

《陈永泰茨梨酒店》

❖ 弋良俊：弋麻油，油香满城溢省外

老贵阳人，都难忘弋家小磨麻油，一经提谈，犹觉香味扑鼻，清香难散，追思不已。

弋家的小磨麻油，在贵阳、在贵州乃至云南昆明、四川、重庆等地，确实小有名气，人呼"弋麻油"。记得孩提时，有个因抗日战争疏散到贵阳来的浙江大学学生，曾在我家临街的一块铺板上写下一首冠顶打油诗，引得路上行人驻足。这首打油诗是：

小店坐落府后街，磨声悠然入耳来。
麻油荡起铁瓢子，油香满城溢省外。

这府后街，即今之公园南路。我家麻油店开在临近次南门，靠近过街楼不远的下半街中间，坐西朝东，青石板路横门前，对门便是墙高朝门深大的贵阳有名的苏美人的深宅。有人曾戏言：苏美人以美，名闻遐迩；弋麻油以香，倾倒筑城。

据老辈人讲，我家磨小磨麻油，是祖传，传男不传女，更不向外姓人传，到抗日战争时期，已有百多年历史了。听家中人说，因为弋家麻油出了名，很多人都想学做麻油，可就是做不好，不是出油不好，就是磨的油不香。有位苦心好学的黄姓青年，为人忠厚，能敬老尊贤，多次上门向我父拜师，被我父收为头一个外姓徒弟。黄姓青年苦学三年师满，还是掌握不了生产小磨麻油的技艺，独立开店于贡院坝前（即今河东路小学前），只单做芝麻酱，得了个"黄芝麻酱"的美名。我父亲弋祥文，14岁便学会磨小磨麻油的技艺。因家中弟兄姐妹多，他16岁那年，离家赶溜溜场。走乡串寨到罗解（即今罗甸）、边阳（属罗甸县）、定番（即今惠水）、青岩等地，因罗解、定番等地芝麻多，价格便宜，他便定居于青岩，就近靠拢省城，经常挑油挑子走乡赶场于各处。我父亲磨的小磨麻油，色如玛瑙，清亮透明，香味纯正，久存不散。他两三天磨一磨麻油，赶一转场就卖光。许多乡寨人家凡办喜事，一些山庙和尚办佛事，都早拿定钱给他，让他专门磨制。于是，"弋麻油"的美称，便在这些地方传扬开来。时至今日，这几处上年纪的人，都怀念"弋麻油"，称我父亲为"老弋公"。

卖麻油出名后，我父亲在20岁那年，清宣统初年，大起胆子挑起麻油坛子，闯进贵阳城卖麻油。开始，他心中忐忑不安地专往小街小巷走，选人少的街沿边放下挑子，揭开麻油坛子，故意用小油提子，将麻油提起，敞出香味，然后又将麻油倒入坛内。这一招真管用，麻油香味随微风轻扬，一些人寻香来到我父亲麻油挑子前，询问坛里装的是哪样？我父亲告诉他们，是小磨麻油，是拌凉拌菜的好佐料，是吃素斋人的好油料。经过宣传，许多人家纷纷拿出瓶瓶来打油。消息传开，找我父亲打麻油的人络绎不绝。两小坛麻油，半天就卖光。头次进城生意好，我父亲加紧磨油，三天两头进贵阳城卖麻油，"弋麻油"的名声悄然在好些街巷传开。这时，一些老顾客劝我父亲，不要住乡下，进城开个麻油小店，父亲也有这想法。于是，在当时还冷僻的府后街，找了个靠墙的地方，搭间小房做起麻油生意来。开始，在小房外牌牌上书"弋麻油"三字。磨子安在房里，打油大锅放门口，以此当活广告牌。这样一来，生意渐渐做开，赚了钱，便修了大房子。一位姓彭的私塾先生，为父亲取个店"弋鸿盛麻油店"。鸿盛者，鸿发昌盛也。我父亲很感激先生，专门特制一磨油，献给彭先生。这彭先生愿为我父亲麻油店扬名，又将麻油装进小瓶里，分送给亲友。分送给学生。这样一来，"弋鸿盛麻油店"名声正式敞扬开去。我家小磨麻油进入贵阳后，带动了贵阳的许多风味小吃，使这些小吃店的名声人震。譬如，小十字口的屈家凉粉店，因我家麻油、芝麻酱，使凉面凉粉香味极浓，平添食欲。又如，觉园的素斋饭，那豆花的蘸水中放几滴麻油，使满桌溜香其味无穷。那些酒馆饭店办酒席，更是离不开弋家麻油、芝麻酱。当时，贵阳有句俗语，弋家打麻油，贵阳全城香。我父亲进贵阳打开了局面，其他姓弋的人家（多是同姓不同宗的，出了五服的），都来贵阳，拜父亲为师学做麻油。父亲按老祖公答应道长的条件，凡姓弋者皆传磨小磨麻油的绝活。父亲常讲：生意大家做，有饭大家吃，独木不成林，独店难扬名。大约在民国二十年后，贵阳麻油店增加到五家，到抗日战争时期，增加到十多家，都是姓弋的。在府后街靠府牌坊处（即今公园南路粮店），有弋炳臣家；在威清门附近，有弋良民家；在广东街上去走六广门处有弋清和家；在四杰花园附近（即今四季春饭店对门），有弋良修家。这些，都较有名，另还有挑油挑子串街的。

我记事时，正值抗日临近末期，我家的麻油还用洋铁桶装好，由汽车运到昆明、沾益、重庆、綦江等城市去卖。这几年，是弋麻油鼎盛时期。后来，外地一些人搞大榨麻油，只图产量，不顾质量，盗用我父亲的店号往省外各地销售，坏了我家磨小磨麻油的名声，影响了销路。更有甚者，在油桶内掺水，坑害了一些代销店。为此，我父亲很气愤，有段时间宣布停业，改做芝麻糖、寸金糖、玫瑰糖、泡糖等生意，以示抵制生产假油者。

抗战胜利后，我父亲在许多老顾客劝说下，又重新磨起小磨麻油来。记得，那时卖一块大洋一斤，生意颇好，一天做两锅麻油，还不够卖。国民党垮台前夕，贵阳已处于百业凋敝的境地。我父亲开的麻油店，已是"犹抱琵琶半遮面"，店铺板只开两小块，露出个古旧的兰花坛子，向路人显示：这里有点麻油卖。而弋鸿盛大木招牌，早放在门角角了……

《弋鸿盛麻油店》

❖ 白天成：豆花村凉菜，名人也爱吃

豆花村设在现在喷水池民族商店的地址。最初叫"钢钢食堂"，后又改组为"乐露村"，本是浙江馆子，川人刘荣清顶过来后，改名"蓉城豆花村"。开初是素豆花带小吃，隔壁是一家豆腐店，货源就在灶门口，取之便当。此"村"店面小，肚皮大，内进很宽阔，摆放二三十桌不成问题。刘荣清办事谨慎，最初是小买小卖，主要顾客是拉人力车的，素菜很讲究，又很实惠，进而吸引了小学教师和一些单身汉。久而久之，有名气了，广东街的生意人、小汽车司机，都来此炒菜吃饭，生意很好。刘荣清亲手带的徒弟不少，有杨荣清、蒋绍先、侯银成等多人，王绍林是他的幺徒弟，艺高出众，原以小炒为主，逐渐升格，发展到能成批地承包酒席了。王绍林的特长花样多，色香味美，炒出来的菜既经看，又经吃。业务发展了，

地势不够用，就把隔壁的一间茶馆租过来，白天摆酒席，夜间照样开茶馆，茶馆老板应有的收入，悉由豆花村从优支付，彼此满意。

豆花村成都风味的凉菜很出名，来料精选，刀工讲究，一菜多做，花样翻新。白菜、莴笋、红萝卜、老瓜、白果、香肠等，不但做花，而且摆设层次分明，布局美观，称之为"大花彩箱"。小杂烩也很讲究，肚子、冬菇、蛋卷、鸡、红萝卜等，还要掺入鸡汤，味鲜无比。原省主席杨森和他的老丈人喜欢在此设宴，平刚、张剑飞、张慕良昆仲等，都是此"村"常客。

刘荣清对徒弟要求很严格，徒弟也很服他，彼此配合默契。他常告诫徒弟："你们不要毁了我的声誉。"王绍林风趣地把刘荣清带徒弟，比喻为过去演京戏的"厉家班"，把作坊比作舞台，生、旦、净、丑，各显其能，各负其责，秩序井然。刘荣清还十分注意店堂的清洁卫生，他本人穿着也很整洁，有时一天要换戴几条围腰。

《贵阳的川味"四村"》

❖ **王廷栋："滋──"，吴家汤圆炸着吃**

吴家汤圆，开设于北门城与北门桥之间的一家铺面，店堂约60平方米左右，有宿舍、厨房（今贵阳饭店南段），是贵阳人吴翰钦所经营的家庭商店。由于干净洁白，清爽宜人，鲜、嫩、脆、香、风味独特，热情服务，信誉卓著，是黔市一家有名的小吃店。

吴翰钦（人称四公），祖籍江西，其祖于大十字（今中华中路南段）开设"德厚福"绸缎店，历史悠久，堪称富有，每年"大道观"（今中山东路）为了一方清吉，每年一年一度的"打清醮"，他都是头人之一。因为这一条街，包括大十字周围，都是筑市繁华区，富商巨贾集中于此，隆重"打醮"成为全市之冠。只因刘显世借滇军之力，第二次重登贵州省政大权，市场上使用纸币，还贴上一张贵州省政府的大印的尾巴票，世人称之为"尾巴票"。但市场上只当二三角钱使用，然而，滇军进店，不由分说，要照票面流通，买了三四角的东西，硬要店主以宽面小板（五角）和银毫补足，既得物资，吃了东西，还赚了现金，开店者家家叫苦，而吴翰钦，销面大，品种多，亏损过半。一天滇军进店，他说无零钱找补，被扯去财政厅审理，关了五个钟头，才开始讯问，在威吓之余，只得自己认罚，遭到严重损失，因此歇业，最后，无法迁入北门现址，赋闲家居，唯恐坐吃山空，力谋出路。

▷ 吃汤圆

吴翰钦子女众多，光教育费已经够受，长子伯阶，刚与李树华结婚，耗资两三百银圆。眼看两手空空，开锅困难，老两口计议协商，暂时开个"油炸汤圆"铺，顺便卖水煮汤圆，铺面当街，家里又有现成的石磨，缸缸罐罐，碗盏盘碟，只要买百把斤大米，三四十斤粳米，以及汤圆心子的原料，人手齐全，全家参加劳动，做出来卖得脱继续做，卖不脱自家吃，也可充饥。因为凌氏纯系家庭妇女，对厨师的红、白两案颇为拿手，每年元宵节，做出来的汤圆，技艺精湛，风味独特，子女们都同声赞成，不妨试试。次子吴国斌中学毕业，写一手好字，后来在贵阳平民通讯社当记者，写了几张所谓"宣传广告"，贴于当街处，以广招徕，在全家的共同协作下，买的买，选的选，淘的淘，推的推，浸的浸……

开张那天，准备停当，门口贴上红纸写的"开张大吉"四个字，爆竹声声喜气洋洋，客人临门，顾客一看，地方宽阔，桌椅洁净，清爽宜人，坐下不久，端上汤圆，水煮汤圆，白嫩光亮，漂浮在小口青瓷花碗内，配上小汤匙，精美的食品，盛在精致的器皿中，让人看在眼里，端在手中，吃在口里，自然产生一种"其食配美器"的感觉。心里满足感，升华到一种"美的享受"，客人们有兴而来，微笑而出，都道"物美价廉"。不到下午就一售而光，而吴国斌的"汤圆售完，明早请早"的字条早已贴在门首。这样，吴翰钦尝到了甜头，老伴高兴，儿女的劲头更大。

从此，食客每天有增无减，吴翰钦从百斤增至一百五十斤、二百斤、三百斤的原料，收入也相应的增多，特别是油炸汤圆，适合大家的口味，吃大烟者更为喜欢，达官巨贾更是不少，从白天到深夜都不让顾客失望，虽然比水煮汤圆要稍贵点，客人们感到风味别致，吃味香嫩，物美价廉，颇富营养。不到两年，吴翰钦已成小康之家，生活就慢慢地好起来。吴翰钦对绸缎的经营是行家，看到家庭生意已打下了牢固的基础，且大有奔头，乃应"怡和昌"绸缎店之邀请，承担了该店的外座经理，始责成长子吴伯阶、儿媳李树华，在母亲凌氏的配合与指点下，负起全店生产与经营之责，儿媳并没有辜负父亲之意兢兢业业，精益求精，把店搞得越来越活，生意越来越好，取得了较好的经济和社会效益。

当时，在贵阳经营汤圆的不算少，也有挑在街上，沿途叫卖的，唯独吴家汤圆，受人喜欢，除卖坐堂之外，还有去端出堂的，真是长久不衰，主要在使用原料上，无论主料、配料、调料，都非常注意新鲜色美，如大米、粳米都必须颗粒大而色白，就是所谓"上等米"，大米按百分之七八十，粳米按百分之二三十的比例，选去渣质，淘洗干净，先将大米浸泡一小时后，再泡粳米，在一定的时间内，舀米带水一瓢一瓢地上磨推成细浆，用白布口袋盛装，或吊而干，或压而干，然后注意技术上之运用，荤素兼备，香甜制配，干湿相宜，营养丰富。又如搭配汤圆心子之制配之工艺，有火腿、玫瑰、洗沙、猪油、白糖、桔饼、瓜片、五仁（核桃仁、葵花仁、瓜子仁、花生仁、枣仁），将这些食品配制成馅（汤圆心子），搭配上如何适度，她都有一般的规定；造型上，一律圆形，不能瘪，更不能奇形怪状，让人看去鲜嫩、美观、香甜可口。谚云："火候到，百味香。"人们都知道"牛打滚"，离不开黄豆粉（炒熟黄豆而磨成粉末）看去鲜黄细嫩，富于营养，油炸汤圆，必须玫瑰之调合：包好成汤圆后，放入热油（用菜油）锅内炸制，呈金黄色，不管你翻来翻去，汤圆总是圆形，捞出来即可食用，但仍是圆形，毫无走样的情况，吃起来香甜可口，里层雪白，外脆里糯，馅心香甜，风味独特。

《北门桥前的"吴家汤圆"》

❖ 李祥泰：甜蜜的恋爱豆腐果

提起贵阳的"恋爱豆腐果"，可以说凡上了点年纪的老贵阳人，那是无人不知，无人不晓。那么，它是怎样从原名"臭豆腐果"演变为"恋爱豆腐果"的呢？这其中的演变情节恐怕就很少有人说得清楚和道得明白了，如要知这个故事的来龙去脉，就必须从抗日战争说起。

在抗日战争时期，贵阳成为了抗战后方重镇，人口猛增，房屋接踵而立，士农工商兴起，呈现出一片太平景向。特别是喷水池到大十字周围一带更加热闹非凡。当时的纱布业、绸缎业、百货业等许多大店铺多集中于大十字附近。故而，大十字在贵阳的地位，就像北京的王府井、上海的南京路、重庆的解放碑一样，贵阳人老幼皆知，无人不晓。

单说在1939年2月4日这天早上，贵阳是晴天朗朗，人们一大早起来仍和往常一样忙碌于生意场上的事。可谁也没有料到，约到上午10点许，天空中突然出现密密麻麻的机群，当人们还没回过神来的瞬间，无数颗炸弹就从天上掉下来了，顷刻间，贵阳的商业中心大十字就变成了一片火海，化为灰烬。哀号声、呼救声，响成一片，只见街头地面有许多人被炸得血肉模糊，面目全非，其凄凉惨状，真令人目不忍睹！

这次小日本共出动了18架飞机对贵阳进行狂轰滥炸，共炸毁街道70多条，烧毁店铺民房几万间，上千人被炸死，几万人家破人亡，无家可归。这就是历史上的"二四"轰炸。虽然事已过去70多个年头，但提起日本的侵略罪行，人们还是切齿而恨，自此之后，躲警报就成了当时老百姓的头等大事了。

当时，人们只要耳边听到警报笛声一响，眼看东山顶上的红灯笼往空中一升，大家就急于奔命地跑出红边门外的彭家桥去躲避。因为这里周围的山坡上到处都长满着郁郁葱葱的丛林，这里敌机不易发现，躲起来较为安全。可是，躲警报并不是一时半会的事，少则半天，多则要五六个小时以上，如果肚中饥饿的话，还可到桥边去品尝小有名气的张家"臭豆腐果"。

这家臭豆腐果小店坐南朝北，正好开在彭家桥不远处的大路旁边，四周土墙，茅草盖顶；屋前栽有一排遮阴常青树，四周种植了幽香的野兰，屋后有溪水流淌，房前院坝打扫得干净亮堂，乍一看，硬是有一股田园风光的味道。

小店主人姓张名华锋，中等身材，体格健壮，年纪约摸三十挨边的样子。

小店的老板娘，姓贾名桂香，品貌端庄，她性格直率豪爽，处事落落大方。

当时躲警报的人们，为什么非要来吃他家烤的臭豆腐果呢？那是因为他家的豆腐果个头大，味道正，口感好，不管你吃与不吃，只要走进店中，贾桂香都会把一杯热茶笑眯眯地送到你的手上。再加上张家豆腐果确实与众不同，独具特色，硬是好吃。

为此，哪怕是等的时间再长，大家还是耐着性子去等待。于是，为了打发时间和等着吃臭豆腐果，人们就天南地北地谈开了。

年迈人谈儿女尽孝，妇女们谈柴米锅灶，当家人谈酱醋油盐，生意人谈经商之道。除此之外，剩下的年轻人那就只有谈恋爱了。

你还别说，就是在当时的那个战乱年代，那个极为特殊的时刻，有许多青年男女在躲警报等着吃豆腐果的这个时间里还真找到了自己称心如意的终身伴侣，而结婚生子了，并且生下来的还全都是男娃娃，你们说这件事稀奇不稀奇，古怪不古怪？之后，就一传十、十传百，消息一下子就传开了。于是，聪明的人们就把张家卖的臭豆腐果重新取了一个富有传奇色彩的雅号，他们就把臭豆腐果前面的"臭"字去掉，然后再加上"恋爱"两个字，美其名曰"恋爱豆腐果"。

"恋爱豆腐果"之名就传遍筑城，成为那段时期中，贵阳人摆谈得最多的热门话题及街头巷尾的传奇佳话。

从此"恋爱豆腐果"之名就不胫而走，它不仅名噪筑城，并以迅雷不及掩耳之势，很快就传播到省内各地。

当时，无论是上流社会，或是百姓大众，大家都异口同声说："恋爱豆腐果"这个名字不但取得好，而且取得妙。

说它好，好就好在这个名字取得"真实贴切"，有亲切甜蜜之感。

说它妙，妙就妙在这个名字在富有浪漫传奇色彩中，又蕴含着"雅俗共赏"的文化品位。这种评价与表达的方式正是我市的地方小吃文化的奥妙所在。

从清末民初以来，出现筑城的品牌小吃中绝不就是"恋爱豆腐果"一家，除"雷圆子""苏肠旺""宋糕粑""吴汤圆"外，还有老不管的"鸭腿面"、广寒宫的"破酥包"、狗不理的"肉包子"、大江苏的"一品包"、贯珠桥的"珍珠汤圆"等，都是贵阳较有名气的特色小吃，并且人们还把它编成了一段顺口溜在社会广为流传：

豆腐圆子肠旺面，荷叶糍粑糕粑店。

一品大包刷把头，杳臊馄饨太师伴。

吴家汤圆金羊尾，富油莲米银汤酽。

《富有传奇色彩的"恋爱豆腐果"》

❖ 李祥泰：觉园吃素斋，半似神仙半凡尘

要在几百万人口的贵阳寻找真正佛门弟子烹饪的素餐确实不易。佛门素餐在筑城的西北面只有黔灵山上的弘福寺，但要登上数百级石阶，体弱者大多望而却步。在市中心便只有唯一的一家——觉园素斋饭店。它位于贵阳富水北路中段，交通较为方便，去觉园品素斋是喜爱素食者最佳的选择之地。

觉园古庙占地不大，但楼宇高峙，更显古朴典雅。但为什么这座古庙叫觉园呢？顾名思义就是觉悟圆满人生之园地。

觉园地处闹市，而得一清静所在，众多佛门弟子、居士经常来此修学听经，络绎不绝，香火兴旺，梵音不断，是贵阳市佛教活动的主要场所之一。

觉园的人雄宝殿内有从缅甸请来的释迦玉佛像、观音慈像和弥勒玉佛像。佛像雕刻精湛，栩栩如生。殿内还藏有台湾佛陀教会赠送的《新修大正藏》经一部。这座始建于清同治年间（1862—1874），原名"长生庵"的寺庙曾在1937年因火灾化为灰烬，直到1945年才得到重新修复。由于年久失修，寺庙破旧不堪……

觉园的素斋由来已久，其出售的豆花饭早已驰名遐迩，誉满筑城。觉园素斋价廉可口，自己磨制的豆花鲜嫩雪白，再配上棕红的蘸水，便使人食欲大增。觉园为满足不同食客的需要，还配有许多其他的菜肴，而这些菜肴所取的名又都与荤菜同名，这些明荤暗素的主要特点是"形似""色

似"而吃在口中却又不是。如"干煸鳝丝"这道菜，端上桌来，其形其色让人真假难辨，直到举箸品尝以后，方知原来是豆腐丝所做的；又如"火腿""肥肠"等荤名素菜，也是形色相似，但吃在口中却更显出别有一番滋味。

觉园的素菜名称品牌多样，有"群兔聚会""目鱼孔雀""银河捧星"等，其不仅取名高雅，而更具功夫之深。凡到觉园去品尝过素斋的顾客，莫不称赞这里的素斋厨师的聪明与智慧。当你在品尝着素斋的同时，耳边还不时传来诵经声、木鱼声、钟鼓声，顿时使你产生一种半似神仙半凡尘之感。

《觉园古庙与素斋》

❖ 姚钟伍：阳朗辣子鸡，吃一口便忘记不了

在息烽，不能不吃的就是息烽阳朗辣子鸡，对于嗜辣的人来说，阳朗辣子鸡的辣没有让人涕泪横流的猛辣，也不是仅见几片鲜红轻描淡写的微辣，那是吃过之后还留于唇齿之间回味无穷的香辣。

吃饭的时候，来到临近息烽集中营的阳朗街上，辣椒、葱、蒜、姜烹制出来的味道飘满街道，临街的铺面几乎家家都以阳朗辣子鸡为主菜，吸引着过往的客人，真不知在哪家落脚，问起当地的老人，才知道黄南武和半边街叶老大家的辣子鸡是最正宗的，两家辣子鸡各有各的风味。

既然是慕名而来，当然要尝尝最正宗的，在阳朗街上，大字招牌的黄南武辣子鸡是最好找的。

刚进店，香味传来，让人食指大动。店里操刀的师傅告诉我，阳朗辣子鸡最关键的是选好鸡和辣椒。鸡首选息烽农家放养的土公鸡，这种鸡个头较大，公鸡可长到八斤以上，鸡爪、鸡毛和鸡冠都是金黄色的，故当地人称为"三黄鸡"；辣椒嘛，要选贵州的"朝天椒"，只是"朝天椒"又太

辣，还要加上色泽红润的大辣椒调和在一起，才可以配制出又香又辣的味道。师傅让我们自己在鸡笼里选好一只鸡冠肥厚、浑身金黄、黑色脚杆的公鸡，这叫作"点杀"，现杀现做现吃，才是最新鲜的乡野吃法。

师傅动作麻利地将混合的辣椒在锅中炒制成略带金黄的糍粑辣椒，菜油烧至七成热，这时师傅强调，一定要用息烽本地榨出的菜油。不一会儿用清水码芡的带骨鸡块就进锅了，过油翻炒，顿时厨房里烟火升腾，锅瓢碗盏之声叮咚，再捞起放入高压锅，一道道工序熟练、流畅，烹饪的师傅简直像是乐队中架子鼓的鼓手，整个厨房流淌的是喷香的乐章。根据鸡的老嫩，要在高压锅里焖5—10分钟，把焖好的鸡肉和鸡杂，佐以豆瓣酱、姜、葱、味精、盐，再加上已经制好的糍粑辣椒混炒在一起，香味从盖好的锅沿边慢慢飘散开来。阳朗辣子鸡很讲究品相，整个过程不放酱油，这样炒好的鸡：红亮亮的是浸透辣椒的鸡油，黄澄澄的是鸡肉，绿油油的是葱节，白生生的是蒜头，黑晶晶的是花椒粒，"红黄绿白黑"五色俱全，一看就让人有尝一口的欲望。

端上桌的辣子鸡用铜盆装着，满满一盆，这架势绝不亚于新疆的大盘鸡。赶紧夹一筷子入口，鸡肉鲜嫩，辣度适中，糯悠悠的，与寻常炒制的辣子鸡果然不同。铜盆里还有一个个圆白的东西，与红亮的鸡块，暗绿的葱节、蒜苗融合在一起，味色俱全。夹起一个尝尝，原来是整个的大蒜，经过烹制，去除了新鲜蒜味的辛辣，入口即化，别有一番滋味，难怪有美食家说，别光说辣子鸡好吃，其实这锅里最美味的就是那一口蒜。

不一会儿，整盆的鸡肉就去了大半，嘴角都染上了辣椒的颜色，满口留香。这时候，还可以叫来端茶送水的小妹，让她在锅下点起火，加上从地里现摘的绿色蔬菜，几筷子入口，就解了满腹的油腻。

《息烽阳朗辣子鸡：口舌间的美味》

第七辑

行商坐贾·
不懂生意经买卖做不通

❖ **姚钟伍：**山灵水秀香纸沟

香纸沟顾名思义，是一个造纸的所在。但是这里造的纸，不能书写、画画，是用来祭祀的纸钱。沟内一间间寻常木屋是全省乃至全国保存下来的为数不多的造纸坊……

水车就是古法造纸的工具。"过去这沟里的人家都是在钱纸上找生活的，这就是我们的看家本事。"老人们说，当年这一带的产纸大户，出一窑纸就有七八千斤。

▷　水车

香纸沟盛产竹子，微风吹过，沙沙作响，这是造纸的必备条件。山上生长着一种特殊的草，也是造纸的原料，不过竹子的产量大，草的产量低，所以香纸沟的造纸人家都在自家的山林地里种上成片成片的竹子，无论寒暑，这里山野沟壑中摇曳的翠竹就像是摆渡灵魂的筏子，从尘世到桃源。

香纸沟的水车碾坊与别处不同，周边要挖出几米见方的大坑，坑底装一口大铁锅，再从外掏一个大洞直达铁锅底部。造纸先要砍竹，再把堆积如山的竹枝捶破，装入大坑放上石灰，淹上水泡一个月，再在铁锅底部烧柴，煮一个月，洗去石灰，晒干，用石碾碾碎，装在特制的筛子里，加水筛过，揭起来就是钱纸的雏形了，再挤压晒干，才可以得到一张纸。时间抓得紧，造纸的人家两个多月可以出一窑纸，一年能出个两窑就是鼎盛的了，过去香纸沟出产的钱纸远近闻名，安顺、平坝、惠水都来买。那时沟里还没有汽车，就用马驮到大路上，再找车运出去。

来自山上的条条溪水汇成了香纸沟常年的绿意潺潺，龙井湾、锅底箐每一条深邃的沟壑都养育着一代又一代的造纸人家。他们的田土在沟边，山林在沟上，这里的山水有着特殊的神韵，也充满了传奇的故事。

香纸沟土生土长的布依人，对于沟中的旧日往事都能说出个一二：过去，香纸沟山高林深，老虎、豹子、野牛、山羊、野猪、蛇都有。以前外面的猎人常常扛着猎枪来，在沟里随便就可以打到几头猎物。他们有时几个人，有时一人来，小孩子觉得他们英雄得很，喜欢跟在他们屁股后面跑。有一次，一个猎人来准备玩个一两天就走的，结果在沟里先用枪打，然后用夹子夹了一头五六十斤的老虎去。老虎肉好吃，炒起来不会蚀，一斤就一小块。

新中国成立前，香纸沟的富裕人家靠着香纸沟浓密的山林，出产的铁矿石，成了当地有名的大户。那时的大户人家有几十个帮工，12张"碓"舂的米都不够吃。前些年，在香纸沟内的龙井湾还挖出了几张这样的"碓"，几个人都抬不动。

有水的地方就有灵气，香纸沟的一方灵气造就了这里淡定的韵味和布依人的纯和秉性。

《香纸沟的渺远记忆》

❖ **王 伦：**幡花纸扎，活灵活现

彩扎业，也叫"幡花业"。这一民间艺术，发源于封建迷信活动中。在旧时代，敬神、打醮和做道场等的场面，都有这类手工工艺品出现。其后发展及于装潢和娱乐中。从事这一行业的人，统称为"幡花匠"。他们原先一无店铺，二无资金，全凭着一把篾刀，一把锯子，一把剪刀，通过他们灵巧的双手，扎出了千姿百态、引人入胜的人物、鸟兽、神鬼、花木和山水的形象，供人们的玩耍和应用。而幡花匠亦借此技能取得了一定的报酬，勉强用以维持一家人的生计。

贵阳之有彩扎业，时间不易考证，但到了20世纪初，已有许多人家从事这一行业。其中以陈荣昌一家为最著，他死后其子陈锡文又继之。

陈荣昌彩扎店建于1928年，经营的范围较为广泛，其中有迷信用品、寿堂装饰、风筝玩具以及演戏道具等美术工艺品。

迷信用品之类的彩扎品，是在"祭神如神在"的迷信思想支配下，那些富有人家死了人，在入殓、吊孝和出殡时，为显示其富有，讲排场，彩扎一些死者生前所用过的东西以作吊唁。如毛光翔为追吊周西城之死，就找陈荣昌号扎糊了"马弁"（卫兵）、大洋房、小汽车和许多灯彩，放在周的灵堂前。普通人家也有扎些纸人、纸马、冥箱、冥衣等以祭奠死者的。

如遇一年一度的街坊打清醮，陈荣昌店就要接受扎灯彩、牌坊、神鬼像及行香时"玩春"用的传说中的"刘全献瓜""唐僧取经"等以凑热闹。如遇旱年，人们要敬神求雨，就要彩扎"水龙"以供求雨者泼水之用。

装饰娱乐用品之类的彩扎品，是有季节性的。每年春节，人们要玩龙灯，耍狮子，跳花灯，陈家就要接受制造各种彩灯、彩船、蚌精以及各种人物头像，供人们娱乐之用。

▷ 民国时期出殡时用的纸扎汽车

每年到了放风筝季节，特别为了满足少年儿童的需要，扎糊许多不同品种、着色漂亮的风筝，陈家做的风筝，飞得高、放得稳，形象逼真。老鹰像真的在天空飞翔，燕子像在碧云里戏逐，在市面供应，很受儿童欢迎。

有一年，毛光翔为其母做七十寿辰，家内外扎上各种灯笼、彩牌坊、各种人物形象，如"老莱娱亲""王祥卧冰""武松打虎"，以及中堂案上陈列着的"麻姑上寿""老寿星"等许多精致彩扎。

不论是迷信用品或装饰娱乐用品，所扎的人物、禽兽、鬼神像及各种用具，各有不同姿态和风趣，形象惟妙惟肖，栩栩如生。但在旧社会，民间艺人这种精巧的艺术作品，只能供达官贵人和封建迷信活动使用，从事这一行业的艺人，劳动所得还不能养家活口，这一种民间艺术，几乎被摧残无遗了。

他们还生产演戏道具之类的用品。旧社会的戏班子，往往财力不足，业务不发达，多数添制服装道具有困难，为了生存，只好求助于彩扎业的巧匠了。陈荣昌店承制过不少舞台上用的盔头、须发、刀枪剑戟等道具。例如精巧的"凤冠"和关云长用的"青龙偃月刀"，吕布用的"方天戟"等，既轻便又结实，远远看去冠帽光彩夺目，武器寒光闪闪，冷风飕飕，赛似真品。

《贵阳彩扎业点滴》

❖ 熊寿宁、王茂云：上海时装公司

1944年至1952年，贵阳中华中路36号（即现在的新新服装厂所在地）开设了一家"上海时装公司"。业主蔡健安系上海人，原是南京"天宝成绸缎店"员工，因深得老板赏识，娶了老板的义女，又得老板支助一笔资金在重庆开设了"上海青年呢绒服装店"。由于经营得法，发展较快，蔡健安便将该店交给二哥经营，于1944年来到贵阳，租得中华中路36号刘姓房屋，开设"上海时装公司"。

当时的贵阳，比较闭塞，又受战乱影响，商业萧条，没有一家像样的时装店，蔡健安苦心经营上海时装公司，以质量取胜，以信义求存，终于获得较大发展。短短几年中，资产达到100多万元（以现价计算），淡季雇工10人左右，旺季达20人左右，月产值达1.2万元大洋。并引进先进的时装缝纫技术，对贵阳市的服装业生产发展起到了积极的推动作用。总结其经营管理经验，有三点可供借鉴。

首先，上海时装公司重视引进先进技术人才。从服装裁剪缝纫技术比较先进的重庆市聘请了王茂云、徐梦福、犹玉清三位师傅，由他们负责招考培训工人、接洽业务、组织生产，分别任领班，有用人权，每人月薪大洋200元，年终还发给红利奖。三位领班由于得到充分信任，有职有权，报酬丰厚，尽心尽力，发挥聪明才智，使公司站稳脚跟，产品很快打开销路。

其次，注重市场信息，研究时装新潮流。用以指导生产。当时的重庆是陪都、是抗日战争的大后方。秦健安以信誉取得重庆毛纺织厂的信任，为该厂代销、经销毛纺织品。要求厂方在寄新面料样品时附带寄新时装样品，以作参考。又向上海章华毛纺厂联系，请厂方随时寄新面料样品。同时，在贵阳只要看到有人穿新式服装，便赶紧做出来挂在橱窗内，任顾客选购和订货。有一位太太穿一件很时髦的海虎绒大衣，配一个别致的暖手袋，很好看。公司立即依样做出样品出售，吸引了不少顾客，每做一件时装的加工费可买一两黄金。

▷ 民国时期身穿摩登服装的女子

注重时装的裁剪缝纫质量，让顾客满意，是"上海时装公司"经营管理中的重要一环。缝纫技工分为上装师傅和下装师傅。上装师傅选拔技术水平较高的人担任，待遇也比下装师傅好得多。对发生过多次质量问题的技工，便辞退不用。顾客定做的服装，如顾客不满意，公司立即退款、或重做。高档一点的时装，一段采用两道工序做。第一道工序是将班长裁好的衣料，先用手工缝好，上好衣领肩一只袖子，用线钉安好衬子，钉好袋样，约顾客来试穿，合适后再用缝纫机做。第二道工序是将衣服做好，但仍留下扣子领子里子不缝，再约顾客来试穿，待顾客满意后才正式完工。这样做出的服装，穿起来合身舒适，很受顾客欢迎。

做上装需衬的法西衬、黑炭衬、马尾衬、牵条布等，做前必须用温水浸泡，干燥后方可用来衬上装。这样做出来的上装美观，穿起来不会变形，所以顾客盈门。做一件衣服淡季一个月取货，旺季要三个月才能取货，加工费和服装面料费一样昂贵。尽管如此，顾客也非常满意。

《上海时装公司》

❖ 厉永刚、邱松年：亨得利在贵阳

"亨得利"初创于上海，由浙江人应启霖、庄鸿皋、王行龙等人集资兴办，总行设在上海南京路，分行遍布全国各大埠。至抗日战争后期，全国各大城市设有亨得利门市部亨得利分行70多家。

▷ 亨得利钟表店

亨得利钟表眼镜行的招牌，是由国民党元老、著名书法家于右任书写的，全国各地亨得利招牌都统一字体。凡亨得利出售的钟表眼镜实行全国联保，凭优待券免费保修。优待券背面印有各地亨得利分行地址，在挂表上的亨得利店名系瑞士定制。

抗战前，贵阳尚未开设亨得利钟表眼镜行。1939年3月，江西南昌沦陷后，亨得利南昌分行无法生存，经理杨世康、协理庄子文乃带领30人辗

转来到贵阳。经多方营谋，在贵阳中华南路299号找到店堂，重新开业，专营钟表、眼镜，兼营唱机、唱片、钢笔，附设修理部。当时，亨得利除经营从南昌带来的1万只手表外，还从"洋行"批进瑞士手表，有时也走私。销售对象多系工商界人士，也有公教人员。一般购买中、低档手表的较多，而能购置高档手表的，多为军、警部门官员。营业额虽然随物价波动时高时低，但由于实行全国联保修理，仍有盈余。

贵阳解放前夕，亨得利职工人心浮动，对前途忧虑重重，有的要求回家，有的要求出去开小店。经理杨世康一方面积极做安定工作，另一方面对要求回家和出去单独开店的人员分别发给安置费，使其各得其所。留下约八九人，继续从事亨得利钟表眼镜行的经营。

亨得利由江西南昌迁来贵阳后，克服重重困难，业务得到巩固和发展，在经营管理上有一定特色。管理人员比较开明。经理杨世康是学徒出身，先是在上海当学徒，后到北京亨得利钟表行任门市部主任，以后又到山西太原、江西九江、南昌亨得利钟表行任经理，对人厚道，关心、体谅店员，同甘共苦，因而受人尊敬。一般学徒三年，先练习写字，学打算盘，给师傅打杂，当辅工，观察师傅如何经营、如何应酬待客、开票发货。徒弟、伙计上柜台，经理总是在一旁观看，也要求师傅们给予指点。他对学徒、店员中脱颖而出的人才大胆重用，安排当门市部主任或派到外地亨得利支行任经理或副经理。对社会上的同行人才，不惜重金聘用。他不拘一格使用人才，促进了企业的发展。经营方法灵活。亨得利到贵阳之初，由于资金不多，加之货币贬值，物价时常波动，采取集股和滚雪球的办法积累资金，发展业务。经营上，先赊销，后陆续收款，货出售后及时补进，还采取用黄金、美钞、大洋折价补差，以物易物的灵活方式促销。这样，既方便了顾客，又促进了业务的开展。先后在中华中路31号（现大十字钟表跟镜商店地址）及中华北路增设第二、第三门市部，还在遵义、安顺、毕节、都匀等地设立了分店。有明确的分工和严格的制度。店设经理、副经理、门市部主任、分行经、副理，还有会计、出纳、账房保管。门市部和眼镜打磨车间有师傅、徒弟、店员。制度上，一是严格账房和财务制度，每进一批货先由会计按品种记账，有专人保管，并分发门市部，按同一品种将表装在6个方格盒子里。每售出一块表消一格，每天结账一次，方格消完了，就说明6块表卖完了，无法作弊。各门市部和设在外地的分行建立资产负债表、损益计算书，一年报告一次，做到经营业务心中有数。

严把进货关，严格检查、验收，不合格的一律退还。凡摆上柜台的商品，做到货真价实。重视服务态度。亨得利对店员的服务态度十分重视，要求严格。例如顾客上门立即起迎。顾客一入店堂，学徒上前招呼就座、倒茶、送烟，介绍商品，帮助挑选，百问不烦，百选不厌，想方设法把货卖出去。即使几经挑选后仍不成交，也一样和气送客。特别规定不得与顾客顶嘴，发生争执。店员们都特别小心，苦心钻研业务，唯恐受罚或开除，那时当伙计、学徒、店员，吃苦能干，商品一到，大家一起动手卸货。有些货物拆包后，把本店的货留下，其余按清单缝包转寄昆明等店。店里还开发邮购业务，选货、包装、邮寄都十分及时和认真。大家劳累忙碌而辛苦，却无怨言。年终发奖金时，则根据各人表现，分别对待，十分公平合理，大家口服心服。

《亨得利贵阳钟表眼镜行》

❖ 陈　顺：挑货郎，背杠炭下贵阳

乡村没有商业，但是乡下人家却离不开商品，他们日常生活所需的针头线脑或是油盐酱醋，在"自给"程度颇高而购买能力极低的历史纵深里，曾经依靠着自己的双肩与双脚，依靠着走村串寨的货郎的双肩与双脚，维系了许多许多年。本文并不试图叙述一个情节完整的故事，只试着从逐渐远去的依稀历史轨辙中捡拾一些能够反映或干预乡村"商业"变迁的要素，连缀成一组浮光掠影的画面。从省城一路往西，过了清镇、卫城，再走二十来公里，便可到达暗流、木刻一带。这一带，便是本文内容所涵盖的乡村了。

▷ 挑货郎

挑着日常生活用品走村串寨的货郎，在20世纪的上半期，即开头的五十年之内，是没有的。1912年之前的清朝统治时期是这样，1912年之后的民国统治时期也没有明显的改观。从当年的整个国情、省情、县情、乡情来看，很难找得到一处安宁的世外桃源供人们安居乐业，到处兵荒马乱，到处民不聊生。世道不靖，纵然城里商品琳琅满目，又有谁敢于拿自己的身家性命开玩笑，尝试挑着商品（百货）往乡村去流通呢？民生凋敝，乡村的购买力约等于零，谁又肯做亏本的买卖呢？那时也有乡场，最多的时候整个清镇有十几个，然而，为了安全起见，不到万不得已，是没有人愿意去赶集的。乡村人家努力满足于自给自足，以最低的生活标准经营着惨淡的人生。民以食为天，就吃的角度讲，当年的乡村人家，从最初的播种，到田间的管理，到粮食的加工，包括最后做成饭食，除了铁制农具和盐巴，是没有额外的要求的。穿的方面，由于不产棉花，懂得纺纱织布的人也很少。乡村人家自然离不开对布匹的需求，当然，多数情况下，所需的无非是那些聊以蔽体的"粗布"。

简单原始的生活状态注定乡村人家对"货币"的陌生，除了后来被划成地主或富农的极少数富庶之家，很多人只停留在看见过"袁大头"或"孙大洋"的层面上，从来没有真正拥有过。

布匹、盐巴、铁器，没法自力更生，但乡村人家同样须臾离不得。没有购买力，怎样获得它们呢？曾经种了多年的鸦片，因为其巨大的危害性而被当时的民国政府多次禁止，但有禁不止，乡民大量偷种，而民国政府倡导和扶持的栽桑养蚕之类措施，惠及边远乡村的实在太少太少。

"上云南，下四川。""上毕节，下贵阳。"这是当年流行于乡村的两句口头禅，也是当年的乡村人家外出闯荡的基本路线。除非为了躲避祸患，乡村人家一般是不轻易出省的；单说下贵阳，也不是人人都可以去。强壮的体格和坚强的毅力，是当年"下贵阳"的乡村人必备的"资本"，因为非但无车辆可坐，无骡马可骑，甚至连空手出发都是不可能的——悠闲的出行换不回生产与生活的必需品。

跟地主家协商好分成比例，然后上山砍伐上好的木材，细心烧制成上好的木炭（以青杠树烧制的为最佳，但未必全都是青杠树所烧制，不过，乡村人家一律统称"杠炭"），再经过精挑细选，然后三五成群相约，每人一二百斤的重负背上身，共同沿着崎岖难行的羊肠小径向着省城贵阳艰难进发。一路上走走歇歇，花上两三天时间到达目的地，这就是"背杠炭下贵阳"最早的乡村"出典"，意谓经得起磨难，也含有夸耀体魄的意思。除了家庭的男主角，老弱妇孺其余人等是没有"下贵阳"的机会的。从出门到返家，来回花五六天甚至七八天都是常事，这段时间，"下贵阳"者跟家中人完全处于一种音信不通的隔绝状态，他们家中人的惴惴不安、倚门悬望的个中滋味，今人已经无法准确体味。

由于"下贵阳"者背负的东西值不了多少钱，一般不会引起土匪的兴趣；他们强壮的体魄和结伴而行的策略，也让临时的见财起意者不敢随便起"歪心"。由于有这些作为保障，纵然在那兵荒马乱的年头，"背杠炭下贵阳"者能够安然而归，仍可算作一种侥幸之中的常态。

随着出门者的平安返回，盐巴有了，铁器有了，布匹也有了，其他一些零碎而重要的东西，偶尔也会有。算不上满载而归，乡村人家黯淡的日子，毕竟因为家中主要劳动力的"背杠炭下贵阳"，而稍微增添了一丝光芒有限的亮色。

那年月，乡村没有商业，乡村也没有商品，有的只是古稀老人对他们的前辈"背杠炭下贵阳"的零星记忆。

《货郎肩头，乡村的"商业记忆"》

❖ 许邦华：许悦来商号，收徒要求高

许悦来商号创办人许子咸，是我祖父，原住黄平重安江，务农为业，迁贵阳后，靠挖煤维持一家三口生活。祖父为人诚朴。挖煤稍有盈余后，改售叶子烟，后又做卖布小贩，走街串巷，又稍有积蓄后，在寿福寺（现川剧院前）门前摆一布摊。不几年，积蓄较厚，在贯珠桥口开了一个小商店，取名"许悦来"。营业愈渐发达，又在三牌坊（现棉花街口）开了一个规模较大的"许悦来"分号，并修建了四进住房及货房。祖父刚逝世，即遭火灾，烧毁了前二进房屋。商号在武汉购进的大批布匹及棉纱，尚未运到，故得以保全大部分资金。商号在三伯杏堂、四伯礼宗精心照料下，重整旗鼓，修了一个双合铺的大铺面，并请曾为颐和园题园名的严寅亮先生为许悦来商号写了招牌，由此生意兴隆，店声愈著。祖父以经营布料为主，绸缎、丝绸作为次要商品。当时的葛仙布、洋罗布、黄州布，以及黄鹤楼牌的棉纱，都是很好销的，所以业务蒸蒸日上。当时的各种布匹、棉纱，大多来自湖北，为进货方便，"许悦来"在汉口设了一个坐号，由礼宗四伯主持，在湖南洪江设一个转运坐号，派商号中有经验者负责。因此，货源有了保证，而当时能在外地设坐号的商家并不多。

▷ 民国时期的商店

　　"许悦来"商号的柜台两边，摆了几个漆得发亮的方凳，以便接待顾客，学徒对待顾客，态度十分和蔼，站在柜台中接待，倘如学徒对待顾客失礼，就会被辞退。学徒大都来自亲友的介绍。许悦来当时已是声誉较高的大字号，故来店之学徒要求也很高。记得当时学徒中有平应生，就是平刚老伯之了。学徒们来商店后，必须尊师爱友，学好珠算，下班后还要学习书法，三年期满，才有工资；未满师者，年终可得三五元奖金。满师后每月工资三元，管账先生月薪五元。他们对师傅都极尊敬，师傅进出，都起立迎送。他们从未发生过争吵，也没有听说有谁赌博。有的满师出去后都有所发展，如陈农卿出去后，开了个"天德生"号，文琴生出去开了个"西南烟庄"，徐登培、罗新黔等到别家商号当了管账先生。祖父发迹后，十分重视子女的教育，曾延聘外祖父老举人顾柏香为家庭教师。父辈在外祖父的谆谆教导下，大伯父许萌宗中了举，三伯父许杏堂考取了贡生。先父许济苍学业虽优，但痛恨满清腐败，不愿走仕途功名之路，剪了辫子去日本留学，在东京经平刚老伯介绍，加入同盟会，归国后与留日同学薛勋石等开了一家"日新工厂"和服装缝纫班，同时又与平刚老伯创办了乐群学校。

清末民初，军阀混战，兵荒马乱，天灾频仍，民不聊生。祖父睹此情景，心实难忍，乃邀集蔡恒武（或为广）、吴济康、吴仲明、杨锦丞、万静波、陈衣卿、曹俊卿等人集资济贫；雇木工制备简易棺材（俗称"火烧板"）；雇女工缝制棉衣若干件；储备大米数十石；还聘请道家炼纯阳正气丸，熬制医治疮癣的"观音膏"。印制了寒衣条，济腊米条、棺材条，主要领取处在三元宫内的"乐善堂"。凡参与集资作善举的人士，也可分送施给条。每年寒冬，贫苦或孤老无靠者，皆可申请领取寒衣；临近岁末，施放济腊米，无力治病买药的贫苦者，无须申请。乐善堂址就在三元宫左侧的大厅内，河畔还建了一座凉亭，在此制作备作善举之用的各物。每月初一、十五，参加善举人士在此聚会。祖父逝世后，由杏堂三伯父继续此项善举工作。三伯父曾与乐善堂人士共同修整仙人洞、东山等处庙宇，也常对黔灵山给予资助。三伯父还在独狮子口（现醒狮路）曹俊卿开设的三元药庄内施诊，困难者不收药钱。三伯父为了研习医术，无心商业，遂将资产分家，望溪八叔分得寿福寺老铺面，仍用"许悦来"号个人经营。

20世纪30年代末至40年代初，贵阳著名商家除蔡恒泰较早外，尚有群明社、实践社、复德隆等，他们经营的商品花色品种较多。此时已有阴丹士林布、咔叽布、洋袜、皮鞋、毛巾等商品，而全泰永、炳兴隆等商号，还专从上海、广州购各类日用百货，一般称为广货铺。抗日战争爆发后，长江下游一带的大商号、银行，大多内迁重庆、贵阳等地继续开业。他们经营面广，资本雄厚，门面两边安装了大玻璃橱窗，陈列各色时新商品，一片繁荣景象。相形之下，望溪叔经营的许悦来商号渐失其竞争能力。同时，全国掀起了抗日高潮，各地学生组织纠察队到各商家检查日货，望溪叔原进货的部分日货，被纠察队没收，损失极大。至此，这个曾经盛极一时，为贵阳经济的发展做过贡献的老字号"许悦来"商号关闭了。上海国货公司内迁贵阳，寻觅开业地址，发现我家三牌坊"许悦来"铺面宽大，后面院子还可扩充使用，且有三楼，既能贮存货物，还可作宿舍。我当时尚住此处，该公司的单经理前来洽谈，我与三伯父及两位叔父商议后，同意出租，订约以三年为期。国货公司承租后，着手装修，将铺面左右开了两个大玻璃橱窗，陈列各种新百货，还将房后一个院坝（天井）用玻璃盖房顶，扩充了面积，布置各种专柜。国货公司所售货物，都是由上海运来的时兴商品，以及高档毛料，布置极为堂皇。开业那天，悬挂各色彩旗，大放鞭炮。当天所售货物，九折优惠。观赏者、购货者，络绎不绝，堪称盛况空前。那天被幽禁在修文（阳明洞）的张学良将军，由二名随员（实际是看守他的国民党特务）陪同乘小汽车来公司选购生活用品。张将军到公司时，公司全部人员肃然起敬，热烈欢迎。记得那天我也正在公司浏览观看，情景至今难忘。"许悦来"商号虽早在抗日战争期间停止了营业，然而在老一辈贵阳人的心目中，印象却很深刻。

《许悦来商号》

❖ 王成伦：福康颜料店，驰名西南的七彩生意

贵阳福康颜料店，是1938年由江西南昌人梅岭先从南昌"永康福颜料店"疏散来贵阳开设的商店。店址设于中华中路市人民会场对面，主要经营德国爱礼司"靛青"及德国汉堡拨地沙工厂出品的各种颜料，瑞士汽巴洋行"靛青"，英国卜内门洋行的"一品牌"靛青和杂色颜料、纯碱等。品种繁多，各色俱全，加上梅岭先善于经营，业务旺盛。该店除批发商品到省内各县颜料店外，还互通有无于邻近各省，成为驰名西南的颜料商店。

梅岭先在清华大学西洋文学系读书时，曾在校主编《清华联刊》。毕业后校方保送出国深造。但1927年冬他回江西南昌霞山村老家时，其父梅景福以各地梅岭先军阀混战，外强侵略，内忧外患不休为由，不允其出国，并以农工商为立国之本教导他。梅岭先遂遵父命在南昌翘步街开设"永康福颜料店"，代销英国卜内门洋行进口的靛青和纯碱等产品。按洋行划定地区和经销任务，赚取洋行规定的25％的利润。梅以他流利的英语口语受到英商的青睐和信任，颜料来源充足。为拓开销路，在经营上采取了零售为

主、批发为辅和赊销办法，赊给零售商店。以初一、十五为卯期，按卯期货交款25％，年终结算时全部交清货款，否则，停止赊货。这样做的结果，很快赢得当地颜料行业的欢迎，四五年中，盈利达20万银圆。

1937年"七七"事变后，上海沦陷，交通中断，各地物资供应困难。梅岭先为了保全物资，决意将"永康福"全部颜料1000多件，职工20多人向贵阳疏散。他宣布："凡愿随店疏散的，其家属父母兄弟均由店承担生活费用。"因此，职工们高高兴兴地同梅岭先奔向贵阳。于1938年初出发，经汉口、长沙来筑。经江西会馆严积生介绍，顶下张培之经营的杂货店（今龙港大厦所在地）。张培之的徒弟潘德荣，贵阳人，年富力强，被梅岭先看中，聘为跑街先生，负责业务和货物进销。更店名为"福康"，择吉开张。

因初来贵阳的江西店员，不熟悉贵州的语言，在潘德荣的帮助下，跟顾客边谈边做生意，了解地方语言和风俗习惯。对外县少数民族地区如重安江、黄平、贵定、龙里、平塘、安顺、都匀的顾客，服务热情周到，并将染色的方法，详细告诉这些顾客，以致生意日渐有起色。后得同业"源发祥"老板陈兴忠介绍，购获陕西路李端荣先生的故居和合群门外菜园2000多平方米，修建仓库和职工宿舍，命名为"颐园"。

梅父从长沙运来的德国颜料2000多件，清点后存入仓库，设专人管理。长沙沦陷后，其弟梅冠南从邵阳疏散来贵阳，运来瑞士原料1000多件，库存达4000多件。梅岭先以其弟梅冠南为副经理，弟兄同心协力，致使贵阳福康颜料店的业务得到较大发展。

太平洋战争爆发后，外商纷纷撤离上海等沿海口岸，福康所代理的业务中断，货源几临枯竭。梅岭先果断采取以进为主、以销为辅，做到进、销、运三结合，年终结算，以货多为盈，货少为亏。

由于德孚行输入的颜料纯度较高，下染时若掌握不好度，会影响衣物的寿命。梅岭先经过试制，利用一些填充剂和助染剂混合起来，成为纯度较低，适合我国市场需要的"狮马牌"小包装颜料，分1公斤、2公斤、5公斤纸盒或铁盒装，用"福康"商标，行销各地。后又改为袋装，使用方便，价格合理，颇获城乡广大群众喜爱，销售量猛增。

梅岭先通过人际关系，由上海行家越过浙江兰溪运来黑淀粉500件。这些颜料转手快，价值高，与黄金、棉纱、阴丹士林布、龙头细布等一样，既可当硬通货流通，又可囤积居奇，赚大钱。黑淀粉每箱原价黄金一两左右，后来涨至二三两。尤其烧碱涨价更甚，每桶由黄金一两左右涨至六两左右。其他颜料如地字灰、五马大红、麻姑黄、寿星黑等，都成了囤积居奇的俏货。我国上海、天津、重庆虽有国产颜料，但产量少，不能满足国内需要。"福康"存货属西南之冠，各地同行均来函洽购，"福康"都一一应酬，成为西南知名的颜料商店。

《福康颜料店》

❖ 胡先礼：光裕典，享誉贵阳的老当铺

典当业开始有"典"与"当"之分，其区别为"典"的资金可较少，当期为一年；"当"铺的资金较雄厚，当期一般为两年……

光裕典是在清光绪二十七年（1901）由贵阳文家坝（现毓秀路云岩区委所在地一带）的旺族文式如开办的。文式如的先辈，原籍湖南东安县，后定居贵阳。到文式如时，已历七代。在迁黔的180多年中，世代均以商贸为生。只文式如及其胞兄文明钦，才醉心科举，冀图仕进。后来文明钦考中进士，在山西为官，而文式如虽也满腹经纶，却屡试不中，便弃学经商。经向家族中人筹措资金，在成都路创立了独资经营的光裕典。

文式如开始聘请薛明轩为经理兼内柜管事。清末民初时生意经营得顺利，光裕典在同行业中也享有较好声誉。但到民国四五年，因受到唐继尧在贵州发行滇票的影响，遭到严重损失。薛明轩离任后，文式如遂亲自经营，为准备接替人，乃加重原在光裕典工作的长子哲生的责任，以资历练。到了1909年（清宣统元年），又命四子文仿溪辍读，到光裕典跟着文哲生学习经商，借以熟悉业务，以便将来协助文哲生。

文式如和耆老会的组织者之一的郭重光友善，曾加入耆老会。并与任可澄私交颇密。"民九"（1920）事变时，耆老会首领郭重光被杀，文式如的好友熊范舆也在事变中丧命，文全家走避亲友处，直到省城社会秩序恢复，才返筑继续经营光裕典。周西成统治贵州期间，文式如曾被商界选为贵州省商会会长，被聘为省府顾问，对周的建设措施，多所襄赞。

▷ 当铺

　　滇票怎样会使光裕典（实际是使整个贵州人民）受到严重损失呢？原来唐继尧率滇军入黔后，借口军需，先后在贵州强迫发行了三次纸币。共430万银圆票。这些纸票的发行，均无现金或物资的准备，全靠武力强迫人民使用。各业商人慑于其威力，不得不按银圆比值使用。最初滇票在社会上，勉维其与银圆的比值，但后来这种滇币就大跌，竟至一元仅值银圆一两角。光裕典当时付给当户的是银圆或尚未贬值时的滇币，但到当户赎当时，拿来的钱不是银圆而是大大贬了值的滇币。自此，光裕典元气大伤。其他资金力量不及光裕典的，已接连关门好几家。据曾在光裕典工作过的职工说：那时的光裕典，蚀本太多，记得有人拿一副金镯来当，当铺没有钱，由站柜先生好言相劝，请拿到别家去当。因为缺乏资金，只有紧缩营业。就这样一直拖到1928年文式如去世，光裕典的营业仍毫无起色。

文式如逝世后，光裕典就由文哲生负责监理。虽然他也有才华、有经验，但身体不大好，成天为当铺的事操心，神形俱困，不久即积劳逝世。家族中的长者认为文仿溪作为继任人最为恰当，于是文仿溪于1930年继文哲生负责光裕典的经营，并由文仿溪的三哥负责监理工作。

文仿溪曾受多年的私塾教育，旧学颇有根底，未接手光裕典前，已在该典供职多年，故熟悉当铺业务。当时算得上典当业中的翘楚人物。文式如在世时，他已是贵州商会的会董，在外活跃，声誉在其两个兄长之上。1920年，熊静安继文式如任贵州商会会长时，文仿溪即被选任为贵州总商会副会长，1930年，又被选兼贵阳第一届商会主席；1931年，再被选为贵阳"质业同业公会"主席。同时，在1930—1932年间，还被贵州省政府聘为参议，兼任贵州省地方自治筹备委员会委员，省新生活运动促进会干事；1936年，复被贵州商界选为"国大"职业代表，曾于1946年到南京出席会议。到1947年，国民党政府选举"总统"的"国大"召开前，他不是国民党员，被解除了代表资格。文仿溪在经营光裕典之外，既兼任许多有名望的职务，又积极从事这些社会活动，因而，光裕典也就随之享誉贵阳。

《光裕典》

❖ 王之章：林家机房，不褪色的印花布

林家机房的老板林占发，生于咸丰元年（1851），四川成都林家村人。太平天国举事期间，随其父林永乐来到贵州修文县扎佐，务农为生。一家三口，白天耕田，夜晚纺织。

当时的纺织是用木质的纺纱车，左手执棉花条，右手摇车，纺成纱锭或纱垂，一个劳力一天最多纺一斤棉花的纱棉，纱经过牵纾、提线、上羊

角，用木质腰机织成布，一个劳力一天只能织成一幅宽一尺、长一丈的窄布。有的通过加工染色，到市镇上换回纱绽或纱垂，或换银钱购买日用品。

林永乐夫妇带领占发辛勤耕读，兼操纺织，生活有了改善，并逐渐有了一些积蓄。林占发勤奋好学，婚后承继了其父的染织技术，并青出于蓝，家业日益兴旺。

林永乐夫妇相继去世后，林占发因扎佐交通不便，染织业难以发展，遂于光绪十一年（1885），举家迁至贵阳北门外"三官殿"（今三民东路）定居，租了一块空地，兴建楼房一座，后空地搭了一间厨房，屋前搭了一间木板房，安了两部腰机、两架纺车。

房屋建成后，林家机房开始生产。林占发对扎扣、安装、纺织及染色技艺均较完整地掌握，生产的黄州布、蓝印花布、童子青布、提花床单等，厚实耐用，色彩很好，深受群众喜爱，产品销售很快，成为当时贵阳的一家有影响的机房。

▷ 传统织布机

当时，四川同乡会馆占地面积较广，同乡们纷纷向林取经学艺，开设机房，前后共发展到18家之多，但仍以林家机房规模较大。

随着帝国主义经济侵略向内地扩展，英、美、日的棉纱大量输入贵阳，手纺棉纱逐步被淘汰。绸布店经营的大都是大西缎、小羽绫、羽纱、直贡呢等洋货，特别是日本的花标布、白细布，成为绸布店的畅销商品。林占发等不得不放弃自己纺纱，改用洋纱，并将腰机改制成手摇、足踏机，产量也成倍增长，质量也有所提高，幅宽由1.8尺加到2.4尺，长度由6.4丈增至10丈。土布虽稍逊于洋布，但以成本低、不易褪色而略占优势。

在激烈竞争的形势下，林占发深感土法染色已不能适应社会需要，乃改用进口的直接染料。在林的不断摸索试验下，他家的染色既不脱色又色泽鲜亮，受到顾客的喜爱和信任。

清光绪十八年（1892）11月湖北纺织官局开工。李鸿章下令各州府指派专人前往汉口学习纺织一年。当时，较有名气的林占发已年近50，不堪长途跋涉，请准由长子林春震前往。春震体健聪睿，在一年的学习中，成绩优异，返家后，蓄意整顿，扩建机房，增雇职工，并从住房空地，直抵街墙，在约400平方米的土地上，搭起了木质楼瓦房，安装了多倍机4部。多种织布机弥补了我省斜纹咔叽布、条花布、印花布、花格子布的空白，并安装了两台大型线毯机，开始了半机械化的生产。他在用料上改用上海申新纱厂出品的32支双马牌棉纱和湖北汉阳纱厂出产的黄鹤牌20支棉纱。他家生产的提花线毯床单、印花蓝布床单，成为独家经营的热门货，特别是印花蓝布最紧俏，缝成衣、裤，穿烂了都不褪色。

辛亥革命后，林春震病逝，遗下9岁孤儿瑞荣，占发悲恸之余，将家产平分，认长媳母子另居抚孤。林家机房因占发年迈，由次子林炳臣当家，继续从事家业。

五四运动后，全国掀起了使用国货高潮，穿国货为荣，穿日货为耻，保护了民族工业的发展。人们把土布称为国布，为染织业的兴旺发达创造了条件。"九一八"后，各地焚烧日货，市商会组织"商人抗日会"，由国布商业同业公会负责人卢晴川、绸缎商业同业公会负责人冯程南分别担任正副主委，协同学生一道参加检查日货，处理焚烧事宜。各织布机房均努力生产，保持各自的名牌。这一时期，是染织业的黄金时代。

《林家织布机房》

❖ 刘道行：从"丝"到"线"，大有讲究

贵阳"刘义兴丝线店"，是贵阳丝线行业中最早、最老的一家，五代人相继经营。我是刘义兴店的后裔，幼年随父参加劳动经营，据父辈老人回忆：乾隆年间，刘、钱两姓的入黔始祖刘一重、钱韦高两人，均系湖南常德县人，有精湛的丝线技术，二人来贵阳定居，在贵阳林家院（今中华北路原广东街）设场制作丝线，引进丝线制作的整套工艺技术，自产自销。

当时民间的衣、帽、被、服，陈设等的饰物，普遍都有刺绣，美观而富丽堂皇，受人喜爱。贵州的少数民族，藏、彝、壮、仡佬族妇女，尤为喜爱刺绣，丝线的耗用量较大，是销售的主要对象。黔北一带产丝，原料充足，新兴的丝线手工业得以发展。

民国初年是丝线业的兴旺时期。为了发展蚕丝事业，由日本引进桑树良种，在六广门外（今体育场、贵州饭店一带）开辟桑园，创办蚕桑学校，由丝线业出资，官督民办，促进民间养蚕事业，发展地方经济，起了一定的作用。当时广东街的商业铺面90余家，丝线铺要占三分之一。其中，刘氏铺面凡占半数。因此有丝线街、刘半街之称。

从一根丝做成一根有用的线，中间要经过复杂的程序，概述如下：

第一道工序：络丝。所谓络丝，即对丝的整理分类，分析丝的粗细，按细、中、粗、糙四种规格分开，一般由女工操作。

第二道工序：打线。在空旷的地上操作。单丝不能成线，要根据线的种类，粗细要求，将络好的丝两根或多根粗细配搭合并，叫"传线"，再将"传线"两根，或多根合并成股，两股又再合并成为线，通名"生批"。

第三道工序：煮炼。原料是碱水，胰子碱水在市场上购买，胰子自行加工制作。在锅内置水煮沸，将碱水掺入溶化，然后将生线下锅煮炼，炼熟为止。

再将胰子搓出液汁，搅拌均匀，将炼好的热线，放在胰汁内摆动，胰好后仍贮存盆内，名叫胰线。再将胰线洗净晾干，生线成了熟线，简称"熟批"。

第四道工序：染色。将颜料化成溶液，掺入沸水中，搅拌均匀，将熟线下锅染色，先浓后淡，用两种或两种以上的颜色配合，即可染出多种深浅不同的中间色。例如，青色是用土靛泡液在缸内泡染的。染色是最后一道工序。

丝线制作程序相当复杂，既要有劳力，又要掌握技术。若店主不是内行，不掌握技术，这碗饭是不好吃的。由于质量上要求精工细作，因而在关键时刻就得事必躬亲。为在连丝、合股接头上，要求不打疙瘩，才能上针穿眼过线。又如煮炼，要求煮透炼熟，染色才能透底，抖开来看内外颜色一致，捏在手上才有腻滑之感。染色上，除了多种颜色配合增加色调外，还要另加颜色再套染，色调上才能有新的突破，中间色调就更多了。例如红色，还有黑红、紫红、樱桃红、荷花红、粉红等。绿色，还有菜绿、果绿、鸭蛋绿、鹦鹉绿等。就是单纯的白色，也还有葱白、浅葱白两种。别家没有的颜色，刘义兴店都有，顾客要求的特殊颜色，也可加工定染。为要求不褪色，想了一些土办法，如染浓色加醋、淡色加盐，收到了很好的效果。门市以零售著称，居行业主首。

《刘义兴丝线店》

❖ **张少正：南京拍卖行，代客寄卖的商行**

我是江苏省南京市人，抗日战争爆发后，举家内迁至湖南衡阳，在衡阳上长街开设旧货寄卖店，名为南京拍卖行。当时，衡阳尚无拍卖业，自南京拍卖行始，陆续有五家寄卖商店挂牌经营，因店多货少，市面萧条，生意不好做。我只求微利，以"公平交易，信誉第一"为宗旨，不仅在同行中得以立足，业务亦较他店兴旺。

1944年南京拍卖行迁至贵阳，择址于中华中路北段继续营业。当时，贵阳虽有"普益""惠罗"两家寄卖商店，但规模均较小。南京拍卖行因店处商业繁华地段，经营作风好，前来寄卖旧货的客户甚多。抗战胜利后，贵阳大小旧货寄卖店虽一度增至13家，但无一能与南京拍卖行相竞争，筑城上下，寄售旧货的客户，无不以该行为首选店家。

南京拍卖行的业务以代客户寄卖旧物品为主。拍卖亦称"竞卖"，原是资本主义商业中的一种买卖方式，常以拍板定价的办法把物品出售给出价最高的购买者。拍卖行营业收入，主要是卖买成交后向卖方或买卖双方收取佣金。但旧中国的拍卖行，虽也是卖买双方交易的场所，但不采用现场拍板成交方式，而用代客寄售、代销、明码标价，以供选购的方式。

客户到南京拍卖行寄售物品，一般先将货物拿到接待室，由专职标价人员与之洽谈。标货员视物品成色，比照新品价格折算，再结合市场行情提出标价，供寄售人参考。如货主同意按行里提出的价格标卖，即由拍卖行出给寄售凭证，待货售出后，凭证取款，同时收取10%佣金。若一段时间物品未能售出，寄卖方可凭证将原物取回，行里不取分文报酬。有时货主急需用款，不愿将物件久存店内待售，经双方协商，行里也可按质论价以现金收购，再将货物存店出售。

南京拍卖行寄售的货物多半是货主使用过的物品，有的是客户多余的物品，有的是客户想卖旧置新，也有一部分是物主急需用款，不得已变卖所收藏的贵重物件或生活用品。还有一些跑单帮的行商，常将一些零星百货、呢料之类商品送到拍卖行，委托代销。所以，行内也常有一些较市价稍低的新商品出售。

南京拍卖行开业时共有三间店堂，因门面宽大、货柜较多，商品琳琅满目。经营的物品主要有珠宝玉器、古玩字画、单车、钟表、各种皮货、中西服装、日用百货等。

时值抗战，大批难民涌入贵阳，许多人谋生无门，唯有变卖随身物品度日。因而，拍卖行商品中难民寄售的旧货较多。抗战胜利后，时局稍安，一些外省人相继返回故里，一些人急需添置日常生活用品。南京拍卖行不失时机，扩大经营范围，增设了服装部与皮鞋、皮件部。服装部从江苏、浙江等地招聘技术工人，并聘请技术较好的周荣根师傅负责服装设计，掌管服装部业务。同时派专人前往上海、广州等地购进呢绒毛料，备客户订做各式中西男女服装。皮鞋、皮件部则销售或代客定制各种男女皮鞋、各式皮箱、皮件。其中，西纹皮的高档男女皮鞋很受顾客青睐。

《南京拍卖行》

❖ 凤　枢：张鹤龄笔墨庄，一笔写字一笔写人

贵阳张鹤龄笔墨庄，设于大十字今中华中路南段，系清咸丰七年（1857）由江西抚州临川县人张福川开设的。主要经营自制各种大、中、小，鸡、狼、羊毫毛笔，兼营我国驰名的徽墨、端砚以及安徽的龙尾砚。

张鹤龄笔墨庄原系江西临川县一家制笔老店，因营业不旺，经理人叔伯手足较多，难以维持一家30多口的生活。后张福川商准外出推销，拓宽市场，乃于咸丰五年（1855）辗转来筑，设店经营，由江西老家供货。因交通不便，货源供应时有时无，乃决心自制毛笔，在贵阳开设"张鹤龄笔墨庄"分店。他去函老家请选派技师一人前来协助，同时积极购备原材料。不久，江西临川老店商得技师毛家庆同意，顺便送张妻一道来筑，并带了一批笔墨，充实货源。

在封建科举时代，笔、墨、砚是读书人必备用具。张福川选择交通闭塞的贵阳山城开设笔墨店，是很有见地的。为了树立信誉，他重视质量，钻研技艺，制作各种毛笔，代销全国驰名的墨、砚，热情服务，赢得了一些文人、学士的赞赏和信任，得到我省在京、沪一带为官的袁思韠、严寅亮、姚华等贵阳名流的推荐和宣传，在省内外都有一定声誉，生意日趋兴隆，成为贵阳著名的商号。

当时，贵州崇山峻岭，人烟稀少，虎狼不时出没，不少狩猎者出售兽

皮，张福川独家收购山货，因收价合理，货源不断。兽皮经他加工，显得光滑柔和，做成各种皮件，售价高出数倍。特别是狐皮、水獭猫皮，寄到上海外销，外商视为珍品，给张福川创下不少财富。两项经营，使张成为贵阳富商，当选为江西会馆抚州的头人。

张看到贵阳缺医少药，卫生条件差，患白喉症者时有死亡。他四处托情，购获大批医治白喉症的特效良药，无偿赠送。后又以重金购获治白喉症秘方，按量配制成药粉，长期赠送。民国初年，军阀混战，大量士兵伤亡，张福川代销云南曲焕章白药，无力付款者主动赠送。

▷ 毛笔制作

张福川之子汉文，勤奋好学，精于业务，有一套经营管理方法，受到亲友的称赞和毛家庆师傅的推崇。张福川为其邀媒聘蓝绍轩之三妹结为秦晋之好，婚后伉俪和谐。后又增收学徒赵富甲、蓝泽民、姚绥之、袁永绥等人，扩大经营，除以三人专收山货、洗整外，其余人员从事毛笔的加工生产。

当时的毛笔制作程序，分为水盆车间、毛杆车间、分类车间三个车间。分类车间：接到成品后立即分类，计：刻的有"七紫三羊""三紫七羊""五紫七羊"等，烙制有"寸楷羊毫""小楷羊毫""鸡狼毫"等；贴的有鸡狼与黄鼠狼配制的"芝麻小楷"等，是比较名贵的笔。分别检验合格后，分类按20细支、30支、50支捆好，登记送入库存，专人登记进、销、存明账。

张汉文这一细致分工，保证了质量，提高了生产，并按8小时工作制，让职工劳逸结合。在毛家庆技师的配合下，张汉文别具一格地制作出一种能写两米大字的大笔和写芝麻细小字的笔。周西成执政时，修建"世杰花园"这四个大字就是财政厅长彭浚购他家的大笔所书。除此以外，还研制成制作皮箱绘画用的大小画笔。这是张鹤龄笔墨庄极盛时期。有人说，他家的笔，能与全国驰名的浙江湖州的湖笔相媲美，一些书法家还说："他家的狼毫，更胜一筹。"

张福川逝世后，张汉文继续经营，他热情待客，凡到他家购买笔墨的，任意选择，任你用口水润湿，左转右车，涂来涂去，毫无怨意，没有一个顾客跑过空趟，总是高兴而来，满意而去。从未发生过争执，他不但当上抚州同乡的总领，还轮流当上江西会馆的总管。

五四运动以后，新文化不断传入贵阳山城，提倡自由、平等，改男女分校为男女合校。张汉文鉴于各地兴学日多，教育用品需用量大，乃将笔墨庄改为"双合铺"一边得保父业，一边经销钢笔、铅笔、各种有色画笔、三角板、圆规等文教用品，以及历代名人碑版、字帖、文艺书刊，传播新文化，各校学生纷纷前往购买，营业兴旺。

1930年，张汉文担任江西会馆总领时，建议会馆成立豫章小学，招收失学儿童，任何菊牛为首届校长，教务开支，除收学费外，不敷经费由会馆赞助拨付。国民党中央军入黔后，豫章小学成绩显著。张汉文建议，会馆经费较丰，拨50%办中学，其余作会馆扫墓送寒衣之用，获得六抚头人之赞同，成立初中三班，为发展教育事业做出了贡献。

1939年2月4日，日机轰炸贵阳，繁荣的大十字商业市场，顿成一片瓦砾，张汉文的"双合铺"瞬间化为乌有，损失严重。但他并不灰心，反而积极张罗，重整旗鼓，租得中华南路北段贯珠桥斜对门铺面一间，继续开业。40年代末，由于物价飞涨，货币贬值，致使业务不振。贵阳解放后，张汉文逝世，其子张再兴、女张世芬，参加了公私合营。

《张鹤龄笔墨庄》

张公溥：全泰永，从贵阳开到上海的百货店

全泰永百货店已有百年历史，是清咸同年间，北京商人在贵阳创办的商号。原名"京都全泰永"，卖的是北京制作的官帽、东帽、顶戴、花翎、朝珠、朝服、马褂、朝靴等，兼卖胭脂、花粉、梳篦及北京同仁堂、同春堂中药、膏丹丸散等北京名产。店铺地址在贵阳贯珠桥街口的捷喜大官栈门口（今贯珠桥公安厅招待所门口）。

当时，我祖父张甫臣也在贯珠桥做玉器生意。祖父曾两次去广州操办手圈、戒指、耳环等玉器，来回要三个多月。他第一次去广州回来，赚了钱，很高兴。第二次叫上我伯父一起再去广州，这一去半年，渺无音讯。后经同乡证实，祖父和大伯在广州买货回贵州，途经广西柳江，遇洪水暴发，木船被打烂，人货均落入大水中。

那时我父亲张畏三仅20余岁，在悲痛中不得已只好将家中所余少数残货，挑担沿街走卖。并在普定街（即今黔灵西路）为两广商人在贵阳的批发玉器、广杂货的商号添配货物，做货郎担生意。父亲为人诚实，讲信誉，腿脚勤快，深得贵阳各大公馆的太太小姐们的信任。常听父亲说，华家华四太、华五太，唐家唐三太都是他的老主顾，华四太爷（华问渠先生的父亲）是大慈善家、大实业家，非常厚道。父亲因得各大户人家照顾生意，资金积累也逐渐增多了。

辛亥革命胜利，贵阳光复。京都全泰永的曹七掌柜因经营的清朝官员衣帽等物已过时，没有生意，准备回北京，又因知道我祖父遇难，同情并有意帮助我父亲，便约我父商谈，将京都全泰永商店招牌及药品、杂货和货架生财用品、铺房家具等，以低价300两白银顶让给我父亲，父亲很感谢，立即筹付顶银，接收了全泰永。曹掌柜鼓励我父亲安心经营，还嘱

咐他注意收购古瓷、花瓶、古铜器等古董，以及鸡血石、田黄石等贵重石头和古字画，并介绍北京商号和可靠人员与我父亲联系，帮助经营发展全泰永。

父亲接手全泰永商号后，生意日渐发展，还增加经营中药参茸燕桂，又请同行刘长泰去采办玉器。民国初年，父亲因生意顺利，在贯珠桥一带已有点名气了。我曾听父亲说："有一天我到北门桥（今喷水池）四川商人栈房去看货，见有一成都人出卖一批字画（绢画），装裱精美，还用小木盒包装。字画中有王石谷的山水，仇十洲的人物，沈石田的花鸟，还有名家合作的百鸟图等。我很想买，但不懂行，不敢下手。我对货主说：'我想全部买，但要先拿几幅去店中看货商量。两小时后回话。'货主同意后，我即带着画直到华公馆请教华四太爷，华说：'画很好，你去买了，我带你到纸厂去问问日本工程师，看他们要不要'（纸厂是华创办的，在日本买的机器，还请了几个日本工程师）。我返回将画全部买下。第二天，华四太爷带我拿了十多幅画到纸厂去，日本人一看，很高兴，把带去的画都买了。后来，这几个日本人先后几次来全泰永，把剩下的画全部买走。这次生意只用去几百银圆，就卖得一千多银圆，真是一生中最得意的生意。"其实，这些字画是精制的一种仿古画复制品。

1918年，父亲买得大十字铜尺会（即绸布业公会）铺面及徐谷仁家大十字的房子，合并成一大间铺面，花去银圆6000元。他把全泰永店由贯珠桥迁到中华南路扩大经营。请北京人杨玉泉（原京都全泰永老职工）帮同照看门市。请当时名画家寒杉张仲民先生题招牌："全泰永京都药材时式玉器"。教育厅长陈幼苏送一"禩至辐辏"匾额。父亲又与北京琉璃厂文盛斋乐器店联系，经销该店产品京胡琴及京剧用的大鼓、小鼓、大锣、小锣、三弦、月琴等。货到后，在店堂后面客厅里，每夜有贵阳京剧票友石茂益、吕子庄、谢子珊、陈筱亭、杜友枢等前来清唱京剧，父亲义务供应烟茶，并供应胡琴及锣鼓等乐器。因此，店里的乐器生意很好。

1921年，大哥笑尘和我先后在达德小学、正谊小学毕业。一天晚饭后，父亲叫我们弟兄二人去客厅谈话。记得那晚父亲非常严肃，说他老了，要我们兄弟俩继承商店。那次谈话后，父亲指定了铺房及店中货物之外，又拿出6000元现金，合计约值15000元，交给大哥和我二人，共同经营。

我和大哥继承父业后，父亲所经营的玉器及中成药，已渐过时，难于发展，我们改做百货生意。我们到上海，参观了永安公司、先施公司和其他百货商店，感到耳目一新，十分兴奋，决心回贵阳仿照上海百货商店的派头，开设一个高档次的百货商店。

我们在上海购买了橱窗用的10英尺高、7英尺宽的外国大玻砖4块，全玻砖大货柜6个，磨金字玻砖店门一对，铜招牌两块等商店店堂设备。接着向上海三友实业社联系，经销他们的各种棉织品；又向新光衬衫厂、上海皮鞋厂、华福呢帽厂、蜜蜂毛线厂、三轮毛衫厂等名牌厂家买了一批货。还在英商惠罗公司买了若干外国化妆品，并在上海定制牛皮纸印有本店广告的包装纸及纸袋。

这些货物全部运到贵阳后，我们把原商店的门面进行了改造，全玻砖店门，两边是玻砖橱窗陈设商品，内部是全玻砖货柜。店堂内有两块铜招牌："定价划一""老少无欺"。商品都用标签写明货名和价格。请贵阳名家巩园刘少樵先生题了门面大字招牌，改为"贵阳全泰永百货商店"，每天都在报纸上登广告。而后，正式开业。

开业后，我和笑尘大哥分工合作，他长驻上海，设立申庄，负责进货；我在贵阳负责门市销售，管理贵阳商店。那时店中有八个店员，我虽为经理，但每天都在门柜上，带头迎接顾客，态度和蔼。较大的生意，还要对顾客敬烟敬茶，把顾客的姓名记在日记本上，下次再来时，我就喊他是某先生，顾客很高兴，多少是会做成点生意的。尤其是外县来的"土老肥"（贵阳商人对外县来的富翁的称谓），我们对他们很尊敬，下次他们来贵阳，就直接来到我店购货。因此，老顾客日渐增多。有些客人是来问某种商品的，如我店缺货，当即记在日记本上，随时向上海申庄联系。有的顾客需要某种特殊商品，我们可先收款，在上海代买、代运，尽量方便顾客。同时，我店运销的商品，很合顾客口味，不到一年，我们在贵阳百货业中已大出风头。我们长期订阅上海《申报》、上海《新闻报》，经济信息灵通。

因此，有些省外来的顾客说，全泰永的货品，花色真多，有些商品我们在重庆、桂林都没有买到，在贵阳全泰永却买到了。故我们生意越来越好。

1924年，我买得贵阳中山东路正山街口铺房两大间，有四进，后面还有花园，用去银圆1万元。我把铺面房租给小巴黎酒店，后面做我们商店的仓库。

1939年2月4日，日寇敌机18架轰炸贵阳，烧毁房屋数百间，炸毁街道43条，炸死市民千余人。大十字中心街道商店，被敌机投燃烧弹击中，顷刻间一片火海。我们全泰永门市及中山东路铺房、货物仓库全部烧毁，损失7万余银圆。我们两代人的心血，毁于一旦。受灾后，我们在大十字原址修复了临时铺房，又收到在途货物及受灾时抢救出来的少数商品，很快恢复营业。与我们有来往的上海店家，很同情我们，主动赊货运来贵阳补充，商品日渐充实。贵阳被炸后，商店较多，省外来的人日渐增多，生意很好做。

由于我爱好名人书画，店里又增添宣纸和冷金对联，苏裱用的各色绫子，国画用的各种彩色，如藤黄、花青、石绿、赭石等，还有真正安徽胡开文、曹素功笔墨及西泠印泥、石章牙章、北京铜墨盒等文房用品，并在后客厅陈设出售名人字画。当时，赵惠民先生送来名画最多，又代定润例，代贵阳名画家李紫光、景筱南及刊刻家易水寒等先生收件。

省外名家来贵阳办画展，我也乐于帮助。记得徐悲鸿先生来贵阳办画展，我积极捧场，除自己定了几幅画外，还介绍贵阳工商界的很多人去定买徐先生的画。我请徐先生吃饭，先生及夫人廖静文同来我家。徐先生送了我几幅画，其中两幅是很宝贵的。一幅长四尺，宽三尺，上面画的是两个狮子，一个立着，一个卧着，徐先生的题款是"全泰永新店落成志庆""徐悲鸿画贺"。另一幅长三尺，宽一尺，是条幅，上面画的是一老鹰由下往上腾飞，题款是"全泰永商店扶摇直上，悲鸿题"。徐先生还对我说："公溥，我给你说句行话。以后你无论在什么地方，看见我的画，画上的图章只有悲鸿或徐的字样，是我一般的画，如系我很满意很好的作品，我要加盖'东海王孙'的图章。今天我送你的这两幅画上，就是印有'东海王孙'图章的，你要好好保存。"我真感谢徐先生，觉得很荣幸。我把这两幅画陈设在店堂的橱窗内，很多顾客都赞赏不已。

《全泰永百货店》

❖ 陈廷缜：丁兴隆金号，款式新工艺精

丁兴隆金号是北伐以前贵阳一家重要的金银首饰店，与宋华丰号齐名。店址在亚元坊，即今中华中路东侧广寒宫附近。它是一个独资专营金银首饰制作买卖的地方企业。店主丁晴初，贵阳人，是前清诸生，后弃学经商。他白手起家，开设了兴隆首饰店。因业务颇好，先在车家巷口对门新建公馆一所，后续购得花家公馆的巨宅，地在金店斜对门，公馆规模颇大，内有四合一的天井院落多所，住居民数十家。前抵今中华中路，后通龙井巷，绵亘一条街，可见一斑。后丁于1924年因病去世，从此歇业。

他与先父同时入学，因此私交颇好，嗣后两世联姻，因此我对该店经营情况颇有了解。兹特逐一回忆，主要目的是回顾他家经营创业之道，借此可以窥见20世纪初贵阳社会经济情况的一斑。

▷ 金店

金店是贵阳普通的一个双合铺，前方开店，后面住家。这样做的结果，家庭住房费用便由企业负担。其次，女眷无偿管理粮食杂务，对企业说是增加了福利并节约了开支，对家庭来说则是全员就业，因此家庭企业两得其利。大长地久，家庭积累便愈来愈多。

当年金店柜台向街的一面，上方均有木栏杆，以防外人羼入。店左侧管销售，对外营业，店主及助手一二人居之，看样、定价、交货、付货、付款、收款全在此处，非常方便。背后有小卧室店主居之，重要物品存贮于此。销售是店中最重要的部门。当年店铺都不甚注意装潢广告，仅有少量成品陈列橱窗。店中唯一特点，是在柜台顶端经常放置一台十分精致的天平，平常用玻璃罩子罩好，称量大量金银器件时方才启用，用毕立刻盖好，郑重情态，往往令人肃然起敬！平常买卖则用戥子，可以精确到分厘。倘顾客对称量有所怀疑，便立即在天平上复称。因见彼此一致，乃满意而去。那时尚无保险柜，一般系用坚木做成银柜，内藏大宗金银首饰成品及银锭。纯金另用铁盒存贮，放置柜中。外用坚固的广锁镅牢，广锁是广东特产，每锁只有一把锁匙可开。锁孔不在两端而在锁背；锁背有盖，抽开后方见锁孔，十分坚牢。银柜日间当坐凳，夜间可作卧具，极便守护。店之右侧是作坊，有技工十余人，这在当年是够多的了，称为"客师"，意为请来的师傅，司工件制作。是计件制，供伙食，愿折价者听便，原则是高质量高薪酬，不劳店家管理。学徒一二人，管杂务。客师每人有工作台一张，坐凳一个。工具自备，无须店家投资。台盖下有木箱锁钥，供客师临时收藏工件工具之用。店家要准备的，仅是嵌板。这是一块厚厚的木板，上敷胶泥。胶泥是由破碎瓷器捣碎而成的粉末，俗称"瓦瓷灰"，加上松香猪油三者而成。本系浅色，因受火焰熏烧，无不变为黑色。胶涂敷在木板上，厚约一二厘米，加工工件即嵌在胶泥上，冷却后坚硬如铁，要用錾子錾碎胶泥，工件方能取下。胶泥加热后成为流体，又可再用。

丁氏金店不是包金铺、金箔铺，也不搞镀金，所有金银首饰，全用真金纹银，由客师利用钢锤打敲而成，所以叮当之声不绝于耳。当年贵阳商店都无星期例假，金店只在白天营业。阴历每月初二、十六要加餐，称为打牙祭。腊月十六是每年最后一次牙祭，要杀鸡宰鸭，特别丰盛，称为"倒鸭"。腊月二十三日，俗传"灶神"生日，要升天汇报，从此金店进入年终结算阶段，营业照常，客师半休。廿八日吃"年饭"，同时宣布下年客师去留，开始放假。翌年正月十六日开业复工。

经营市场方面，首先是金。虽闻金砖每块四百两，但我未亲见。丁家常见的是五两、二两、一两，多由金器熔化或顾客来店兑换而得，成色较低。最受欢迎的是金叶子，约十五厘米见方，每张重一市两，也有五钱的，成色最高。另外还有一种金箔，是由真金捶成的超级薄片，每扎有多张，但总重量不过二分六厘，是供善男信女捐献寺庙作菩萨贴金之用，也用于招牌匾对的贴金。丁店不做金箔买卖，是偶尔购作布施之用。间或有人兑换英国英镑，成色甚好，因其少见，店主多留作纪念不再抛出。金的真假用试金石可以辨别。试金石是一种燧石，将金属在其上一擦，即在石上显出一种条痕，称为调痕色，稍加观察比较，肉眼即可判定真假及大致成色。如欲精确判定成分，还有比金尺，但实际并无此必要。其次是银。常见的是二十两、十两银锭，可供制作。一两、二两银锭及散碎银子则当作货币流通。最差的一种是巧水银，成色九五、九四，一般容易辨别。重要的是金银比价。民国九年（1920）以前，社会相对稳定，金银比价长期以来是"十六换"，即银十六两换金一两。"民九"以后，社会发展加速，币制多变，难于比较，总的来说，是金价逐渐提高。

丁兴隆金号重视信誉，薄利多销。凡出品均盖有"丁兴隆""足赤""纹银""包左回换"的钢印，"左"是俗语掉换之意。盈利之道，主要利用买进卖出差价及加工费。收进时，对于本店产品必须比对其他店家产品的出价为高。由于丁家成色较高，颇得群众信赖，兑换愈多，生意更好，暗合薄利多销原则。丁家工艺精致，有一蒲姓客师，相传得一道人秘传，技艺超群，任何款式要求，均能满足顾客需要，因此往求者多。每年农历十月，农事已毕，仓廪充实，特别是农村，婚嫁多在此时，是全年营业中最重要的季节。他家掌握规律，资本雄厚，顾客上门，早于淡季对所需品种做好准备，因此货源充足，品种繁多，有求必应。

《丁兴隆金号》

❖ **胡华超：**同济堂药店——始于光绪十四年

同济堂药店始建于清光绪十四年（1888），迄今已有一百余年的历史。

同济堂是由曾以巡抚衔督办云南矿务的唐炯（字鄂生）和曾任知县的于德楷（字仲芳）二人合资创办。取名同济，也是同舟共济的意思。唐炯投资3300两银子，于德楷投资600两，给黄紫卿（经理）干股100两，共计4000两银子，实为3900两。1994年贵阳同济堂药店荣获"中华老字号"称号。

首任经理黄紫卿，是于德楷的老友，特从汉口请来的。黄系江西人，精通医药，有经营管理才干，经营药材有独到之处，他的信条是"购药须出地道，制作必须精细，配授必依法度"。加之同济堂资金雄厚，因而该店药材采购、仓库保管、饮片加工炮制、门市配方、丸散膏丹制作、财务管理及学徒培训等工作，都是有条不紊的。同济堂的开业，对贵阳中药行业的发展起到了促进作用。尤其在中药加工炮制、药物质量、服务态度、职业道德方面，都做出了一定的贡献。

▷ 同济堂

药店董事会由唐茂宏（唐炯之四子）主持。董事会由股东唐、于、黄三家一代后裔组成，唐炯的股份划为三股：其八弟800两，大儿子唐省吾1500两，四儿子唐茂宏1000两；于德楷之子于子俭600两，黄紫卿子黄寿山100两干股。股息每年以20%计算。董事会主持人唐茂宏委托其侄唐普善为董事会代表，驻店指导工作。俗话说，十打伙九扯皮，但同济堂从开始到公私合营，从未发生股东之间纠纷，实现了同舟共济的目的。土地改革后，董事会不再过问同济堂的事务，亦未参加年终分红。公私合营后恢复股息，年息为5%。

……

同济堂以中药零售为主，经营地道药材、清洁饮片、丸散膏丹、参茸燕桂，兼营中成药为辅。

一、经营地道药材。同济堂向全国中药材主要集散地，如汉口益康生药号、重庆德春生药号、昆明杨大安堂药号及广州等地进货，价格合理，质量有保证。

二、注意饮片加工炮制质量。如切成的白芍、枳壳不见边，风吹就上天。祁草（甘草）切柳叶片，形态像柳叶。淮山、大粉草、泽夕等，切瓜子片或金钱片，形态像南瓜子、硬币样。不管切铡各类药材，都做到厚薄、长短均匀，光泽明亮，饮片清洁，并无杂质，质量遵古炮制，形态美观，如煨熟地切片后发亮如缎子，并有清香味。加工饮片关键在于洗药，俗话说，洗药是师傅，切药铡药是徒弟。先筛净泥沙，剔去杂质，分别大、中、小依序浸泡。泡也有讲究，少数药如槟榔、桂枝、木通等泡久则伤水，影响质量，又不美观，多数药材在润，尤为关键。

三、自制丸散膏丹。选料认真，照古方配药，依法加工制造，粉末精细，做成丸药后，长期滋润，冬季不变硬。夏季不发霉，口服易吞。所有丸散膏丹都比其他药材销量大，尤其冬季更旺。如制清宁丸，清热、泻火、通便、咽喉肿痛，对老人便秘效果更为显著。又如阳和膏治疗疮疖等，有特殊疗效。且膏药熬得好，恰到火候，黏性很强，贴在患处，不易脱落。俗话说，膏药是一张，多人熬炼不同。八宝眼药、大活络丹等药物，至今还有港、澳、台胞等前来购买，由于缺乏原料，无法生产。又如自熬龟胶，本省不出龟板，要向湖南等地采购原料，进行加工，因质量好，疗效高，湖南的一些药店反而来同济堂进货。加之服务态度好，如自制的白玉散、冰硼散、生肌散、清宁丸等，随患者需要购买，不论多少都卖，哪怕少到一钱，也尽量满足，人人方便了患者，也为患者节省了开支。丸散膏丹特殊制造，还可上门服务，周西成每年都要熬好几次，也曾到王家烈、华问渠、高可亭等家上门服务。

四、门市配方。把好职业道德关，认真负责，药品齐全，不符合加工炮制及规格标准的药材坚决不用。如地黄经过加工炮制后，疗效各有不同：生地黄滋阳、凉血；熟地黄滋阴养血，温补肝肾；熟地黄炭养阴止血；生地黄炭热性不同，同一药物，经过加工炮制后，疗效大有区别，所以加工炮制，至关紧要。唯其如此，才能保证药物疗效。该店药品价格合理，童叟无欺，接方审方，看有无违反配伍禁忌，药用剂量是否合理，尤其有毒药品严禁超量，然后计价。在抓药配方上，戥称要求标准，不准短两少钱，多了也不行，严格遵照处方要求，如遇特殊炮制，立即加工处理，决不马虎应付。同时注意包装，每味药都应有仿单，载明药性、药味、功能等等，以便患者检查校对，每副药都零包整捆，经专人校对无误后方始发出。黄星之老师傅一直把校对关，他是同济堂第一批学徒，直到合营退休为止。此外，先煎、后下等有说明，如金石类、甲壳类有一定毒性药等，应先煎半小时或一小时。还有的药物含挥发成分或不宜久煎必须后下。又如三七粉、沉香粉、上桂彩、牛黄、麝香等吞服药，胶类（除鸡血藤胶外）应蒸化兑服，人参、蛤什蟆等蒸化嚼服药等，包装纸上都有加盖用药说明印章，以便患者处理。

同济堂还设有凭折取药业务。平时凭折取药，药费于每年三大节结算。如华问渠、高可亭、张荣熙、曾省三、王家烈、周西成等人，都是凭折取药的。

五、开展批发及请名医坐堂应诊业务。1939年2月4日，侵华日机轰炸贵阳，同济堂铺面店堂全被烧毁，损失较大。后经董事会研究，由曾仁昌经理负责修复，于1940年6月3日（农历四月十八日，药王孙思邈诞辰）正式落成，同时举办了同济堂建店50周年庆祝活动。1941年增加了批发业务，批发起点小，价格公道，药物齐全。该店由于零售兼营批发，因而比其他生药行的药材齐全，本市中小药店无经济实力在外进货，以及外专县同行都愿向同济堂进货。

楼上增加诊病室，聘请有名望的中医师应诊。当时坐堂应诊的名医有唐希泽、王希仲、方以正、杨济民等人。

同济堂由于药材质量好，疗效高，因此求医购药者接踵而至，不仅丸散膏丹销量大，而且饮片配方销售亦居同行之首。

《同济堂药店》

第八辑

忙里偷闲·做一个爽朗的贵阳人

❖ **谌祖铭、曾繁生：** 贵阳公园，曾经的消闲好去处

贵阳最早的公园，是1911年贵州光复后将原臬台衙门改建而成，称为贵阳公园。其旧址在贵州省教育厅原贵阳市委一带。园中除旧有"荷花池""紫泉"等景物外，又新建"光复楼""蔡唐纪功碑"等建筑；为方便游人，园内还设有餐馆及名曰"霁月轩"的照相馆。因公园地处贵阳市中心区，故游人甚多，与东山、照壁山、仙人洞等风景区齐名，是当时贵阳市颇具规模的一座园林风景区。

公园的大门上，有一楹联，原为"园林无俗韵，公道在人心"，使人大有即将进入世外桃源之感。后有人认为这副对联不甚完美，便将上下联颠倒，并加了几个字，变为"公道在人心信可乐也，园林无俗韵与民同之"。

进了大门，便是原臬台衙门内厅，辛亥革命后设军政执法处，后改为"实业司"（司长乃是贵阳的教育家黄齐生先生的兄长黄干夫）。继而又改为商品陈列所，陈列着全国各地工业、手工业、工艺美术等产品，使人在游玩中亦可增长见识。解放前夕，又改作"贵阳市参议会"会址。

过了商品陈列所，便来到图书馆，这是最早的省立图书馆。两厢有侧房，右侧房之前为花厅，曾办有"国学讲习所"，讲授"经史"、"小学"、诗词格律等。贵州当时的社会名流如任可澄（字志清，曾任军阀时代的贵州省长、云贵监察使、贵州通志总纂等职）、王蔬农（曾任贵州通志副总纂）等，均在其中讲过学。后来，这里又改办为"模范讲演所"。

图书馆后面是为纪念辛亥革命胜利而建的一座三层西式楼房，楼上有一大匾，上书"光复楼"三个金字，为唐继尧所书。楼的大门两侧，有当时贵阳的耆老之一的钱登熙的对联："光昭史册，复见天心"，感时抒怀确也贴切。大楼后是一大草坪，坪内有多棵数百年的老树，人称"齐巅树"，

在东山上也可看见。夏日荫浓，游者多在树下小憩。距树不远，有为蔡锷、唐继尧建的"纪功碑"，并建亭覆盖。

穿碑亭而过，左首为涵碧阁。登涵碧阁鸟瞰，公园全景及山城部分景物皆收眼底。顺涵碧阁拾级而下，为动物园，饲养着云南送来的老虎、孔雀等动物。而后，便到吴滋大祠。该祠是周西成主黔时的公园园长、桐梓人刘以庄所建，祠内有吴滋大的石刻像。

出吴祠，就来到荷花池，即为"梦草池"。夏日，荷花盛开，亭亭玉立，更兼池中心有一凉亭叫"池心亭"，若凭栏观花，对雨赏荷，更添佳趣。亭上有一联语这样描写着："六月好风花四面，一樽清话水中央。"由此可以想见其清趣，真是移人神志！池中备有小木船，供游人泛舟游玩，每次收小钱三个。沿池行过，到"梦草亭"。梦草亭曲槛回廊，面水为榭。也有对联一副曰："池上诗萦春梦草，水心人坐藕花风。"到此，荷风送香，令人心旷神怡。再前行，过小桥，为琵琶湖。湖状宛如一面倒置的琵琶，上大下小，故得此名。湖岩上有一古老小亭，因四围多种桑、槐树，称"槐桑老屋"。故过去为"蔡唐生祠"。

▷ 20 世纪 30 年代贵阳中山公园

最后是有名的"紫泉"。泉水经小石桥下流汇池中。泉边岩上，篆书"紫泉"二字，古朴苍劲。此泉绿水清澈如镜，有时由绿色变成红色或淡紫色，紫泉即因此而得名。1919年，有人亲眼见过这一奇景，至今记忆犹新。

1925年孙中山先生逝世后，为纪念孙先生的丰功伟绩，将贵阳公园改称"中山公园"。与公园南北方向平行的街道（旧称倒水槽、煤巴市、马站街一带），也改称"公园北路""公园南路"，以中山西路断分南北。

由于军阀连年混战，公园无人管理，逐渐破败。后周西成将公园占作省政府招待所，公园已名存而实亡。继后国民党中央军入黔，强占去大部分园地修建绥靖公署，并在署内设置监狱，并押过不少共产党员和进步人士。抗战胜利后杨森继任贵州省主席，借口公园内"梦草地"的水有碍卫生，强令填作球场，供他本人和少数人享用。至此，这所"公园"就被反动政府全部破坏而消失了。

《历史上的贵阳公园》

❖ 陈泉生："东方卓别林"，出自贵阳城

著名杂技表演艺术家"麻子红"，本名赵凤岐，在杂坛整整驰骋了70个春秋。建国前后，他在贵阳待了五个年头。这五年在他漫长的艺术生涯中仅是短暂的一瞬间。然而，却给山城人民留下了难忘的印象。他的另一个艺号"东方卓别林"就在这里萌生。建国后，他在党和政府的领导下，组建贵州第一个杂技团，为贵州杂技史写下了光辉的一页。

赵老1915年生于驰名中外的杂技之乡——河北省吴桥县。那里土地贫瘠，十年难逢一个丰收年，农民们终年劳累不够半载温饱，因此冬闲日子都外出卖艺糊口。

赵老自幼家贫，三四岁就跟叔叔、婶娘们学杂技，七岁时腰、腿、顶、筋斗功夫已相当过硬，便随长辈们浪荡江湖，在街头卖艺为生。同年，河

北大旱，颗粒不收，父母病亡，小小的凤岐不得不随师离乡背井，远渡重洋，卖艺谋生。

1924年，他随师参加英国一家大马戏团去印度巡回演出期间，正巧艺术大师卓别林也受聘于该团。卓别林见凤岐年纪虽小，然而基本功扎实，表演的"巧走钢丝""独轮车技术"具有浓郁的民族风格和特色，技艺高超。又见他为人忠厚，礼貌待人，尊师重道，生活中常露幽默，语言风趣，既机灵又勤奋，十分逗人喜爱，于是想传艺给他。但不久合同期满，双方不得不分手告别。

事有凑巧，11岁那年，双方又在印度巡回献艺，卓别林知道后，邀约他一同去孟买。在演出期间，卓别林对他的技艺做了认真辅导，把滑稽表演艺术传授给他，还送了一顶小礼帽给他留念，后来这顶礼帽作为表演道具，伴随他度过了大半生。

▷ 卓别林剧照

1928年以后，他几次出国，先后到过马来西亚、越南、泰国、缅甸、印度尼西亚、日本、英国和菲律宾等20多个国家献艺。抗战胜利后，活跃在祖国大江南北。由于他脸带黑色，又有少许雀斑，1948年来到杂技精英荟萃的四川，越演越红，观众给他起了个艺号"麻子红"。

1943年底，他一路演到贵阳。那时贵阳市内人口不过20多万，由于抗战时期是大后方，逃难、流亡来贵阳演出过的杂技班团不少，群众的欣赏水平也相当高，为了摄住观众心弦，"麻子红"将他的节目重新作了整理，把卓别林的一套技艺，有机地糅进中国传统杂技之中，编成"钢丝滑稽""车技滑稽""板凳面子滑稽""驯虎滑稽""滑稽吹号"和单场滑稽，即将垫椅子、吹笛子、拐子顶、卓别林式鸭子步、卧鱼、倒立等组成一个完整节目和幕间滑稽，"吊蛋""三套瓶"以及"吃水喷粉滑稽"等，都以幽默、诙谐、风趣形成了自己的风格。

他表演滑稽时，有时穿正常杂技服，有时穿西洋马戏丑角服，更多的时间穿卓别林式西服、戴礼帽、套一双两尺来长的皮鞋，舞着文明棍，还画了一小撮人丹胡。所以贵阳观众又称他为"东方卓别林"，这个雅号虽不及"麻子红"响亮，但也伴随他度过后半生。

杂技的滑稽表演有文武之分。文滑稽偏重于语言幽默和动作诙谐，大多以小魔术、小杂耍来抓逗趣。这种滑稽易于流传，常见雷同。而武滑稽则利用武术绝技表演，以高难度技巧见长。这类节目需要演员有过硬的基本功，掌握高难绝技，并溶幽默、诙谐的表演于其中，所以寻觅一个武滑稽相当难。而"麻子红"不但能表演不采用杂技高难技巧的文滑稽博人一笑，也能在驾驭不同道具表演中，演出高难技巧，并用诙谐动作，化险为夷，化难为美，令人捧腹，确实难得。

他在贵阳，无论在六广门体育场、民众教育馆（今人民剧场处）、第一商场、庆筑（今越剧团剧场）和新生（今百花影剧院）演出，总是以他个人专场表演为主，可见技术之全面，掌握的节目之多，这在杂技界也是不多见的。

赵老还懂音乐，能演奏小号、竹笛等乐器，所以他很重视音乐在杂技中的作用。他的演出都用乐队伴奏，而且很多乐曲都由他指定。但他的班子并没有乐队，按他的话来说："没有条件配备"，因此他用的乐队都是临时雇请。

最有趣的是，他在贵阳演出都要进行"拉街"（即化妆上街游行宣传演出）。西洋管乐队整整齐齐地走在最前面，紧跟着是打着各色彩旗的人，尔后是一些举着木牌的半大小孩。木牌上有的写着演出时间、地点、票价；有的写着节目名称；有的画着节目和他的"怪像"；有的写着他在国外演出的盛况。而他却在队伍中时前时后，时左时右与围观者交流感情，边走边演，十分有趣。"拉街"节目也常常更换，极力避免相同。有时他骑着高高的独轮车，一步三摇似堕非堕，让人担心；有时扮卓别林，边走边变香烟出没，让人不可思议；有时牵着斑斓猛虎上街，让人又想看又害怕；有时扮丑角，抽烟后，烟子从裤裆后面冒出来，逗人发笑。在民国末年，经济萧条，物价暴涨，民不聊生之时，他的演出经常爆满，盛演不衰真不容易。

他喜欢贵阳的气候，喜欢贵阳的山山水水，又由于他在贵阳演出有雄厚的观众基础，于是改变了南下两广的决定，在山城找了对象，安了家。

赵老是个事业心很强的人，结婚后，准备大干一番。但干了几十年仍然是个穷光蛋。按他的话说："江湖是把伞，有吃没有攒（积累）。"

1949年11月，贵阳解放了，"麻子红"代表文艺界参加迎接解放军。他一手举着红旗，一手举着鲜花，一边走一边唱，他知道，他的事业，他的夙愿，只有在共产党领导下才能完成，才能实现。

《"麻子红"在贵阳》

❖ **杨 林：** 卖艺抗日两不误

……在贵阳亲自参加或亲眼看见过青年学生上街演讲、高唱救亡歌曲、表演街头剧《放下你的鞭子》等抗日宣传活动的人，如今都记忆犹新，然而对当时那些在街头以曲艺形式宣传抗日的民间艺人，恐怕就鲜有记得的了。

1938年至1939年间，我刚从家乡开阳县来到贵阳，在河沿坎（今河东路西侧）一家木制品店工作。每值闲暇，总喜欢到茶馆里去听书。记得说书说得较出色的而深得群众欢迎的有刘增华、王鹤仙、廖配荣等人。但他们所说的无非是《三国》《水浒》《西游》《济公》等传统节目。

▷ 街头剧《放下你的鞭子》

一天我去到铜像台（今喷水池），听见有人在唱竹琴、金钱板，感到异常新鲜。细细听去，唱的又是有关抗战的新的内容，于是大大激起了我的兴趣。此后，我几乎每天都到那里去听，同时了解经常在那里演唱而且技艺比较出色的三位民间艺人，都来自四川：一位30多岁唱"荷叶"的叫谭炳生；一位也是30多岁唱竹琴（贵阳人又称它叫"道筒"）的名叫杨福山，还有一位20多岁打唱金钱板的，却不知道他的姓名。但人们都喊他"九根毛"，想必是绰号。

铜像台是贵阳市区最热闹的一块地方，卖唱的、卖膏药的、耍猴戏的、耍蛇的、玩水的、卖武的、卖薄荷凉水和凉粉凉面等小吃的……围成若干个圈点，挤成熙熙攘攘的一大片。而其中围观群众最多的，当数上面所提到的三位民间艺人演唱的地点。谭炳生和"九根毛"间或还分别到河沿坎和世杰花园（今延安中路）演唱，因为这两个地方游人众多，是最易吸引群众的圈点。

那时正值国共合作，茶馆里也没见张贴"休谈国是"的条子，政治气氛稍为活跃，群众还热烈地大谈抗日前线战绩，民间艺人也满怀爱国热情，演唱宣传抗日内容的曲艺。他们所演唱的内容，并没有事先写就的本子，而只有一个主题，临场时围绕这一主题，根据自己心中对某一事件所拟的"腹稿"来发挥演唱。如"九根毛"的金钱板《林彪大战平型关》，谭炳生的荷叶和竹琴《马占山打退日本鬼》和杨福山的荷叶《大战台儿庄》等都是这样演唱出来的。由于他们的内容基调充满爱国激情，加上口齿清楚，技巧又熟练，演唱至为感人，故效果很好。每唱完一段，围观群众无不报以热烈掌声。

当时，那些抗日内容的曲艺，除了激发我的爱国热情而外，那些纯熟的演唱技艺，还大大唤起我对曲艺的热爱。他们当时的演唱，使我萌长了后来决心从艺的意愿，不啻是我的启蒙老师，令我终生难忘。

《在贵阳街头作抗日宣传的民间艺人》

❖ 雷毓灵：网球运动进贵阳

20世纪30年代初，平越（现改福泉县）刘继炎任贵州省建设厅长，他爱好网球运动。曾在建设厅内，建成了贵阳市第一个网球场。除了刘等经常活动外，尚有该厅职员赵静芳、雷毓英等参加。另外，各学校学生，以及一些网球爱好者。如雷毓灵、张德新、刘永祜等人。也陆续前往建设厅，利用该球场进行网球活动。

由于网球爱好者日益增多，贵阳市省立高中、省立师范等相继也有网球场设施。不过多是因陋就简，只在篮球场两侧，栽上两根柱子，作为拉网之用。以后约自1934年开始，贵阳市政当局和贵阳有些机关，也逐渐重视此项运动。如市政府在大西门外慈母园对面，辟建了网球场，并用竹子将球场圈围起来。继之中央银行贵州分行，也在省府路建立了一个用竹子圈围的网球场。有了这些条件，当时参加此项活动者，竟如雨后春笋。学生、机关职工、商人等打网球的遂与日倍增。

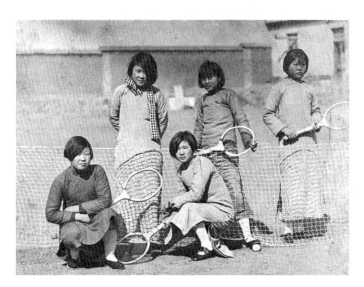
▷ 打网球的女生

　　1935年蒋军入黔，二路军九十二师郭思演部，和九十四师傅仲芳部，在贵阳市大西门中山公园内，联合建立了体育组织。计有篮球场、网球场各一个，接纳社会群众和学生等前去参加活动。经常去打网球的，有雷毓英、雷毓灵、雍清本等。女生有霄毓清、孙德芳、周素芬等。同年，第二路车发起男子"九九杯"网球锦标赛，结果雍清本、刘永祜获冠军，雷毓英、雷毓灵获亚军。冠军奖玻璃框银盾一个，亚军奖玻璃框小一点的银盾一个。数月后，该军又发起"中正杯"网球男子锦标赛，结果雷毓英、雷毓灵获冠军，雍清本、刘永祜获亚军。冠军奖品是玻璃框银杯一个，亚军是玻璃框较小银盾一个。

　　1936年杨森率其二十军来筑，军部设于贵阳市中华北路（当时南京街）四川会馆内，由于杨本人爱好运动，他军部内除设有体育组织，并派专人负责外，还经常组织各种体育活动。杨酷爱网球，为此，他在四川会馆内，修建一个网球场，原先只专供他夫妇每天按时活动，后来社会上很多青少年，也常去活动。杨森聘有一个圣约翰大学毕业的广东人郭豫杰任他的秘书，郭系澳门网球界知名之士，经常参与练球。外界群众学生参加者，有雷毓英、雷毓灵、曾森章、赵同寅、许传忠等。二十军经常参加打球的，有尹历、杨光延、廖××等。这是解放前网球运动在贵阳市的极盛时期。

《贵阳网球、足球运动见闻》

❖ 梁深石：百人舞狮队，献技又出钱

贵阳市华南体育会成立于1940年8月，为两广旅黔人士所组织，会员达百余人，会址设在打铁街内。每次运动会在球类、田径项目中，该会成绩屡列前茅。而对舞狮来说，更是别树一帜。

1941年1月，该会为响应新闻界爱国献机运动，特派人到广东佛山购买狮头、锣鼓和绣牌。并电邀渝、昆、柳各地的会员前来帮忙，一呼百应，不久该会著名舞将和国技专家咸集于贵阳，规模宏大的百人舞狮队即正式成立……

舞狮原是华南民间盛行的元宵娱乐，舞时有一定的步伐和姿态，一举一动都要符合锣鼓的节奏。舞后有时加上武术的表演，所以每一舞狮队中，必有几个武术卓越的人物支撑场面。该队领队孔文和纠察队长梁深泉、梁深石等都是热心社会事业的青年，同时也是出力并出钱的运动员，他们统率了百人组成的舞狮队，于28日中午由打铁街出发，穿行于全市各主要街道，沿途观众蜂聚围观，并紧随不舍。

队员卢寿山和梁深泉、梁深石昆仲诸人，舞技超群，尤为观众赞赏不止。他们擎狮缘竹上升，如履平地，跳板踏台，活似猿猴。不论为空中舞、滚球舞、喷水舞，均见妙技变化无穷，博得掌声迭起。又陈迺经扮演"王先生"、刘钧扮演"笑面虎"，一戴猴面具，一戴大头佛，进退诱狮，都令人捧腹。

他们献舞两天，除顺途向各政府机关拜年外，其余商店住宅，均自行挂彩，鸣鞭炮欢迎。甚至有远在城郊二三里者，亲来邀请。因为华南习俗，

▷ 舞狮

认为神狮降辟，预兆吉祥。故虽贫苦之家，每慷慨挂彩。但因时间迫促，该队只得婉谢而归了。

结束时，计获彩金2600余元，以一半交新闻界献机运动大会。其中彩金以该队队员所在的商店认挂的占大多数，所谓出力兼出钱，他们实当之而无愧。

《1941 年的舞狮》

❖ **赵　洪：** 不一样的烟火，"宝鼎""西鹅"和"水耗子"

"宝鼎"是一种大型烟火体，它的燃放一般在正月十五晚上进行。"宝鼎"高六尺，直径三尺，下部呈圆柱形，上部似锥形。"宝鼎"用竹篾编扎，白绵纸裱糊，不封鼎底，锥尖可系绳子，以便吊挂。锥形与柱体连接部呈正六边形，这部分称为"鼎盖"。鼎盖上镶嵌着小型烟火，有"火箭""滴滴灯""地老鼠""火花筒"等。"宝鼎"内侧重叠吊挂着五至十二层人物和飞禽走兽等景观造型，各种型体的背后都捆着一个二寸长的"火箭筒"。造型体的内容有《仙女散花》《白蛇传》《十八相送》等古代剧目中的形象。宝鼎的最后一层是一条长幅，长幅上写着"五谷丰登"或"国泰民安"的字样。宝鼎由一根总引线从外向里、从下至上把各种烟火装置和各层造型连为一体。

燃放宝鼎前要先搭宝鼎架。搭架需用三根碗口粗的原木，三根原木搭成一个门字形，宝鼎挂放在横架原木的中心位置，宝鼎底部离地面一米左右。悬挂在木架上的宝鼎，好似一枚待发的火箭。当总引线被点燃时，镶嵌在宝鼎上的各种烟火体，由外向里、由下至上层层燃烧，借助各型体身上火花筒喷出的火焰，能清楚地看到先后呈现出的各种景观造型。宝鼎内层燃放完后，鼎盖上的烟火即刻燃放，数支"火花筒"向天空喷出无数闪烁的"金花银柱""地老鼠"跃出鼎盖，在人群中"活蹦乱跳"，到处乱窜，"火箭"一支接一支嗖嗖地射向天际，只见一道道拖着火光的流星，划破天空，无数条"火龙"在空中飞舞，倏往倏来，令人目不暇接，"滴滴灯"滴滴嗒嗒地撒下一粒粒晶亮的"珍珠"，真是五光十色，美不胜收。最后现出"五谷丰登""国泰民安"的条幅，以示百姓的愿望。

放"西鹅"。"西鹅"是在青岩西街燃放的一种形如天鹅的烟火体，它的燃放时间也是正月十五晚上。西鹅长三尺，高一尺五寸，用细竹片编扎，白绵纸裱糊，鹅背上留有孔。用一根长绳拴着一团油捻吊入鹅背的孔内，绳头另一端套在鹅头上，鹅眼中镶着小型烟火"转转花"。翅膀上捆着"滴滴灯"，两种烟火的引线均与油捻相连。当鹅背孔内的油捻被点燃时，借助热能，西鹅便会离地而起，"飞"向天空。转眼间小型烟火燃放，只见那鹅眼睛亮晶晶的，滴溜溜地转动，鹅翅上飘洒着闪亮的"珍珠"，形态栩栩如生。

放水耗子。"水耗子"是一种小型烟火，一般节日都可燃放。它的大小好似钢笔，用草纸一层层地卷糊，再用各种颜色画上眼睛、嘴巴、耳朵等，最后用石蜡化油浸泡周身，并留出引线口，内装两层火药，一层格药。燃放时，选择一个平静宽阔的水面，将水耗子放入，当引线被点燃后，烧到格药层时，水耗子便钻入水中，烧到火药层时，水耗子又浮出水面，好像一只活鲜鲜的真耗子，十分有趣。

《青岩的民间文化艺术活动》

❖ 黄家礼：薅打鼓草，劳动中的乐趣

解放前，席关一带有薅打鼓草的劳动习惯。它是以一位歌手为核心的劳动群体，这位歌手称为"鼓头"。有的以鼓头为首，为人包薅苞谷；有的则是邻里换工，大家聚在一起轮换着一家一家薅去，在乡邻中找一位善歌者担任鼓头。薅到哪家哪家就是主人，由主人家供给一日三餐及烟酒茶。

在薅的过程中，鼓头不薅，他的职责是用歌声、鼓点来统一、指挥全体成员的行动。早晨，戴头在院子中把鼓一敲，出工的歌声一吼，全体成员如同战士听到进军的号角般，立即跟随鼓头出发。在地头，鼓头把一面鼓挂在面前，敲着鼓点，一唱开工歌，全体成员各就各位，像起跑的运动员一样奋力向前薅去。这时鼓头则走在大家后面，唱歌击鼓，以鼓舞干劲，并观察每个人的劳动情况。若有谁掉队或偷懒，他就走到谁的背后用力击鼓并唱歌鞭策、催促，使其难为情而加油向前。

鼓头的歌词特别多，能随机应变，信口唱来。其他成员有会唱的也可以同戴头对唱。打趣取笑，以忘掉疲劳。鼓头以歌声来统一全体成员的行动，劳动的快慢起止，全听他的。比如该小憩时，戴头唱道："锄头把儿三尺三，放下锄头吃杆烟……"大家就放下锄头休息。吃完午饭休息一会儿后，鼓头唱道："吃了早饭走忙忙，身背花鼓到歌场……"大家又马上出工。傍晚快要收工时，鼓头歌道："吃了三杆烟，烟杆甩上天，弟兄们要烟吃，要等第二天。"大家就赶紧作薅结束那一块土的准备。收工时鼓头唱

道："太阳翻垭垭，道谢主人家。人多薅不好，有季好庄稼。"大家就收工。

歌词大多诙谐有趣，如肚子已饿，到了该吃早饭的时候，主人家还未喊吃饭时，鼓头这样唱："肚皮饿来肚皮潮，打发老幺回去瞧。筲箕还在高挂起，甑子还在害枯痨。""你在家中挨，我在坡上挨，你喊吃早饭，我从笼笼里头跳出来。"又如一般情况下，主人家都希望天黑晚一点，帮工则相反。到傍晚，鼓头这样打趣地唱道："太阳要落坡，拜上老板婆。搓棵大麻索，拴倒太阳脚。拴又拴不住，要落还是落。"

民歌歌词风味浓郁，就像中国古诗一样采用重章叠句形式，反复吟唱，尽情渲染。如主人家装的烟不好，鼓头这样唱道："打主人家生得抠，装些烟骨头，弟兄们吃不燃，遍地找石头。""主人家生得恶，装烟像火药，这头点起火，那头就煞角。""主人家生得尖，一天三杆烟，弟兄们不够吃，要等明二天。"

如主人家伙食还可以则这样唱："墙上一窝棕，风吹两边逢。主人家多贤惠，烧酒刮喉咙。""墙上一窝菜，风吹两边拜，主人家多贤惠，两碗白片菜。"

由于这种劳动方式用音乐统一全体成员的行动，具有鼓舞作用，又有利于减轻疲劳，因此劳动效率很高，受到广泛欢迎。尤其是那些诙谐幽默的打鼓歌词，有趣而押韵，娱乐性较强，易记上口，至今仍在这一带传唱。

《薅打鼓草》

❖ 韦 明：老茶馆里的惬意生活

茶馆在贵阳虽不如成都、广州之盛，但老贵阳的茶馆也别有风味。20世纪三四十年代，老贵阳的"正人君子"们是不屑于去"蹲茶馆"的，茶客中也没有"上层人士"。那时的茶馆，多是为一般劳动人民在劳动之余作为休息、聚会的地方，分散于各条街，所以晚上的生意特别兴旺。

那时，开设在世杰花园的几家茶馆，每到华灯初上，茶客便接踵而至，在昏暗的电灯光下，十几张方桌、条桌座无虚席。茶馆中坐的是长条凳或方凳，茶具是粗陶瓷的盖碗杯，四壁没有什么装饰，唯有一张写有"休谈国事"的长条贴在墙上。茶客多是老主顾，只要入座，么师便会提着长嘴壶滴水不漏地冲上开水，有时水未开，么师便大声吆喝："开水未曾开，开了就拿来。"

▷ 茶馆品茶

　　这类茶馆在大南门、次南门、大西门、老东门等处都有几家，各家有各自的特色来吸引顾客。一是说评书，即由茶馆请来说书先生，特设一个高座，先生准时就座。当惊堂木在桌上拍上几下后，闹哄哄的茶馆便顿时安静下来，这时，众茶客鸦雀无声、洗耳恭听。先生的开场白都是："话说天下大事，分久必合，合久必分。昨天说到……"有声有色地说开时，不时还比画动作，真是说做俱佳，引人入胜。但到听得津津有味的关键时刻，先生的"惊堂木"一拍，拖长声音说道："欲知后事如何，且听下回分解。"话音刚落，茶馆的么师便会端来一个盘子，请众茶客"随意，随意"。这时，茶客们也都丢上几文，当然，身上不方便的也不勉强。收完钱后，先生这才又接着说下去。当时，所说的书目有《三国演义》《彭公案》《杨家将》《水浒》等。这些书目，故事性强，连续不断，通过说书先生的艺术加工，自然是很吸引人的。据说贵阳最初的说书先生是清末的落第秀才杜文翘，曾在今河南街一带说过《东周列国志》等，以后收有几个弟子。

另一种特色是"唱小调"，即茶馆找来能拉琴善唱的艺人（男女均有）。道具是一把胡琴，所唱曲调自然是"下里巴人"，但颇受欢迎，因这些曲调在民间流传已久，已为群众喜闻乐见。如《孟姜女哭长城》，从正月哭到腊月，听众都能跟着哼唱；又如"说凤阳，道凤阳"，也是道出劳苦群众受苦受难的通俗曲调。不过，其中也掺杂着俚俗不堪的黄色小调。唱到精彩处，茶客当"啦啦队"，敲茶杯，拍桌凳，满堂哈哈大笑，皆大欢喜。这时，么师要钱的盘子又端了出来。有的茶馆，还有对唱山歌的，又别是一番滋味在心头。可惜，这些民间文艺有的已经失传或者走了样。

专门清谈的茶馆，当时为数不多，20世纪30年代中华南路有一家"会仙茶楼"。这里的桌凳用刷子刷洗得干干净净，茶客则多是小老板、小职员、小市民。至于带有诗情画意的茶馆则更少了，在水口寺临河有一家较为风雅的茶馆。开设在一大间吊脚楼上，窗明几净，茶具虽不算精良，但较土瓷看上去清爽。这里最令人难忘的，是这家茶馆不用男性么师，而是由一位妙龄村姑"执壶"。村姑一幅白色围腰套在淡蓝布衫上，一根长发辫扎上红绳，穿梭于茶座之间，颇有韵味。此外，还妙在吊脚楼下流水淙淙，临窗可俯视一叶扁舟，渔舟晚唱。在这里来吃茶的，不全是骚人墨客，而多是来此"偷闲"者。

抗日战争中，贵阳成为后方重镇，这时外省人来筑的增多。人口激增，为适应需要，形形色色的茶馆便应运而生，如以吃早茶、晚茶为主的广式茶馆便有冠生园、大三元酒家、五羊茶楼等。这样，贵阳人才有口福在广式茶馆中吃到"糯米鸡""马来糕"。此外，还有以说相声、清唱为主的"先生馔茶室"（在今富水北路口）、东园（在今中山东路），皆是场场满座，人们既是茶客，又是观众。

专门以喝茶为主的茶馆，在20世纪40年代的贵阳并不太多，大十字的"大中国茶厅"，算是开设时间较长的一家了。后来，还有富水北路的"喜相逢茶室"等，这些地方，以"茶"取胜，不仅茶叶好，种类多，而且座位舒适，还有躺椅设置。真正的"品茗"之乐，只有在这类茶馆才能得到。

初夏开始，贵阳就有了"露天茶馆"，最火红的是"民众茶园"（在今人民剧场原民教馆广场），市民晚间多到此乘凉。后来，河滨公园与大西门社会服务处也设了"文化茶座"，这种茶座因环境较为清雅，所以颇受文化人欢迎。40年代末期，在中山东路还有一家欧化布置的"音乐茶厅"，以西洋乐曲为主，颇得青年男女喜爱。

有茶馆，必有"茶食"。当时，除花生瓜子外，贵阳的老茶馆还兼售价廉物美的糖麻圆、麻花、混糖饼之类的茶食。为方便经济不宽裕的茶客，茶馆附设的香烟摊还可零买香烟，一支也卖。老茶馆有个"暗号"，如果你这杯茶没有喝过瘾，你离开时，可将茶杯盖反盖于杯上。这时，么师就会给你保存下来，你再来时又原杯奉上。这种处处为茶客节约着想的茶馆，现在实不多见。

我省文史专家唐莫尧晚年回忆年轻时在花溪茶馆喝茶的情景：

我迷上茶是上大学时，1946年，我在贵州大学。当时花溪有四间茶馆。一间在棋亭；一间在花溪桥的南面今花阁老街口；一间在花溪大街转弯靠场坝处；一间在花溪桥的南面桥头，它的后面即今清华中学。前两间茶客多为来花溪的游客；后两间多为贵大学生。最后间虽是瓦房，但当河面的墙是砖墙，开了两扇大窗，店铺内几张大方桌曲配以长条凳，与幼年时听书茶馆无别，然而新奇别致的是茶杯和茶叶。玻璃杯比我考试复习去的茶杯高一倍，上大下小，容量加大；客人入座后，老板即来问："吃红茶，吃绿茶？"回答后，随即拿来玻璃杯和装茶叶的小纸袋（每杯一袋），当你面将袋打开，往玻璃杯中倒入茶叶，茶叶是经工厂加工过的。细而整齐的颗粒或小叶片。老板年过六十，着长衫，围围腰，茶馆也是他，然后他提壶给你冲开水。第一道比起来色味较淡；冲第二道色味浓郁；冲第三道色味差于第二道，但胜过第一杯。由于茶叶质好量多，三道可以说都是酽茶。开始时是吃不惯的，感觉味苦。习惯了茶不酽反而感到不是味。老板跟着端来土碟子盛的葵花，经过筛选，颗颗饱米，本地做的糖，群众称"花溪糖"，颗粒比胡豆大，质似"麻糖"馅粉制成，内包有绿豆沙，吃起来松软可口。40年后，因在青岩开会，尝到一种青岩产的"玫瑰糖"，与此相像，只不过内中多一点玫瑰，这二种可能同源。秋季季节，商贩卖着惠水名产的金钱橘，红红的颜色，皮薄肉厚，甜多酸少，可算得上茶馆为茶客备办的佐茶"甜品"和水果。大学生在此喝茶，一种是为了等候公共汽车去贵阳；一种是品茶聊天。随着沏茶次数的增多，泡大的茶叶如水生植物上下飘浮，好像一种"摆设"，给桌上添了一景；抬头望窗外，绿映窗前可见花溪的河，岸上的树、花圃、田野和远山。喝茶有四周佳景配合，心曲与品茗紧密相扣。天南地北，谈笑风生。茶喝够了，兴致尽了，起身出来，可乘坐由镇上到校本部的有车厢的马车，兜着风，蹄声得得中归去；也可三三两两，或踽踽独行，穿过花溪公园，一路玩赏着"真山真水"，优游自得从宅吉村回到宿舍。

《老贵阳的茶馆》

❖ 蓝泽众：青年军夏令营，不一样的暑期体验

贵阳青年军夏令营，是抗日战争胜利后的1946年暑期（6月底至7月末），驻筑的国民党青年军部队宣告结束，并改办为设立在贵阳南厂兵营的贵阳青年中学，在贵阳市郊麦架桥举办以音乐、体育为主要活动内容的一个为期四周的夏令营。

那时我在贵阳西南中学任音乐教师，一天早晨，收到省立艺术馆艺术部主任于世沆先生一封便函，说"贵阳青年军夏令营要聘请几位单位教师作该营指导，为期四周，薪金银洋十元，望先生能前往担任一席，并希于近日来艺术馆共商有关事宜……"当天下午我便到省艺术馆（今贵州省文联前楼地址）与于联系，知道同时受聘的有郭可讪、邹学英（伯群中学教

师）、余　飞（小提琴教师）、谢洛夫（贵阳高中音乐教师）、都良知（龙泉学校音乐教师）、于传仁、于世沆和我，一共七人。

青年军夏令营的营地，即原青年军在麦架桥的驻地——一个由田坝开拓出来并稍加平整的练兵场，十分宽大，然而却非常简陋，夏令营时用来集合全体营员开大会和进行体育（田径、球类）活动。全营2000多营员，分为14个大队，分住在大操场周围，距离大多为一公里左右的14栋砖木结构的简易大营房里；这些营房也兼作课堂，音乐课和少许的其他文化课都是在这里上。

▷　民国时期青年军夏令营

七个音乐教师，被安排在大操场左侧（亦即夏令营营部附近）斜坡脚的两个帆布帐篷里住宿（帆布帐篷上还隐约可见印有"U．S．A"的标记，显然是"盟军"（美国兵）在抗日战争胜利后离筑时留下的东西），附近还有一个较大的帐篷，则是音乐、体育教师共用的"饭厅"。伙食一日三餐，早餐为稀饭馒头，中餐、晚餐为四菜一汤，完全与学员伙食一样，餐具也都是竹筷子和土碗。

学员们已不是扛枪的士兵了，但却仍然受到同原来相似的军事管理。学员遇教师，是举手敬严肃的军礼，教师们很不习惯，往往也把手举到没有军帽的头上还礼，把学员们都逗得大笑起来。学员和他们的队长们都把音乐指导喊作音乐教官，把体育指导喊作体育教官……

据说2000多学员都是具有初中以上文化程度的青年，在音乐活动中，我们体会到这种说法大体不错；虽然活动仅限于唱歌，然而在练唱中，是能测知他们所具备的中小学音乐教育中的基础知识的。

夏令营的歌唱教材，也是由省艺术馆代为选编的，是一本32开大小共20多页的小册子，其中选印有《总理纪念歌》《青天白日满地红》《联合国歌》《一个年轻的兵》《我现在要出征》和以《美国海军陆战队》原曲译配的《中国青年新军人》等近30首中外歌曲和民歌。

七个音乐教师分别为14个大队上课，每人负责两个大队。音乐课全是安排在下午，每次约两小时。虽然时间不长，人又多（每个大队都有200多人），但由于学员都具有一定的文化和音乐基础知识，几乎每个课时都唱会而且唱好一首新歌。在后半段时间，一首新歌很自然地由听唱教学变成视唱教学了。

夏令营结束时，全营在大操场举办了一次"仲夏夜歌乐会"，贵阳音乐界、新闻界人士应邀参加了音乐晚会，贵州省政府主席杨森等省、市政界人士也前往聆听了音乐演唱。在晚会上，由省府乐队伴奏学员的2000人大齐唱开始，表演了小合唱《杜鹃花》、重唱《跛足道人歌》、独唱《教我如何不想他》、提琴独奏《小步舞曲》、二胡独奏《光明行》等节目，直至深夜。为时一个月的青年军夏令营，也随着仲夏夜的歌乐声宣告结束。

《记40年代贵阳青年军夏令营及其音乐活动》

❖ **方剑华：贵阳的足球运动**

我省在解放前由于交通闭塞，文化体育事业落后。在30—40年代，足球运动一项，很少开展活动。当时，足球的场地问题，无人过问，仅有南厂空地及六广门外空地各一块聊可利用。但地处城外，故参加活动人数寥寥无几。同时，足球技术亦十分落后，当时仅有合群体育会的足球队（队长梁光材，队员有李家庆、方剑华、李梦霞等）与宪兵队进行不定时的友谊赛，1939年夏宪兵队调防后，足球活动又陷于停滞。

▷　1936年柏林奥运会上的中国足球运动员

1940年初，粤人袁秉忠，喜爱体育事业，热心奔走，筹资募款，组织了华南体育会，会内设有男女篮球、排球、足球、游泳及田径等队，在贵阳常和各队进行友谊比赛。

华南的男篮队员，有全广辉、陈宗宪、郭林松、方剑华、张学震等；女篮队员有张冰等。排球队员有伍伯夫、梁深石等。足球队员有黄锦阮、张宏根、黄世锦、文威、符和胜、方剑华等。田径以张年春、张国雄、黄国雄等为主。

由于华南足球队的阵容比较整齐，球艺水平较高，曾参加当时全省运动会及国防运动会的比赛，并获得全省运动会的足球冠军。

1942年春，桂林东方足球队负责人、原天府制药厂的沈士彦，率领该队去重庆比赛，路经贵阳时，该队成员曹秋亭、张金洲、张荣才、侯榕生、钟永佳、黎兆荣、谭江柏等，均系穗、沪足坛名将，为活跃贵阳足球运动，以资观摩借鉴，便出面联系并负责招待，决定在贵阳南厂球场，请东方队与贵阳各队进行三场足球友谊赛。

第一场东方对华南，比赛结果，东方以5：0获胜。

第二场东方对贵阳联队，贵阳联队亦遭失败。

末场，为了满足观众的要求，使在比赛时技术上避免过于悬殊，经协商改为表演赛。办法是东方队和本市联队混合组成两个队进行比赛，这样对抗的双方势力大致相等，场上竞争甚至观众亦感满意。

在东方足球队来我市进行比赛期中，观众特别拥挤。因慕名前来观战的多，故车水马龙盛况空前。经过东方足球队在筑的比赛和表演，我市各队的足球技术水平确有一定提高，参加足球活动人数，显较以前增多。球队的组织，亦有一定的发展。如公路局新组成了扶轮、飞轮足球队；华南体育会，也组织了飞虎队。此外合群体育会、中央日报社、大夏大学等，也都相继成立了足球队。虽然他们都受到了场地的限制，不能随时练赛，但可利用星期日或假日，在本市中心地带民教馆的小球场，进行七人的小型小足球赛。

《三四十年代贵阳的足球运动》

❖ 袁树三："弈楼"对弈的日子

围棋是一种比较高尚的斗智艺术，又属体育活动重要项目之一，故古人说它"虽小道亦有可观"。贵阳自辛亥革命以后，善弈围棋的人，有张莲浦、桂诗成（百铸）、谢根梅、李仲公诸先生，其中以张莲浦堪称高手。其后，有袁大勋（芾三，笔者先父）、唐长善（体仁）、徐廷栋、曹鹤翔诸君，我也受先父熏染而乐此不疲。其后这部分人中，以徐廷栋、曹鹤翔、谢根梅三君棋艺较高，对弈时堪称伯仲，互有输赢。

▷ 下围棋

先父袁芨之，平生无他嗜好，惟嗜围棋，曾以毕生精力，著有《弈学举隅》围棋谱，从初学入门，以至高深着法，悉编入谱内，并有详细解说，使初学者一目了然。例如"花聚图"的"梅花五""刀把五""金龟七"……一子即可点死，让初学者识别什么是沽格，什么是死格，什么是空眼，什么是实眼，了解生死后，就知道着法。其他如"局路图""起手布局团"……以及围棋术语等，应有尽有。此外，还精选古谱如"范施十局"，中日高手对点局等，都搜罗进去，以便初学者相由浅入深，循序渐进。该书曾先后由贵阳的知名学者、棋手，写了序言和跋文十余篇，如陈稚兰、邹质夫、李仲公、桂伯铸先生等，均有名作，赞扬为"梯航后进"的佳谱。整个稿本是用双宣纸印成棋盘，以墨笔抄写，和红蓝本章打印的。先父于解放后将其全部赠予民革贵州省委员会，惜在"文化大革命"中遗失，殊属憾事！

先父曾与唐体仁、徐廷栋、曹鹤翔等，共同发起围棋组织，选定光明路（省府路）志道学校隔壁一家木工房楼上，作为下围棋的地方，起名"弈楼"。后经旷家荣（京剧票友）父子同意，欢迎将弈楼设在他家，不要租金。弈友们各自拿出围棋，共得五副。其中有日本子和石头子各一副。筹备就绪，于1930年初秋正式成立"弈楼"。到会的有三十多位弈友。笔者也参加了筹备。成立之日，曾共同订了一个《围棋公约》，当中有"不准借弈赌博，爱护弈具；不许吵闹"等条。"弈楼"的开支费用，初期由弈友每人出大洋二元，之后，每人每月出大洋一元。会后曾在志道学校操场合影留念。当时有杨俊卿（三穗人，前清进士，老书法家）自愿住宿弈楼，义务管理弈具。另雇工友一人职司弈局摆设，收拾及清洁卫生、烧茶水，冬天生炭火等杂务。每日昼夜开放，并制定轮值表，当值者必须早到弈楼。欢迎初学者及爱好围棋者参加，不收费用。

开始一段时间，弈楼天天满座，五副棋子都全用上。有时经会友同意，可以组织八人、六人或四人同下一局，名曰"公弈"（先由棋艺水平相等者配成对手，下子不能互相商量，很有趣味）。弈楼附近省属机关职工、驻军和学校师生到棋楼学棋和对弈者很多，老弈友们日夕必至，都乐于尽心教导。志道学校教师黄梅庭、张星槎、龚芹阶等，均在此学会了围棋。有时在周末，他们的弈兴未尽，回到学校宿舍后，还点上"牛油烛"继续对弈，可见其兴趣之浓。自卢沟桥事变，日寇深入中原，贵阳成为抗战的大后方，日间防空袭、夜间灯火管制，迄"黔南事变"前，机关人员疏散，弈者渐稀。此后弈友星散物故，盛极一时的"弈楼"，便成为历史上的陈迹了。

《围棋见闻二则》

❖ 王椿庭、李实："有车一族"的较量

抗战军兴，敌占区人民逐渐来到大后方的贵阳。原来在体育活动上比较沉寂的贵阳，各项球类、田径、游泳、竞马等亦随之有所开展。惟自行车比赛活动，尚属创举。

▷ 自行车比赛

1941年3月，由中正公园（现改名花溪公园）董事会及《贵州日报》社的社会福利部，联合发起举办了贵州省第一届由贵阳至花溪的长途自行车比赛。特聘请体育工作者王椿庭负责筹备工作。筹备会下分设总务、宣传、竞赛三股，各股分头进行筹备工作。首先，邀请了体育专家拟定《竞赛规程》，旋于3月14日下午，在贵州日报社召开了裁判员、运动员谈话会，到会者达200余人。谈话会由筹备会负责人王椿庭主持，并公布和讲解了《竞赛规程》、出发时应行注意事项，随即发给了运动员号码布。

大会聘请了省主席吴鼎昌为总指导，财政厅长周治春为副总指导，董事长何辑五为总裁判，建设厅长叶纪元为总纠察，宪兵团长周起镐、警察局长夏松为副总纠察，贵州日报社社长严慎予为总干事，贵筑县长张馥荞为副总干事。兹录《竞赛规程》如下：

一、宗旨：提倡户外运动，养成蓬勃朝气。

二、运动员资格：凡我省民众，志愿参加者，不分男女，可报名参赛。

三、自行车自备。

四、比赛项目：分比快、比慢及骑术表演三种。

五、报名时间：即日起至3月13日止。

六、报名地点：贵阳大十字贵州日报社社会福利部。

七、比赛时间：3月16日上午10时起。

八、比赛地点：①比快：由贵阳大十字省会警察局门口开始，出中山门，沿公路至花溪终点止。②比慢及骑术表演：下午一时起，在花溪清华中学运动场。

九、参加项目：凡参与比赛者，不限项目。

十、准时到场：凡参与比赛者，须在比赛地点听候点名，三次点名不到者，即取消比赛资格。长途比赛：与赛者自始至终均须依照路线前进，中途不得更换人员，倘有抄近或更换人员情事发生，经查出后即不予取录。

十一、运动员制服：凡参与比赛者，均须穿整齐之运动衣裤，前胸后背，须缝有大会发给之号码布，无号码有者，不得参与比赛。

十二、聘请裁判：函聘热心体育之人士和富有经验者担任之。

十三、抗议：在比赛时倘有抗议情事发生，须在比赛终了后两小时内提出抗议，送呈裁判委员会审查，但本会之判决为最后之终决。

十四、谈话会：3月14日下午在贵州旧报社召开谈话会，并发给号码布，凡报名参与比赛者，届时须出席参加。

十五、比赛方法：①长途比快：以最先到达终点者获胜。②比慢：以后到达终点者获胜（注：比慢车辆于比赛前由裁判指定，用同一式样之车辆数辆。分组比赛，按田径赛规则执行）。③骑术表演：按照评判标准，以得分多者获胜。

十六、奖品：比快、比慢、骑术表演冠军，各奖时表一只，亚军、季军各奖自来水笔一支，并各奖储蓄券一张。另设女子表演锦标一个，奖时表一只。

十七、遇雨改期：比赛之日，倘遇大雨，则临时通知改期。

报名截止后，参与当天比赛者，共152名。其中女子7名，比慢者65名，女骑术表演者28名。大会鉴于此次参加者人数过多，特聘请红十字会担任沿途救护。花溪卫生院担任终点处救护。清华中学及贵阳女中童子军，担任维持大会及终点处秩序。

16日午夜一时许，雷电交加，大雨如注，孰知清晨7时，阳光即突云而出，天朗气清，风和日暖，自行车竞赛得能按原定时间举行，天公作美，皆大欢喜。当日活动情况分志如下：

上午9时许，自行车长途竞赛运动员齐集城内大十字省会警察局门前准备出发，警察局及宪兵团负责维持秩序。车马静止通行，街道两旁挤满了观众。10时整，发令员土椿庭银笛一鸣，领队汽车在前，百余辆自行车争先恐后地相继疾驰而去。摩托车担任监察，救护车随后。男子组只见短小结实的电政局职工胡在明，紧紧钉在领路车后面，始终领先，在掌声中第一个到达终点，荣膺冠军。成绩34分23秒；电政局的王忠元获得亚军。女子组冠军为岚村糖果店的董重来，成绩57分25秒；亚军为花溪商店的刘伯仙。新闻界冠军为贵州日报社的陈伯熙。

下午1时，假花溪清华中学（现改名花溪中学）运动场，首先举行自行车比慢，计程50米，分道比赛。裁判员宣布不得触分道线，倘有触及分道线者，不予取录。观众人山人海，绕会场四五匝，目光都集中在看谁的技术好，谁刹车的时间长。结果：男子组冠军吴子民，亚军伍正权；女子组冠军胡德华。

接着进行骑术表演，评判的标准是：骑车姿势占百分之十，花样占百分之六十，特别技术占百分之三十。但见有人牛分井、开倒车、摇车、后轮立车、车上翻筋斗、斜形摇车等表演。以姿势新奇优美，得分较多的吴岩章获冠军，伍正权获亚军。特聘技术表演者陈飞，车技娴熟，动作惊险，尤受观众欢迎。

自行车比赛完毕，幼稚园的幼儿继续表演歌舞，稚子的歌声和舞蹈，使人感到非常可爱。接着，来自一二十里外的青岩、杨柳塘、陈亮堡等地数十对男女苗胞，鱼贯入场，表演歌舞。男的拿着芦笙走在前面，女的则跟在后面。其中有的衣着颜色朴素，有的衣着颜色艳丽，男女苗胞随着芦笙的乐声翩翩起舞，动作与音乐的旋律节拍和谐协调，表现了刚健古朴的风格。末了是布依族同胞表演，他们衣着与汉族相似，以习俗尚武，表演了地戏"杨家将"。一个戴红脸壳的饰演杨五郎，与另一个戴黑脸壳的，手中各执刀枪，进行了一场厮杀。直至下午4时许，人们才怀着喜悦的心情离开了美丽的花溪。

17日下午在贵州日报社社会福利部，由当时贵州省主席吴鼎昌的夫人陈适云，对获得优胜的运动员颁发了奖品。

《贵阳至花溪自行车赛见闻》

❖ 吾　木：纸烟卷，"老烟枪"的心头爱

旧时贵阳没有纸烟，只有叶子烟和丝烟。"下贵定买丝烟啰！"是经常可以听到的话。辛亥革命后四五年，街上开始出现一两家兼卖纸烟的杂货铺。纸烟是从上海用包裹寄来的。

▷ "美丽"牌香烟广告

跟着上海纸烟而来的，是由广西入黔的各牌纸烟。五四运动后一年，贵阳出版的《贵州公报》上刊登纸烟广告，占了半版，画的是一条飞舞的龙，推销南洋兄弟烟草公司出产的"白金龙"牌纸烟。那个时代抽纸烟、戴博士帽、拎司蒂克（拐棍）是洋派的象征。贵阳人容易接受新东西，抽纸烟者日众。到抗日战争爆发的1937年，贵阳专卖纸烟的店铺增加到近20家，六座碑（今民生路）、珠潮井（今富水中路）就有四五家之多。都是经销外省纸烟的。虽然各种牌子名目繁多，却以"白金龙"牌销路最好。

抗日战争期间的1940年，贵州烟草股份有限公司的"黄河"牌纸烟问世，这是贵阳，也是贵州省第一种自产的机制纸烟。以后几年，"企鹅""企鹰""东山""美熊"各种牌子的本地产纸烟相继推出。"企鹅"口感平和，"企鹰"劲大过瘾，"东山"价廉物美。本地纸烟很快得到贵阳人、外地旅筑人认可，贵阳人特别对那胖嘟嘟、一摇一摆向你走来的"企鹅"情有独钟。抗日战争胜利后几年，美英纸烟"红其士""飞利浦""白炮台""绿炮台"，国产纸烟"哈德门""美丽""飞马"充斥贵阳市场。有一种"美丽"牌纸烟，10支装，里面装有送给购买者的画片，印制精美，煞是好看。

《纸烟、照相、马车、电影》

❖ 顾乃熹：以武会友，摆一座英雄擂台

摆设"擂台"，是一种古时比武斗胜的形式，起于何时尚不可考，只是在旧小说、戏曲中常见到的一些故事。大概都是某些怀有野心、有权势的人，用"以武会友"的招牌来招揽江湖上有武艺的人作为爪牙，达到他们的某种目的，起码是作为私人护卫和看家护院，演变到为非作歹，鱼肉乡里。也有些身怀绝技、疾恶如仇的人上台比武，和他们较量，借此剪除恶霸势力，为民除害的。"打擂台"的来源大概如此。

1947年五六月间，当时国民党贵州省主席杨森善骑好武，举办了一次

"摆擂台"的活动。我曾参加作为"门将"之一员，现根据回忆写一点亲身经历的简略情况。

▷ 杨森（1884—1977）

杨森在贵州任省政府主席期间，要开办一个"国术馆"。因经费没有着落，便想出了"摆擂台"的办法来吸引观众，发售门票作为筹集国术馆基金的收入来源。"擂台"设在六广门体育场内小篮球场，实际上有"擂"无"台"。

擂台的组织是：由国术馆长杨森、教导主任顾汝章任"台主"，郭青山、周森柏、白志祥、周本卫、顾乃熹、吴锡麟等20余人任护卫武官，孙庭让任总务。另外还聘请了当时的贵阳地方法院院长和首席检察官为法律顾问。参加打擂的人，要事先登记报名。

打擂比武的方式是：把篮球场中间平地划成三层方圈，分东、西、南、北四门，门内设三关，参加打擂比武的人先与"门将"交手，能连破四门、闯三关的最后才和"台主"交锋决定胜负。

摆擂定期七天，每天开始时先进行武术表演，表演节目有单刀、双刀、大刀、长枪、画戟、空手对拳、拳击、空手破花枪、空手夺刀等。参加表演的除了上述的护卫武官外，还有顾锦章、顾丽生等人，"台主"顾汝章表演了大刀进枪、三节棍进枪。记得报名参加打擂的人最出色的，是一个姓向名前的外地人，能连破三关闯进关内，博得观众喝彩叫好；另有一个是贵阳的涂蛮子，他完全不懂得武术，倚老卖老，一味蛮打，不到三合就被制止，引起全场哄笑。

这次打擂，由于名目新鲜，是贵阳从来没有见过的"玩意"，引动了人们的好奇心，再有当时的小报《人报》的渲染、吹嘘，因而轰动了整个贵阳山城。大家都以先睹为快，人山人海抢购门票，七天的门票收入和有关人士的资助，所得收入除开支外净得3000余元存入银行生息，作为国术馆开支。国术馆设在原贵阳中山公园（现贵阳市委会、贵州省教育厅处）内。以三至六个月为一期，招收了不少学生，在馆任职任教的有白志祥、顾汝章等人。办了三个月就没人管了，打擂收入也下落不明。

《记贵阳市一次"摆擂台"活动》

❧ **姚钟伍：**息烽温泉，寒冬里的诱惑

天气转凉，细雨与寒气让泡温泉的念头冒了出来。在贵州这个喀斯特的王国，与之伴生的温泉是大自然最细腻而温柔的赐予。像冬季候鸟飞向南方那样，我们也需要取暖，躺在雾气升腾的诱惑中，周身被温润的水流缓缓包裹，生活原来是可以以另外一种方式出现的。

记得在很小的时候，息烽温泉祛病的药用功能，就让人们翻山越岭而来，洗去一路尘土及泥泞，也许那时的人们更懂得息烽温泉的美妙。息烽温泉是国内名泉，对温泉的开发可以追溯到民国时期。民国三十四年（1945），当时的省主席杨森倡导并拨款修建了息烽县城东北43公里这个养在深闺之泉……

四面的群山将生活泉、治疗泉、游泳池泉三个最大的泉眼纳入怀中，

一条陡峭的山路行至终点才能到达息烽温泉，清水河、黑滩河南段纵贯其间汇成温泉河，流入洋水河，下乌江，入长江，奔流而去。温泉里含有30余种微量元素，其中锶、硒、铜、锌、氟、铁、锰、铬、钒等14种矿物元素是人体必需的，所有元素含量均符合我国生活饮用水标准和矿物饮用水标准。这些并不全是息烽温泉引以为自豪的地方，而氡含量如此丰富的温泉却是世界少有。

秋日的温存退去，马不停蹄赶来的寒冬让这个小小的盆地雾色蒙蒙，在息烽泡上一个温泉澡，已经是一些城市人越冬的固定节目，每一柱白雾下，就是一处炙热的泉眼，最大的一处是在游泳池之下，日涌水量达一千多吨的温泉水日夜不息。标准游泳池大小的温泉清澈见底，滚烫的水流从底部的花岗岩缝隙处涌出，冒出一串串透明的水泡。若是你喜欢温度高些的泉水，上午是最适宜下水的时间，泳池另一侧引进的凉水还未完全把滚烫的热度稀释，瞬间就可尝一下暖到心里的滋味。这个时候，在泳池中泡温泉的人是很少的，因为那热度真有些让人难以消受，难怪当地人一直流传着息烽温泉水可以直接煮鸡蛋的说法。怕烫的人，可以选择下午，经过几个小时的冷热掺和，这个温度已经让你能舒舒服服地下水。因为泳池够大，多一点人也不会觉得拥挤，以仰泳的姿势躺在温和的水面，周围漂浮着一丝硫黄的气息，这是泉水中矿物质蔓延在空气中的气息。

《息烽温泉：升腾在热水中的诱惑》

第九辑

黔灵絮语·
文化名家的筑城足迹

❖ 茅 盾：贵阳巡礼

二十七年春，从长沙疏散到贵阳去的一位太太写信给在汉口的亲戚说："贵阳是出人意料的小，只有一条街，货物缺乏，要一样，没有两样。来了个把月，老找不到菜场。后来本地人对我说：菜场就在你的大门外呀，怎么说没有。这可怪了，在那里，怎么我看不到。我请人带我去。他指着大门外一些小担贩说，这不是吗！哦，我这才明白了。沿街多了几副小担的地方，就是菜场！我从没见过一个称为省城的一省首善之区，竟会这样小的！那不是城，简直是乡下。亲爱的，你只要想一想我们的故乡，就可以猜度到贵阳的大小。但是我们的故乡却不过是江南一小镇罢了！可爱的故乡现在已经没有了，而我却在贵阳，我的心情，你该可以想象得到罢？"

▷ 贵阳大十字街旧照

二十七年冬，这位太太又写信给在重庆的亲戚说："最近一次敌机来轰炸，把一条最热闹的街炸平了！贵阳只有这一条街！"

这位江南少妇的话，也许太多点感伤。贵阳城固然不大，但到底是一省首善之区，故于土头土脑之中，别有一种不平凡气象。例如城中曾经首屈一指的老牌高等旅馆即名曰"六国"与"巴黎"，这样口气阔大的招牌就不是江南的小镇所敢倡有的。

　　但"六国"与"巴黎"现在也落伍了。它们那古式的门面与矮小的房间，跟近年的新建设一比，实在显得太寒伧。经过了大轰炸以后的贵阳，出落得更加时髦了。如果那位江南少妇的亲戚在三十年的春季置身于贵阳的中华路，那她的感想一定"颇佳"。不用代贵阳吹牛，今天中华南路还有三层四层的洋房，但即使大多只得二层，可是单看那"艺术化"的门面和装修（大概是什么未来派之类罢），谁还忍心说它"土头土脑"？而况还有那么的大玻璃窗。这在一个少见玻璃的重庆客人看来委实是炫耀夺目的。

　　如果二十七年春季贵阳市买不出什么东西，那么现时是大大不同了。现在可以说，"要什么，有什么"。——但以有关衣食两者为限。而在"食"这一项下，"精神食粮"当然除外。三家新书店在一夜间被封了以后，文化市场的空气更形凄凉。

　　电影院的内部虽然还不够讲究，但那门面堪称一句"富丽堂皇"特别是装饰在大门上的百数十盏电灯，替贵阳的夜市生色不少。几家"理发厅"仿佛是这山城已经摩登到如何程度的指标。单看进进出出的主顾，你就可以明白所谓"沪港"以及"高贵化妆品"，大概一点也不虚假。顾了头，自然也得顾脚。这里有一家擦皮鞋的"公司"。堂堂然两开间的门面，十来把特制的椅子。十几位精壮的"熟练技师"，武装着大大小小的有软有硬的刷子。真正的丝绒擦，黑色的深棕浅棕色的，乃至白色的真正"宝石牌"鞋油，精神百倍地伺候那些高贵的顾客。不得不表白一句：游击式的擦鞋童子并不多。是不是受了那"公司"的影响，那可不知道。但"公司"委实想得周到，它还特设了几张椅子，特订了几份报纸，以便挨班待擦的贵客不至于无聊。

　　使我大为惊异的，是这西南山城里，苏浙沪气味之浓厚。在中华南北路，你时时可以听到道地的苏白甬白，乃至生硬的上海话。你可以看到有不少饭店以"苏州"或"上海"标明它的特性，有一家"综合性"的菜馆门前广告牌上还大书特书"扬州美肴"。一家点心店是清一色的"上海跑堂"，专卖"挂粉汤团""绉纱馄饨"，以及"重糖猪油年糕"。而在重庆屡见之"乐露春"，则在贵阳也赫然存在。人们是喜欢家乡风味的，江南的理发匠、厨子、裁缝，居然"远征"到西南的一角，这和工业内迁之寥寥相比起来，当作如何感想？

"盐"的问题，在贵阳似乎日渐在增加重量。运输公司既自重庆专开了不少的盐车，公路上亦常见各式的人力小车满装食盐，成群结队而过。穿蓝布长衫的老百姓肩上一扁担，扁担两端备放黝黑的石块似的东西，用麻布包好，或仅用绳扎住：这石块似的东西也是盐。这样的贩运者也绵延于川黔路上。贵阳有"食盐官销处"，购者成市；官价每市斤在两天之内由一元四角涨至一元八角七分。然而这还是官价，换言之，即较市价为平。

贵阳市上常见有苗民和夷民。多褶裙、赤脚、打裹腿的他们，和旗袍、高跟鞋出现在一条马路上，使叫人想其中国问题复杂与广深。所谓"雄精器皿"又是贵阳市上一特点。"雄精"者，原形雄黄而已，雕作佛像以及花卉、鱼鸟、如意等形，其实并无作器皿者。店面都十分简陋，但仿单上却说得惊人："查雄精　物，本为督黔特产矿质，世界各国及各行省，皆未有此发现，其名贵自不待言；据本草所载，若随身久带，能轻身避邪，安胎保产，女转男胎，其他预防瘴气，扑杀毒蛇毒虫，尤为能事"云云。

所谓"铜像台"就是周西成的铜像，在贵阳市中心，算是城中最热闹，也最"气概轩昂"的所在。据说贵州之有汽车，周西成实开纪元。当时周氏"经营"全省马路，以省域为起点，故购得汽车后，由大帮民夫翻山爬岭抬到贵阳，然后放它在路走，这恐怕也是中国"兴行汽车史"上一段笑话罢。

铜像台四周的街道显然吃过炸弹，至今犹见断垣残壁。

❖ 谢六逸：还乡杂记

这次挈妇携雏，从海道绕了回来，虽然历尽艰辛，但车行到了城郊，心中便有说不出的兴奋。走近城垣，仔细看那灰白色的石墙，也还没有全被风化，只是从前蔓延在上面的茑萝，大部分已经除去，而城门上却已肇锡佳名，这就表示已经换上了新装。不过城外的渣滓堆似乎越堆越高了，几乎和城垣一样高。天空飞着的鹰鸟更其繁殖，环绕着那些渣滓堆翱翔，正在寻觅死鼠的残骸。

进了苍老的古城，首先看见的就是那一条"贯城河"。贯城河啊，真是久违了，二十余载的风霜雨雪，都洗涤不尽你那一副龌龊相！贵阳城的心脏在哪里？如果说从前的"抚台衙门"，是贵阳城的心脏，你就应该是贵阳城的大肠了。油绿的死水依然，污秽的垃圾依然。这古老的城郭，历来害着"心脏"衰弱的重症，再加上由"大肠"不洁而起的"血中毒"，就不免显得疮痍满目了。

在马路旁徘徊，我变作了异乡的孤客了。两旁商店的门前不是改建成"连环弯"了吗？从前大十字一带的拙朴的绸缎铺已经不见了，"洋广杂货"倒增加了不少，这就说明了古城的进化。我想买一点用手工制成的土产品，如竹制的手杖之类，问了半天，却无处可买。日常用品全是省外运来的，本省制造的东西并未一见。岂不是连二十余年前的那点手工业也保持不住了吗？可是从黔北运进来的川盐，虽然已经修好了宽大的公路，然而那些石块似的盐，反而是放在两轮的木箱里面，用人力来推挽，或者用竹箩背，那些劳动者有的是白头老翁，有的是黄毛孺子，然而他们在饥饿挣扎线上则是相同的，这岂不是说明人的劳动力比牛马还贱吗？这真是天大的矛盾啊！

惨苦的现实呈现在面前，大人先生们的高调却响进了云端。在上海时，有人告诉我一个关于大人先生们的故事，说是有一次某先生讲演时，从怀中摸出一本支票簿，对大众说，你们贵州人连这个东西也没有见过，难怪你们的文化落后了。如果传闻不错的话，这位先生的荷包之满亦即银行存款之丰，真可算是并不"落后"了。

又听说"化苗"的声浪也曾响过一会，然而"化苗"必须自己首先"苗化"，试问那些以"化苗"为己任的先生们，舍得

▷ ［日］鸟居龙藏（1870—1953）

怀中的"支票簿"吗？说起来很惭愧，现在国内出版的苗族语言调查书籍，比较有系统的，还得数中山文化教育馆翻译的日人鸟居龙藏的著作。

如今，"化苗"已成为绝响，再谈下去近于旧账重提，还是回转来谈古城吧。

所谓"古城"，原来是中外同一的。库斯聂在《社会形式发展史》里面写封建城市有如下的一段："要了解十一世纪西欧封建城市的生活及外观，最好到现代的东方城市中去浏览一周。那里的街道蜿蜒如羊肠，有的铺着石块，有的完全没有，突然一望，像漫无秩序的石堆，充满了各种污秽的废物及碎片，夜深的时候，没有灯光，随处都有成群的狗，他们还负有清道夫的责任（以不洁的物件作为食料），这就是封建城市的外观。"这一段话我以为很有意义，不过他说负"清道夫"责任的，是成群的狗，这句话如果在封建时代说出来，我看是要犯诽谤罪的。

我们又须进一步去看，这样的古城是如何形成的呢？原来从前遇有军

事行动，为了保全财产和生命的安全，有钱的人为了抵御侵入者，不得不建筑一所坚固的住所。那些有钱的人，不是军人就是富豪。他们把自己的坚固的城堡，扩大范围，许可自由民（农、工、商）到里面，去居住，在里面交换物品，同时自由民也愿受军人、富豪的保护。后来由城堡渐渐变为城市，正如柳子厚所说的："夫假物者必争，争而不已，必就其能断曲直者而听命焉。"到了20世纪，不管那些人能否断曲直，为了依赖城市的缘故，大家不听命也只好听命了。

城市的形成既然如此，所以"能断曲直者"（据柳子厚之说）的地位愈来愈优越，他们的目光也只瞧得见自己。

往往这个古城里面的市民，他们的谋生之路日渐其窄狭了。我们试把城内居民的生活分析一下就可以知道。富有的人不外是从前甚至现在以贩卖特货起家的，其次是落职的军人或官僚，再次是避难来此的寓公，这些都是城市中不劳动的人。至于正当的商业，资本在五万以上的不知道有几家，似乎无所谓企业家。遵义的柞蚕，黔东的水银，应该是贵州的富源，然总不及鸦片烟，所以一直到抗战以后才引人注意。至于中产阶级呢，不外是一批退了职的县长或收税吏构成的。中产以下的就很寒苦了。我曾听着名流们骂贵州人懒惰，赶不上四川，四川人在石山上也堆一些土，种下五谷。实际贵州农人果真懒惰吗？贵州的土质是否和四川一样，农人辛苦了一年所得几何，这些名流们似乎是不屑于研究的了。

还有这古城里面的知识分子了，其最高目的在做官吏，忽略了生产上所必需的技能，也就是看轻其他的职业。这确是一种危机，这种错误的观念如果不扫除，将来贵州的生产事业，永远不会落在贵州人的手里。也使得贵州人谋生的路一天比一天窄狭，这是很可忧虑的。

听父老们说，贵阳的城基是建在石头上的，但同时也是建在沙土上的。它的未来的命运的决定，就看这城里面的许多青年，是不是真的会怒吼了！

原载 1938 年 9 月 25 日《贵州晨报》

❖ 萧 乾：贵阳书简

单说我们自己呢，这番苦可不冤。八百里的荒山呵，什么你都看不见，满眼尽是硗瘠，荒凉，陪伴着极端的贫穷。然而在这旅途的那端却有这么一座阔城等着你，有电灯，有电话，有洋瓷浴盆，还有离湘境后久违了的绿森，这简直是太丰富的报偿了。

其实，比起上海，比起青岛，贵阳还说不上阔。然而位置在一柄枯叶般的省份里，就已经有些阔得不和谐了。每一个疲倦的旅客一走入贵阳近郊，看到那么细柔娇绿的垂柳，看到饭店旅馆的显目广告，都会感到莫大欣喜，甚而感激；然而把肚子填饱，把疲惫的身子安置到一张铁床上时，近于忘恩地，一种惊讶会冒上心头。他将不自禁地问自己：（他心里那些庞大山岭的影子，沿途那些乞丐般的穷苦同胞的影子，将逼着他问自己）怎么，这是仙境吗？是沙漠中的海市蜃楼吗？昨夜还睡在一张为虱蚤霸占了的破席上，生活在那些张菜色的脸，那四面透风的茅舍，那只有焦黑巉石、枯黄野草的荒原上，今夜怎么竟有了丝绵被？穷骨头的印象是温暖过来了，却为另一种难受代替了。

这次抗战，对各省不啻一大会考。拼命发展都会，置内地于不顾的错误是种植于过去。新的当局想来已着手纠正了吧。

离开晃县没多远，湖南那种蓊郁的松岭不见了。出现在车窗外的，就只是山的瘦骨：土是惨黄的，山是秃的；偶然露出一片横断石面，就像秃瓢上长了块疮疤。瘦马吃着枯草，直像疮上爬着的虱子。唯一为这些荒山生色的，就只有野生的天竺。没有人栽种，没有人培植，它好像为荒山抱了不平——天赋它的太薄，人又太懒；于是，嫣红的天竺仗义地生满了山坡，红得几乎闪了光。村子是稀少的，每到一座县城，照例在近郊荒山脚竖着一些木牌："××县造林场""××县保林场"牌子的残破模样说明它已经多少轮寒暑，"保林场"保的却依然是万顷枯草。然而贵阳近郊的模范林场的树苗却茂盛异常；可知贵州土壤和树木本非冤家。沿途名洞古刹的左近，也常有些绿树，但那与民生无关。倒是黔南的杉树笔直高举，确是壮观。

一出晃县，多的是节烈碑，有时十几个连接排列。凉篷小轿下，垂搭着的仍是三寸红金莲。这种配列，使我们对内地文化不知如何估量。沿途护路队很多，黄昏时，这些衣装不甚齐整的队员时常在枪刺上挑了一束白菜或猪肉，缓步回家，至为逍遥。

贵州河流太少了，田间灌溉多用一种巨型水车，直径可数丈，水由旋转的木斗汲上后，逐一地投入半块横断的竹筒里，流入田垄。遇阴天，灰重的云彩下，大水车转动起来直如一幅荷兰风景画。

过镇远，沿途苗民便多了，青、黄、蓝、花苗都有，见到的以黑苗最多，花苗服饰最好看。有的三五成群，担草赶骡；因为服装一律，分外整洁。特别动人的是傍晚时分，坐在山腰牧着畜群的苗子，对着黄昏的天，很忧愁地望着。这些人如不认真"教育"一下，把他们变成力量，恐怕有人要代劳了。

所有坐公路车的人，在担心个人安全之余，都不能不连声赞叹黔省民力的伟大。能征服这种如天半云的高山，那力量无论放在什么上面也是不可轻视的了。一出玉屏，山路就变成了"带子"，折折叠叠，害得半车人全吐了。到盘山，车有时蛇行，有时作螺旋形，车声呜呜地响，只见那英勇的司机，四肢不息地扭动。然而更英勇的是那看不见的千万双手，用勇敢巧妙和坚忍铺成这魔术般的路。

到重安，湘黔公路的最高线，司机又带我们驾起云了。车由山脚爬到云中，四下全是不透明的白茫茫，大地像一块西式点心，我们钻到上层那片奶油里了。那时，深浅、高低、远近的观念完全没有了。一切全陷入渺茫，只是隐隐地心窝里时常问着"假使差了一尺呢"，但即刻又按住这不祥的疑问。慢慢地，奶油变成半透明的了，隐约好像已看到了什么。果然，我们钻出云头了，我们超越了大地的那层奶油，车轮下是万顷银白"云海"。（到这时才明白这"海"字如何不易躲避！）偶尔海里孤岛般露出几座峰头，然而在凌空而上的我们，那不过是"丘冈"而已。

在一个山坳，我们遇到了一件怪事。一辆大汽车横在桥中间，只留一道过人的缝子。我们的车停了，司机下去看。过一下，我们听到一片喊嚷。"打官司！""凭什么？"我们车上有几个军人，他们首先跳了下去。我由窗口扒看，只见桥栏上坐了七八个用纱布缠头的人，满脸怨气。他们同我们的军人互相嚷起来了。我赶忙也跳了下去。原来那辆车前四五天在此翻了，死了一个，伤了十来个。虽然跑贵阳不到一天路程，电报，电话，公函全去过了，不但没有车来接，连个回音也没有。故此这些客人急了，将他们的车横在路上，想借此威胁那沉默的路局。于是，纠纷起了。甚而几乎动了手。

最后，大汽车搬开了，一个缠了白布的陌生旅客登了我们的车。他是代表那些旅客去贵阳交涉的。

这实在不是很好的情形，幸喜最近中央已把西南联运重新整顿了，但愿这种事不再发生。

贵阳的街道还很齐整，店铺格式微像九龙，但中山门却太令人想念沦陷了的南京。

❖ **黄 裳：**图云关印象

（民国）三十四年七月来贵阳。住了两月，等到原子炸弹落下，日本投降，工作告一段落，匆匆又回到昆明。这两月中间，实在没有什么闲空，可以游赏。住所在城里，做事的地方则在城南五里的图云关上。每天乘车来往四次，经过城里最热闹的大街，转出南门，经过一条"油榨街"，车子就上山了，山路之陡与坏，实在可以说是练习开车技术的好地方。经过的地方有一座白石牌坊，刻"万里封侯"四字，颇可喜，比较那一座座的节孝牌坊有趣得多了。也曾停车下视，却看不出是怎么回事，后来翻书，在包家吉《黔游日记》上看到是为果勇侯杨芳所建，芳字诚邨，松桃厅人，道光八年以生擒回酋张格尔封二等果勇侯。

▷　贵阳油榨街的牌坊

　　图云关本名图宁关。《黔囊》云："关高距山巅，有茶亭使馆，可以迎星华之使。"这是入贵阳的最末一站，是省南驿路的开始，过去的钦使大官，大抵都要在这里受督抚的迎接。现在当然已经没有这种盛况了。一座检查站，也已经荒凉不堪，听司机们谈到过去的检查之严与种种小故事，不禁令人感慨系之。现在则有一条新路，所以已经没有什么运检队经过此间了。

　　我们做事的地方还在关上二三里许。草草开辟，在山地上搭了几座帐篷，坐在里面，可以看下面的群山。如果说贵州是山之国，从这里大概可以得到一个概念，这绝非江南的山水，也不是滇西的那一片穷山恶水。这里只不过是一个围在各种形式的大小山峦中的一块地方，没有一条河流，坐在帐篷里远望那一列山屏风，实在是一种乐趣。贵阳的天气是多阴雨的，不过有时也有阳光出现，因此这一带山屏风也好像背后有着多少光彩的变化。山峰由极深的碧螺色变到极鲜嫩的浅黄色，都不过是霎时间事。有时风雨骤至，群山又没在烟雾里去了。旧时看米友仁《云山得意》图，觉得不过是画家心里的玄想，现在可以了解他为什么用泼墨的笔法了。想起不知在什么地方看见过一副对联：

画中诗酒杨龙友；
烟外云山米虎儿。

觉得真巧，因为杨文骢也是贵阳人，而我也颇有兴致来谈一谈这位《桃花扇》里的人物。

《贵阳杂记》

❖ **陈宗俊：到青岩古镇"古"一番**

人云亦云。人们称青岩为古镇，你也奈何不得，只好跟着称之为古镇了。其实青岩究竟"古"到什么程度，或许你是不晓得的。于是你便产生了到青岩去"古"一番的念头。

▷ 青岩古镇北城门

从花溪坐上去青岩的中巴车，转过几个大转弯，你刚进入睡意，便听有人说："青岩到了。"你忙惊醒过来，瞧了瞧窗外，匆匆下了车。没料你就一脚踏进这首幽雅古朴的"宋词"里。踏着每一块青石板，抚摸着每一截石墙，你就读懂了宋词的每一个晦涩难解的字；钻进窄窄的、七弯八拐的小胡同，你幻想宋代的每个词人会突然从某个拐角闪将出来，和你撞个满怀。你竟欣喜于这份意境了。你就沉浸在这婉转凄迷的宋词里吧！

可宋词读多了难免让人忧郁、怀古伤今。

你就来到基督教教堂。经过几道小门，你来到正殿。这里庄严、静穆，充溢着一种祥和的气氛，让你怎么也不会想到100多年前的贵阳教案就在这儿燃起了第一把烽火。看见其他人虔诚的样子，你也静坐下来，聆听教主讲解让你似懂非懂的圣经经文。你的心境也随着袅袅升腾的浅浅香烟淡化为一片虚无，你便得道了，成仙了。

烟雨弥漫的小镇是一幅现代派大师的画。小贩的叫卖声轰轰烈烈。不绝于耳，又有教堂几声忏悔的钟声传来。背景却是静寂无声的青石板路、双檐青瓦木房，又有几缕斜斜的烟雨。你便从静中读出许多躁动来；烟雨迷蒙的古镇又是一首现代七言律诗，尽管形式很古，而内容却极新。你便从古中读出几分现代来。

镇上人家的门口都安了几个石凳，你走累了，就在这些石凳上坐下小憩几分钟吧！如果好客的主人在家，她或许会走出屋来，请你进去喝杯清茶的。你的倦意就在这一请一饮中消失殆尽了。

小镇四周是春水般荡漾开去的一圈一圈的稻田。稻田里水平如镜，阳光洒在上面如琉璃瓦一般。勤劳的农人弯成个弓，正栽着绿色的希望。

夕阳把血红的余晖不经意地涂抹在古镇上。古镇笼上一层神秘的面纱，轻轻睡去——宁静而温柔，你也踏着夕阳款款归去了，归去了。

❖ **叶圣陶：**蓉桂往返日记

（1942年）5月22日　星期五

上午闲观架上书。李青崖来谈大夏大学情形。最近又决议设贵州大学，校长已任定。大学越多越好，余真不明其所以。

饭后与彬然偕出，至大路中心之铜像台（铜像系前省长周西成）附近，观苗族人赶场。今日为阴历四月初八，苗族例于是日入城。或谓铜像台地址原系其族祖先之葬地，故来朝拜，并吹笙笛，作舞蹈。传说如是，不知确否。其女子或系多褶之裙，佩用织花之带，或腰围织物如日本女子，显然可辨为苗族。其男子服装与汉人无殊。往往三五成群，来回路上，其数亦不甚多。看热闹之人拥挤不堪，比苗族多不知几何倍。察苗族人面目与汉人有不同。余仅能辨其二种形式，实则不止二族也。看热闹人中，除本地人及各省人而外，又有避难返国之华侨，男子穿不合式之西服，女子长衣大袴。此辈人数闻颇不少，有甚为狼狈者，近在此登记安插。

三时返开明，入睡一时。醒来晓先已来，闲谈至于夜九时。

登程尚无期，闻近以滇边告警，车辆益难得，又颇萌即此返川之想。

5月23日　星期六

上午枯坐无聊。十时许，晓先来，倡议游花溪。适吴朗西亦来，愿同游。更有韵锵、彬然，决五人同往。先进面点，继至贵州公路局购票，每票九元半。

花溪在贵阳市西南，相距十八公里有余。本非名胜，今贵州省主席吴鼎昌发现其地有山林泉石之趣，始经营之，并置贵筑县政府于此。下午一时开车，行五公里许而"抛锚"，司机修治再四，乘客皆下车推之，而机器迄不能发动，司机遂返身乞援。阳光炙热，闷坐车中，余颇有不欲前进之意。待至三时半始开来一车，换载而行，四时到达。

晓先往清华中学托觅宿所，引唐校长来相见，共憩于茶亭。清华中学系留筑之清华同学所办，今财政厅长周贻春实主持之，在花溪购地七十市亩，建校舍甚精。教师富有青年气，每班学生以三十人为限，此是其特色，他校所罕见。唐校长言今日星期六，较佳之旅舍已客满，其次者恐污浊不堪居，不如即宿校中。又言今夕可与学生谈话。情不可却，而颇咎晓先之多事，如不往清华探问，即无此意外之酬应。

坐一时许，遂出游观。四望山色颇佳。贵州之山草多而树少，而此处则有丛生高树者。山围之中，平原旷畅，大于贵阳市数倍。花溪贯之，东北流至贵阳城南，即南明河。溪有石堰数道，水面均相差五六尺，冲激下流，遂成瀑布，飞雪泻玉，轰雷喧鼓，颇为壮观。小山之上，新建筑杂立，茅亭精舍，或合式，或与环境至不相称。盖经营时无整个规划，不以审美观念为基点也。马路曲折回环，随处可通。野花之香时时拂鼻，不知其名。野蔷薇方盛开。自入贵州境即见野蔷薇，朵大，烂漫于山蹲或路旁。在成都已开过一个月矣。步行约两小时，返市镇，饭于餐馆。

饭毕，至清华，唐校长介在校诸教师相见。途至楼上礼堂，学生咸集。学生各以其有罩之油灯置于讲台边缘，俨如舞台上之"脚灯"，颇感兴趣。余讲《国文之学习》约五十分钟，彬然、朗西各讲三四十分钟。九时后散。

遂入宿舍，余与晓先、韵锵同室。窗外雨作，继以雷电，久久不止。余与晓先灭灯而谈，谈数年间情事，谈立身之要，直至二时许始蒙胧入睡。睡亦未久，醒待天明。

5月24日　星期日

五时起身，洗漱毕入小肆吃包子。

重缘溪而行，朝阳照瀑流，益见明莹。观人在溪边网鱼，笛中已得四五尾，皆尺许。游行两小时返市集。闻今日为牛场，是所谓"大场"，赶场者将甚众。贵阳赶场每十二日一轮，用"地支"名之，丑日之场为牛场，午日之场为马场，辰日之场为龙场（阳明谪居之龙场，即取义于此），戌日之场为狗场。而花溪复有马场，则为小场，来集者较少。吃茶坐一时许。雇得一马车，价六十元。此种马车形式颇简陋难看，连马夫载六人。贵阳、花溪间一趟例为每客十元，而此车夫定须多索十元，则以今日星期，游花溪者众，遂破例涨价，亦如其他物品之有所谓"黑市"也。车以十二时开，沿路见苗人中所谓"仲家"之男女甚众，皆来赶场者。在甘荫塘打尖，吃糍粑。

三时入城，返开明，知伯宁之幼儿抱病，似为肺炎，彬然往看之。归言情形似不严重，或可速愈。

余于马车中成一词（编者按，此词题曰《木兰花·游花溪，听雨竟夕，示同游晓先、冰然二兄》）写示晓先、彬然。

六时元善来，招偕出吃饭。饭毕至元善宿所。元善来，将于下月初返重庆一行，余颇思同载，但人数已满，不可能，因托其设法觅车。闲谈修养、曲艺，至九时而归。彬然言瞿君曾来过，其车或于后日开行。因复劝余决意赴桂，勿萌中途而废之想。余以归期迟，得车难，天气炎热，心神不安，殊志忐未能决。

日来浙省军事颇紧，敌人兵丨刀分二路西趋，已迫近金华。滇边亦无佳息。

《蓉桂往返日记》

❖ **戴壮强：**叶圣陶夜填木兰词

民国三十一年（1942）壬午5月23日，农历是四月初九。这天上午，开明书店贵阳办事处的一个房间里，叶圣陶、傅彬然、吴朗西等几个朋友吃完了茶房端来的面条，一个朋友提议："诸位，早听说贵阳城南有个风景区，难得大家在一起，何不同去游赏一回？"

傅彬然问："你说的是花溪？"提议的人点点头。

大家都说："当然好！"

于是，各自办完了要办的事，下午一时许，一行五人便乘车从排杉门（今河滨公园门前）出发。

这是一辆烧木炭作动力的公共汽车，载着乘客吃力地在路上哼着，刚爬过皂井不久，就在甘堰塘抛了锚。

司机翻开车头盖，修了两个钟头也没有修好，乘客们都抱怨起来。司机被吵得无法，只得托人带信到贵阳车站。又过了半个多小时，终于开来了一辆公共车。才把乘客们送到花溪大桥南

▷ 叶圣陶（1894—1988）

头的汽车站。这时，已是下午四点钟，显然，叶圣陶他们当天是回不了贵阳了。于是，他们便决定找宿处再说。可是，他们在花溪街上先后问了几家客栈，都说"明天赶大场，今晚客栈住满了"。经过打听，他们才知道，花溪及周围各地的赶集，都是以"甲子"来定场期。花溪赶的是丑日和午日，即牛场和马场。牛场人多叫大场，马场人少叫小场，第二天四月初十丁丑日，不少远处客商都是在头天赶到花溪住宿，第二天好起早占有利摊位。

叶圣陶他们正在为难，当——当当，东边山脚传来敲钟的声音，傅彬然说："有了，清华中学的校长唐宝鑫我认识，不妨去找他想想办法。"

叶圣陶、吴朗西等人都是文化界知名的人物，唐宝鑫一听他们想在清华中学住宿一夜，当即表示欢迎，并吩咐校工为他们沏茶送点，等安排好了宿处，叶圣陶他们才觉得，可以去公园游玩了。

他们从清华中学出来，对直往西，沿花溪河南岸步入风景区。在青山绿水间，他们看见了河两岸比贵阳城"大数倍"的平原田坝，看见了清澈的花溪河中，"有石堰数道，水面均相差五六尺，冲击下流，遂成瀑布，飞雪泻玉、轰鸣喧鼓，颇为壮观"。河上的曲桥、河中的沙渚、秀举的麟山石

峰，放鹤洲古老柏树巅上的归鹤、典雅的清晖楼……无一不给叶圣陶他们留下了深刻的印象。游了一个多钟头，他们才乘着晚风恋恋不舍地离开公园，赶回花溪新街上的聚兴楼餐馆吃晚饭。

吃过晚饭，他们一行回到清华中学，刚到住处，唐校长就领着几位老师来看望他们，并要他们当晚给学生们讲讲国文的学习，叶圣陶他们觉得盛情难却，而且帮助青年人成长也是自己应尽的责任，便高兴地答应下来。

讲演会在刚落成不久的达公楼上的礼堂内举行。学生们听说是知名的作家、语言学家给他们演讲，便打着数盏马灯（当时花溪没有电灯），齐聚于礼堂内，叶圣陶讲的是"中国文学问题"，傅彬然讲的是"基本练习"。他们在演讲中强调学好国文的重要性，给学生们谈自己学习国文的心得和方法，勉励同学们努力学习，将来好服务于社会，他们的精彩演讲，获得了师生们的热烈掌声，演讲会到晚上十点来钟才结束。吴朗西和傅彬然他们觉得有些疲倦，回到住处就上床睡了。只有叶圣陶没有睡意，这时，外面淅淅沥沥下起了小雨，叶圣陶拨亮了马灯，提起笔，稍稍一默，便填了一阕《木兰花》：

五午彼此西南寓，颇异寻常愁寄旅。
无多意兴作清游，却借清游聊晤叙。
瀑流泻玉堪延伫，稍爱麟峰能秀举。
良云草草亦难忘，一夕花溪同卧雨。

《叶圣陶夜填木兰词》

❖ **巴 金：贵阳短简**

我还记得你对我说过你讨厌贵阳的天。你似乎十分相信那句老话"天无三日晴"，但是现在我告诉你，我在这里接连看见几个美丽的晴天。头上没有一片云，天空是淡青色的。阳光给树叶薄薄敷上一层金粉。大群苍鹰展开两翅在空中自由地翻腾，麻雀在屋檐上愉快地讲话。一阵微风吹到脸上，就像是一只熟悉的手在轻轻抚摩。桃花盛开，杨柳也在河畔发芽。我呼吸着春天的空气。

我坐在"社会公寓"的一间整洁、明亮的小小楼房里给你写信。窗下是一个有绿树点缀的天井，我的书桌安放在窗前。对面楼房后耸起来一座八角亭的第三层顶楼，顶尖是用五个颜色不同的瓷瓶叠砌起来的，这时它正在午后阳光下灿烂地发光。八角亭的每只角尖上伸起一个骄傲的龙头。在一个龙头的旁边忽然飘起了一只白白的小风筝。棕色的书桌还是新近油漆过的，在它的发亮的表面上也有一块小小的天，不过颜色却淡成灰白了，有时我俯下头就会看见一只鹰在桌面上掠过。除了鹰，这里还有乌鸦和它们那单调的呱呱声。

晚上我又看见更美丽的星天。其实这是月夜，但是我更喜欢提说星星。一钩新月，好些星子，蓝天显得很亮，星星像灯一般地挂在我的头上，好像我们随便拾起一个石子掷去，便可以把它们打落下来。为了这样的夜，我宁愿舍弃我的睡眠。

离开天，再来看地，看人，我想这些应该和你两个月前看见的差不多。街道不会变。人也不会变。人永远是那样，街道也永远是那么拥挤。

昨天下午我在大街上散步。我忽然起了一个奇怪的想头。眼前那些人似乎都是过路的，活动的，他们的脚不会停留在一个固定的地方。他们不停地跑，朝着各个方向跑，匆匆忙忙，去了回来，回来又去，到处都是站口。大家抢先恐后地挤到一个无形的热海里去洗一回澡。头上是汗，心里是火，大家热在一起，大家在争取时间，大家在动，在战斗。大家都疯了。

"走啊，走啊，快向前走啊！"到处都是这样的叫喊，高声的，低声的，有声的，无声的，似乎整个城市都在附和着，整个城市都在动。

汽车的摩托响起来；沿着公路无穷无尽的车子开过来又开出去；商货卸下一批，另一批又装上了一部车子。麻袋、蒲包、木箱……有的在城内留下，有的却从城内往外流去。这里原是一个转运的站头，它又是三条岔路的中心点：从这里有无数的车辆开往重庆、昆明和桂林。

每个旅店门前都挂着一块黑板，上面写着最引人注目的白字："今晨有车直放重庆、昆明、金城江，请向本账房登记。"或是金城江，或是昆明（曲靖），或是重庆，在黑板上每天至少总有一个地名。真有车开么？没有那样的事！或者偶尔有一辆商车开往什么地方托账房代拉两个客人，这倒是可能的。半年前我经过这儿，住在一家旅馆里，就看见两个去重庆的学生为了坐车的事跟旅馆的人打架，听那两个学生的话，好像是人家先收了他们的钱才去找车，而车又不好。事情过了半年，我也记不清楚了。不过现在有一件事倒是确实的：运输统制局禁止烧汽油的商车从这里开行。要把汽油车改装上烧木炭的设备，也不是短时间内办得到的事，那么哪里来的车子直放××呢？难道是为了安慰旅人，减轻他们的等待的痛苦，才故意挂上这块黑板，绘上一点点希望的彩色么？

▷ 街巷中的旅馆

"我明天走了"，能够说这句话的人是幸福的。可是幸福的人每天只有少数。住在旅店里和亲友家中焦急地等车的人不知道还有若干。中国运输公司的班车是照常开行的。到车站去登记罢。往重庆可以在十九天以后买票；去金城江必须整整等待一个月；曲靖的班车从三月四日起就停开了。那么怎样走呢？我们能够飞么？不走，难道还可以把旅馆当作家？况且旅馆都有规定，限制旅客久住。即使旅馆可以通融，但是那样高的房钱谁能够长期负担？

我在这里等了六天了，不知道还要等待若干时候。从物价较低的地方跑到物价高涨的这里住下来，而且还要到生活程度更高的地方去，我也跟着别人跑。为着什么？难道我也在发疯？但是我不管这有限的旅费是否会在这长期的等待中耗尽，我每天仍旧安静地在明亮的窗前读书，或者在暖和的阳光下与平静的星夜里在"社会公寓"门前小河边散步。我的心的确是安静的。倘使我在争取时间这一点上战败了，那么就让我利用这个机会休息一会儿罢。

你知道我的脾气。我懒得为找车的事情到处奔跑。其实这句话也有点夸张。我已经奔跑过了，事情也有了眉目，说不定再等两天我便会离开贵阳。

三月廿五日在贵阳

❖ 卢　前：茅台村里茅台酒

▷　品鉴茅台酒

茅台村在贵州遵义县（应为仁怀县——编者），应该说是川黔两省交界处。在黔北，并非黔南；哪里会靠滇省呢？这村中的井，是属于一位姓华的。用这井水酿出的酒，清冽可口；自从茅台酒出了名，酒糟房一天天多起来，华家也分出两房。真正的老牌是长房，主人华问渠（即文通书局老板），一直住在贵阳；那年我为着饮酒跑到了贵阳，恰巧贵州禁酒，问渠费了好几天工夫，为我觅了一瓮七八年的陈茅台，我也个辜负他的好意，一晚喝了一斤多。问渠笑问我："你看这茅台何如？"我说："饮了这酒，始知天下假茅台之多！"他说："此后也没法再找到，只能这一次了。"外边人只看准这酒罐，其实这同样的装置，还有川南的郎溪酒。后来"爱人堂"把所有的酒都装了罐子。以貌论酒，末为知音。茅台真正的好处，在醇，喝多了，不会头痛，不会口渴；打一个饱嗝，立即香溢室内。假的如何能办到呢？关于在酒中洗脚事，问渠也说过，这井并未受到严重影响；只是陈酿已尽，此后唯有新酒，一切酒都是越陈越好，茅台岂能例外！宁蒙说起茅台故事，遂使我想起它来，所幸戒饮已三年，决不会因谈它而流涎了。

❖ 熊佛西：又回到了贵阳

去年秋天，在一个凄风苦雨的黄昏时分，我由独山到了陌生的贵阳。在三十年的夏天，我由陪都去桂林，虽一度路过此，但因当时心绪太坏，仅在此留宿一夜，便匆匆离开了。听说后来朋友们对我颇见怪，为什么到了贵阳不去看他们呢？

实当时我匆匆而来悄悄而去是有难言之隐的。我有两位好朋友住在贵阳，他们是夫妇，是两位极有修养的高明的医师，就我们的交谊而论，在任何匆忙的情形之下，我也应该去看他们。但为了某一私事，他们的看法和我不同，这在他的书信中早已明白表示，而我为了减去自身痛苦，不能不坚持己见，所以当时实在不便和他俩会面。这会引起我的痛苦和矛盾，为了决定"是否去看他们"，我躲在车站小旅店里思考了一夜。说来也好笑，次晨，在车未开之前，我还一度按址去看他们，但，我走到他们的寓所门口，突然畏缩起来，我没有勇气投进我的名片，我怕与他们见着面，他们夫妇会以最大的热情来激励我脆弱的心。在他们激励之下，我知道我会流出泪来述诉我内心的悲愫。然而这，我又知道对于当时的事实是毫无补益的，说不定反会引起他们更深的误解与伤痛。于是我在他们的门前徘徊了好一阵，最后还是毅然折回去车站。记得车子开出贵阳时，我还从车窗里频频向外探视，在人影中仿佛看见他们夫妇赶到车站来截留我。所以那一次贵阳给我的印象是辛酸的，那时的盛夏，给我的感觉却是凄凉的。

一别三年了，在秋风瑟瑟、秋雨绵绵的时候，我重到了贵阳。这山城的一切仿佛都在向我招手、微笑，在黔桂路上过了月余颠沛流离生活的我，感到无限的欣慰。这山城对我本来是陌生的，仅有过一夜之望，然而我这时似乎回到了我的故乡。在这里我原无多少熟人，然而所见到的人几乎都是我的朋友。记得在桂林第一次吃紧的时候，我和寿昌再三踌躇：究竟往哪一条路走？我们一致认为贵阳不是我们来的地方，即使来了也会使我们有寂寞之感。然而这次到了贵阳，这里不但不使我们寂寞，而且使我们有在此长住的愿望。

▷　熊佛西（1900—1965）

我到贵阳，那位热情的少年沙家声，他是我在桂林认识的一位朋友，就把我请到他家里去住。他把自己的房间和床铺让给了我，他却与瘦石几位朋友打地铺，这种盛情是很可感的。将住处安排妥帖之后，他便陪我去洗澡。走出沙家门，在大十字碰到一位多年不见的老友，我猛然一把拉住，就说："你老兄也在这里。"却把他吓了一跳！他以为我是一个无理取闹的叫花子，后来我常以这事取笑，说他势利眼，他却辩驳说："我当时的确不认识你，把你当作叫花子未免过分，不过你当时确像秃头张飞！"足见我到贵阳是如此的狼狈！

次晨，贾登棣兄带了许多朋友来看我，储裕生兄便是其中的一位。朋友们见了面不免要酬酢一番，几乎天天要饮酒。对于酒，我是有兴而无量的，至多饮了三杯就会醉。在饮德上，我却与柳亚老脾气相似，只要朋友们敬我酒，我从不拂其意，但我从不勉强朋友们饮酒。记得三十三年春，方将军从长沙因事到了桂林，牛鼻子黄兄为其洗尘，邀约齐老诸昌及我作陪，名士英雄欢聚一堂，不免要大饮一番。方将军善饮正如他善战，但朋友们对他过分热情，终于将他劝醉了。当时我心里颇不过意，我以为偶尔集会，三五知己小饮，则是人生乐事，而大饮要至醉，则是一件苦事，有意把朋友们醉了更是丑事。

酬酢了一个多月，我想应该在此做点事了，以答报朋友们的厚望。同时承曾俊侯先牛及其公子繁昌的好意，把赏山园藏画室腾了一大间给我暂住，数月来天天过着不安心的混乱生活，今得此暂息，更不能不抖擞精神做点工作。

《贵阳三月》

❖ 张恨水：贵阳的观感

七日晨，仍雾重而寒。七时半开车，路上时得平原，沿路植小柳，略有江南风味，惟四周山峰，均童童相开，间杂乌石，十一时抵遵义，原为府治。公路环城而行，不见真象。车站在新城，仅有店铺十余家，专为旅人设者。小店中进食，尚可。有炒猪肝、红烧鱼、炒腰花、炒肉片、菠菜豆腐汤，均大碗，大小七人，共耗两千五百元，不算贵也。一时车行，二时经乌江。两山夹峙，下陷一河，公路凿石壁作"之"字形，下筑一桥。桥为钢梁，不复令行人唤渡也。过江有小镇市，多旅舍商店。二时半，抵养龙乡，此为小镇，公路设救济站于此。车到四辆，均言油竭。须加油，又不行，距贵阳仅九十公里耳。西南路局有例，按里配给司机以油。油逾量，须司机赔垫。油有余，可以公价二千元一加仑，变售与路局。但司机言山路盘绕，所发酒精，恒难适合。此队去渝时，每人赔酒精价二万元（系运兵）。现又差三加仑到贵阳，故不欲行。吾人外行，殊难明其究竟。而本车司机，吾人已早约当略酬辛苦，对吾人谅无意外，此事难作断语。但朱队长畅言，决负责到贵阳，不使吾人有所耗费。故吾人知事之关键不在本车，然已停矣。即早为之计，以觅旅所。于街上茶馆楼上，得小室三间，其一已为人有。

吾人大小九人，挤于此。吾所居室，上纸蓬空其一角，而纸窗临路，又缝隙四去。晚饭后，展被而卧，仅四小时，为严寒惊醒。予妻起，予亦起，乃挑起桐油灯，拥大衣对坐，以待鸡鸣。拂晓后，启户外视，浓霜覆野，其白如雪。吾为妻吟唐诗曰："鸡声茅店月，人迹板桥霜。悟此境乎？"妻笑曰："对户有董小宛妆楼，诗意犹厚也。"盖演《董小宛》之秦怡小姐，亦同车。适居对街，临街楼，昨晚曾见其启窗挽发。彼故作此语，以解苦闷耳。

八日行四小时半，到贵阳。入站，适闻工厂午饭汽笛，儿童惊为警报，愕然。予告以故，并曰："吾侪从此为太平之民，不复有警报矣。"午投宿招待所，环境清幽，宿舍清洁，身心为之一爽。向车站数度接洽，如换四吨半车，九日晨，即赴衡阳。是日适为星期六，今明均无法拜访友人，颇感失望。后知同队有两车未到，势必展期，则始作留一同打算。下午，省府周叶子君来，言省府李定宇秘书长愿留约一谈，望能稍留。并已派人至车站代洽。晚间，两车仍未到，路局宣布十日行车，吾人乃放胆徜徉市上矣。贵阳为重庆人所熟悉，无待介绍，约量言之，城在一平谷中，童山环绕，平坦可步，经轰炸后复修，旧街市狭巷，已不易见。城中大小什字，为最繁华处，略逊于重庆之民族民权两路。街旁借户均有走廊，人行道在廊下，雨天较便。杨子惠主席好建设，现仍继续拆屋建路中，惟市政似绌于经费，路面失修，碎石磷磷，步履维艰。街卜几至十余分钟不见汽车，代步多为一瘦马拖行之轿式木车。下置两橡皮轮，拥塞可坐四五客。此外则苗族人在冷巷兜售山货，如松子板栗之类。其他城市所少见也。

贵衡段路多平坦，又换大车，以后全程，五六日或可达。至治安一点，闻一月来，仅镇远边境，出事一次，死一司机，伤一领队，似为土匪所为，旅客无恙。湘境以洞口一山为可虑，但未闻出事。且大军尚未全撤，平安可期。第二函，恐须至衡阳始能有暇执笔也。

在贵阳招待所小憩二十四小时，于古木清幽之院落中，品茗吸烟，征尘尽涤。贵阳难得晴天，小息时，适风日清和，小步通衢，机会至佳。续获印象，可得言之。此间依然是下江人世界，商廛巨贾，全属外籍。大小什字，以西药店最多，次属旅馆食肆。百货业不若渝蓉之盛，惟纸烟行庄，逐处皆有，除黔产外，则为美烟，黔对外来烟，似壁垒甚严，在松坎，即不复得睹川烟于烟摊子矣。筑市禁卡车入城，小座车终日不见，偶一二吉普，疾驰而过，行人避之遥远。此外则北式骡车型之小马车，如一矮轿，车夫懒洋洋地引辔徐行，颠簸道上，人力车破旧，甚于渝市，不复可坐。滑竿轿子，均未见也。食物价格，大抵低于重庆，人力尤贱，牛马夫衣服敝败，码头工人亦然。此亦可见筑市过去六七年炸之后建筑，乃纸糊收棠耳。大小什字旁，有一小巷，陈列旧物件；卖者，摊贩联结不断，数出千所，大批售旧衣物者，多两粤人，抛其所有，将易资归以购新者，但其价并不贱。另有小部分出卖美军剩余用品，如糖果、纸烟、西药等，遇此道中人，可以八折市价例获进也。

《东行小简》

图书在版编目（CIP）数据

老贵阳/《老城记》编辑组编. — 北京：中国
文史出版社，2019.7
ISBN 978-7-5205-1123-0

Ⅰ.①老…　Ⅱ.①老…　Ⅲ.①随笔—作品集—中国—
现代　Ⅳ.①I266.1

中国版本图书馆CIP数据核字（2019）第110230号

责任编辑：牛梦岳

出版发行：**中国文史出版社**

社　　址：北京市海淀区西八里庄69号　邮编：100142
电　　话：010-81136606　81136602　81136603（发行部）
传　　真：010-81136655
印　　装：北京地大彩印有限公司
经　　销：全国新华书店
开　　本：710mm×1010mm　1/16
印　　张：20　字数：256千字
版　　次：2019年8月第1版
印　　次：2019年8月第1次印刷
定　　价：62.80元